阅读俄国 Читай Россию

首都师范大学俄罗斯语言文学专业博导文库

俄国文学新论

刘文飞 著

人民东方出版传媒
東方出版社

“首都师范大学俄语语言文学专业博导文库”总序

首都师范大学俄语专业始建于20世纪60年代，1960年开始招收第一批本科生，1980年开始招收硕士研究生，1985年获得硕士学位授予权，2005年获得博士学位授予权。2009年成功申报博士后科研流动站。经过60余年的发展，几代人的不懈努力，俄语专业如今拥有从本科到博士后的完整人才培养体系，从语言、文学到翻译学、文化学、区域学等较为完备的人才培养方向，为国家培养了大批高水平的俄语专业人才。

在俄语专业发展的历程中，起决定作用的是优秀的师资队伍。首师大俄语专业从初创至今一直不乏国内和国际知名的教授，比如国内最早进行俄语修辞学研究的李尚谦教授，《俄汉大辞典》编者刘泽荣之侄刘光杰教授，写下中国第一本《俄语语法详解》的高乃贤教授，俄语语音语调和动词研究专家徐振新教授，与徐振新教授合编《俄语入门》的周鼎教授，还有毛培琦、黄鹏飞、吴汉樱（王福祥夫人）等著名教授。进入新世纪，又涌现出刘利民教授、刘文飞教授、隋然教授、杜桂枝教授等学界名家，保证了俄语专业和学科的学术地位以及人才培养的质量水准。

然而遗憾的是，随着老一辈学者的退休或离世，他们的学术和教学思想也随之消逝，甚至很多学者的名字都不为人知了。他们的论著尽管去图书馆可以查到，但都是零散而不成体系的，在俄语系的系史里缺乏完整的、明显的记录，这对于专业发展的承前继后不能不说是一个重大损失。为了亡羊补牢，刘文飞教授倡议创立“俄语语言文学专业博导文库”，把现有博导的学术思想和成就汇集起来，一方面作为继往开来的一份丰厚学术资源留存，另一方面也是展现俄语专业学术实力的一张名片。他的这一倡议立即得到了大家的积极响应，这样我们俄语专业四位博导，两位是语言学方向，另两位是文学方向，都拿出了代表自己学术思想精华的作品，构成这套象征着语言文学和谐发展的四卷本“俄语语言文学专业博导文库”。

刘文飞教授的《俄国文学新论》是他近年来发表的论文和一些书稿序言的合集，总共14篇文章，内容涉及俄国文化图腾、俄国民族意识、中俄文学外交、文学翻译的意义，以及一些名家的作品和思想研究。他的文章颇有散文意味，语言平实自然，富有诗意。

隋然教授的《语言学问题散论》汇集了他数十年间浸淫俄语语言学、理论语言学及语言哲学研究的部分成果，其中一些问题具有很强的学科前沿性质，语言共性观明显，对外语教学与研究具有普遍理论指导意义，对语言学研究同样具有理论启发意义。

杜桂枝教授的《俄语语言学多维度研究》从语言、句法、语义、认知、心理等维度分析当代俄语学研究的主要特点及趋势、语言的生成机制、社会认知及作用等，涵盖面广，为后进研究者提供了俄语语言学研究的多种路径。

拙作《俄国文学：经典与先锋》汇集了我近25年来在俄罗斯文学研究方面的主要论文，从经典和先锋两个维度展现了我研究的主要领域——现代主义文学、后现代文学、经典作家作品和诗学研究，可以说较为全面地分析了俄罗斯文学在艺术性和思想性方面的独特魅力。

当然，这四本书只是“首都师范大学俄语语言文学专业博导文库”的开山之作，以后当是“江山代有才人出，各领风骚续华篇”。最后感谢东方出版社的大力支持和编校人员的辛勤劳作，让这套书在历经波折之后最终得以面世。

首都师范大学外国语学院院长　王宗琥

2021年6月20日于外语楼707室

CONTENTS

目　录

001 | 俄国文学和俄罗斯民族意识

018 | 从俄国的文化图腾“双头鹰”谈起

034 | 有中国特色的《俄国文学通史》：构想与可能

055 | 中俄文学外交的可能性

064 | 俄国的文学期刊

105 | 弗拉基米尔·索洛维约夫的思想史意义

138 | 日瓦戈何许人也

157 | 茨维塔耶娃和她的诗歌

176 | 茨维塔耶娃的布拉格之恋与《终结之诗》

198 | 巴别尔的生活和创作

225 | 巴别尔短篇小说的写景策略

245 | 文学翻译的几种两难选择

259 | 重译《复活》附记

277 | 力冈文学翻译的历史意义

293 | 后　记

俄国文学和俄罗斯民族意识[①]

诗言志，文学是情感和思想的表达，因此，任何一个民族的文学都必然是该民族集体意识的体现，但就文学与民族意识的关系而言，不同的民族文学却可能有着不同的呈现，俄国文学和俄罗斯民族意识这两者间的关联，就具有其独特的历史、路径和结果。

一

纵观俄国文学千余年的发展历史，可以发现，俄国文学的跌宕起伏，往往是与俄罗斯民族意识的潮涨潮落相互吻合的。

作为整体的俄罗斯民族意识的觉醒和聚合，大致完成于古代罗斯从蒙古－鞑靼人的统治下挣脱出来的时期，俄国文学史上的第一座丰碑《伊戈尔远征记》就出现在这一时代，马克思曾对这部英雄史诗的主题做过这样的概括：“这部史诗的要点是号召俄罗斯王公们在一大帮真正的蒙古军的进犯面前团结起来。”[②] 从此，

① 笔者在标题中使用“俄国”和“俄罗斯”两个不同的限定词，前者指国家属性，后者指民族身份。

②《马克思恩格斯全集》，人民出版社 1974 年版，第 29 卷，第 23 页。

呼吁俄罗斯人团结一致的“爱国主义”就成为俄国文学中一根贯穿的红线。近代俄罗斯民族国家的形成和巩固，是与彼得一世和叶卡捷琳娜女皇的统治相关联的，而在这一历史时期兴起的俄国古典主义文学则被视为俄国近代文学的发端。在17世纪西欧盛行的古典主义文学，迟至18世纪30—50年代才被引入俄国；但古典主义所体现出的维护皇权、崇尚理性、尊奉古典艺术等倾向却与叶卡捷琳娜时期的俄国国家意识形态十分合拍，于是，罗蒙诺索夫、卡拉姆津、杰尔查文、茹科夫斯基等人的“颂歌”和“官史”便构成了俄国文学史上的第一个波峰。与西欧古典主义文学运动相比，俄国古典主义文学中多了两种新的思想构成，一是启蒙思想，二是民族主义，这就使得俄国古典主义文学成了体现和表达俄罗斯民族意识的一种特殊手段。

19世纪是俄国文学的黄金时期，从普希金起、到托尔斯泰止的俄国现实主义文学，不仅构成俄国文化史中最为辉煌的时期，也成为世界文学史上继古希腊罗马文学和英国17世纪文学之后的“第三高峰”。在19世纪俄国文学的发达过程中，有三个历史事件起到了至关重要的作用：一是俄国1812年抗击拿破仑入侵的胜利，二是1861年俄国废除农奴制，三是俄国参加第一次世界大战。通过1812年卫国战争，俄国战胜了不可一世的拿破仑，俄罗斯人的民族意识空前高涨，第一次感觉到自己应该成为欧洲大家庭中的平等一员，甚至是欧洲的“救星”和“新贵”，虽然后来爆发的十二月党人起义在一定程度上消解了这一民族热情，但十二月党人起义本身却无疑就是民族意识高涨的体现，也就是说，俄罗斯民族第一次开始思考自己在欧洲乃至世界的角色和使命，开始主张其特殊的道路和价值观。可以毫不夸张地说，普希金和他那一代俄国诗人和作家的出现，就是这种高涨的民族意识的产物。普希金作为俄国历史上第一位“职业诗人”，他率先通过诗歌来颂扬俄罗斯民族的特殊性，论证俄罗斯民族的欧洲属性，甚至超欧洲属性。“在 1820—1830 年间俄国诗歌黄金时代的一代人赢得创作上的独立之后，俄国文学成了社会和政治论争的论坛。”[①] 新生的“职业文学”作为俄罗斯民族意识的集中体现，迅速赢得全民族的接受和爱戴，由此出现了俄国文学史上一道“天才成群诞生”的奇观。1861 年的农奴制改革是 19 世纪俄国最重大的历史事件之一，但长期以来，受苏维埃历史观影响，对这一事件的评价相当负面，它被认为是不彻底的贵族革命；苏联解体以后情况有所变化，尽管也有学者将这一事件视为之后一系列“革命”的源头。其实，农奴制解放前后的俄国，是俄国历史上少有的官方意识形态、民族知识精英的理想抱负和普通国民的实际愿景这三者都比较合拍的时期。且看流亡伦敦、视沙皇政府为死敌的赫尔岑对农奴制改革做出的反应：“第一步已经迈出！……亚历山大二世做了许多事情，做得非常之多；他的名字如今高于他的所有前辈。他以人类权利的名义而战，为同情而战，反对那些执迷不悟的凶狠恶人，并摧毁了他们。因为这一点，无论俄罗斯人民还是全世界的历史都会记住他……我们欢迎他这位解放者的名字！”[②] 这一事件激起的全民族的社会热情以及俄国文学对于社会的空前关注，在客观上为 19 世纪下半期俄

① V. Terras，*A History of Russian Literature*，Yale University Press，1991，p.viii.

② Е. Анисимов，*История России от Рюрика до Путина*，СПБ，4-е издание，2013，с. 330.

国批判现实主义文学的成熟和壮大奠定了社会基础，俄国文学再经过二三十年的发展，终于在19世纪80年代初达到顶峰。19、20世纪之交的俄国，同样是俄国历史上一个思想活跃、争论激烈、斗争不断的“火山活跃期”，自19世纪70—80年代开始兴起的民粹派运动，1881年沙皇亚历山大二世遇刺，马克思主义进入俄国，1904—1905年的日俄战争，1905年革命，直至1914年爆发第一次世界大战，一场又一场剧烈的社会动荡席卷俄国，使得俄罗斯民族意识的波涛一浪高过一浪。以前的历史学家更多地强调俄国在这一时期的“黑暗”和“混乱”，却没有注意到俄国政府在这一时期对于民族意识的有意煽动和鼓吹，盛极一时的泛斯拉夫主义和大俄罗斯主义成为这一时期俄国官方意识形态的重要构成，而白银时代文学的兴盛与19—20世纪之交俄罗斯民族意识的高涨这两者之间或许是存在关联的。

1917年十月革命后的苏联成为社会主义阵营的领袖，以俄罗斯人为主体的苏联人具有强烈的民族自豪感和人类使命感，他们豪迈的斗志和远大的理想之艺术呈现，就构成了“俄苏文学”的主要内涵和基调，对于20世纪俄苏文学的总体评价目前还存在不同观点，但是对其世界性影响，其中包括在中国的深远影响，则无疑是一种历史事实。苏联解体之后，俄国文学的影响随着俄国国力的下降而有所减弱，但在苏联解体之后兴起的俄国后现代文学却构成俄国文学史中一个独具特色的阶段。其实，俄国后现代文学与苏联解体前后以特殊形式甚或悖论方式表现出来的俄罗斯民族意识之间或许可能同样存在互动，始终具有某种极端性的俄罗斯民族性格，在履行使命、建构大同人类的乌托邦理想破灭之后，又迅速燃起解构、颠覆的热情。对于苏联解体的原因，人们至今大多是从社会经济、政治历史等角度进行解释，却较少注意到俄罗斯民族意识在其中所起的作用，亦即以俄罗斯族为主体的俄罗斯联邦对于苏维埃联盟的“主动放弃”，他们不愿继续承担所谓“国际主义义务”，而以俄罗斯民族利益为首要诉求。这样的集体无意识，或许为20—21世纪之交俄国文学艺术中强大的解构、颠覆热潮提供了支撑。

总之，通过对俄国文学历史的简单扫描，我们隐约可以感觉到，在俄国文学比较发达的几个时期和阶段，其背后似乎都有高涨的民族意识做铺垫，做背景，若把俄国文学史的起伏轨迹与俄罗斯民族意识的升降曲线相互比对，发现两者是基本吻合的。

二

相互勾连的俄国文学和俄罗斯民族意识，这两者间存在着持续的互动关系。一方面，俄国文学始终是俄罗斯民族意识的助推器，甚至就是燃料本身，是俄罗斯民族意识的重要组成部分：另一方面，俄罗斯民族意识又是俄国文学最重要的主题和表现对象，是俄国文学之特质乃至风格的重要来源之一。

诚然，任何一个民族的作家都是具有民族情感的人，甚至是最具民族情感的人，是民族意识的代言人，俄国作家在这一方面同样如此，但是，从文学与民族精神的关系这个角度看俄国文学，还是有一些问题会引起我们更深一层的思考：

首先，是俄国文学中爱国主义、民族主义和帝国意识的关系问题。熟悉俄国文学的人都会对其中的爱国主义主题如数家珍，这也是传统俄国文学史着重叙述的主线之一，从《伊戈尔远征记》中斯维亚托斯拉夫“含泪的金言”到少年普希金写下的《皇村的回忆》，从果戈理《死魂灵》结尾的“俄罗斯三套车”隐喻到屠格涅夫在散文诗中对俄罗斯语言的赞美，从托尔斯泰的《战争与和平》、肖洛霍夫的《他们为祖国而战》等作品中对俄罗斯这一“战斗民族”之勇敢的歌颂，到阿克萨科夫的“渔猎笔记”、契诃夫的“草原美景”、20世纪俄国“乡村散文”作家们对俄国大自然的深情描绘，俄国文学的爱国立场自始至终。俄国的历史和现实，大地和河流，全都成了渗透着深刻民族情感的文学意象，一直是俄国作家无条件崇拜、礼赞、神话的对象。我们从前在面对俄国文学中的此类主题时，往往都是不加分析地、无条件地照单全收，和俄国读者一样阅之欢欣鼓舞，激动不已，却很少想到，俄罗斯人的爱国主义也应该有正义和非正义之分，对于俄国历史上两次伟大卫国战争的文学描写和再现，当然是正义的，也赢得了全世界读者的接受和喜爱，但那些鼓吹俄国的历史扩张和国家强权的文学作品，则应该引起我们的警觉和排斥。比如，普希金在诗歌中对波兰人的咒骂，陀思妥耶夫斯基在作品中对大俄罗斯主义的鼓吹，索尔仁尼琴作品中的反犹态度，拉斯普京对西伯利亚自古以来的俄罗斯属性千方百计的论证等等。民族自豪感是有尺度的，稍不注意就会沦为民族主义、沙文主义和殖民主义。美国莱斯大学教授埃娃·汤普逊曾将萨义德的后殖民理论引入俄国文学研究，写成《帝国意识：俄国文学与殖民主义》一书，她试图证明，从普希金、莱蒙托夫到托尔斯泰，再到索尔仁尼琴、拉斯普京，俄国文学中始终弥漫着浓重的“帝国意识”（imperial knowledge），俄国文学始终服务于俄罗斯民族的身份认同和国家扩张战略。汤普逊以《战争与和平》为例，认为这部小说写于俄罗斯民族精神最为乐观的年代，显示出空前的自信和泰然，托尔斯泰“用历史来强化神话，又用神话来强化历史”，“把俄国人的自尊心提高到一个以往从来没有达到的水平”，类似于莎士比亚的历史剧在塑造英国人民族心理方面所起到的作用，从而构建出一部“帝国史诗”①。也就是说，从文学中的爱国主义到社会层面的民族主义，再到国家层面的帝国意识，往往只有一步之遥，却又时常是隐蔽的，暗度陈仓的。

其次，是俄国文学与所谓“俄罗斯性”的关系问题。“俄罗斯性”（Russianness）这个在西方斯拉夫学界使用频率很高的词，在俄语中居然很长时间都没有对应的“译法”，其俄语表达方式“русскость”至今仍不见于普通俄语字典，这说明俄国人对这个概念是高度警觉的。在苏联解体20年之际，曾长期担任英国广播公司（BBC）驻莫斯科记者的马丁·西克史密斯写了一本题为《俄国：野性东方的千年编年史》的书（中译本题为《俄罗斯一千年》），试图对俄国的历史与现状间的关系进行解读，在作者看来，自9世纪开始，俄国历史的三个“主轴”开始形成，即专制独裁倾向、军事扩张欲望和东正教信仰，而将这三者联结为一个整体的，或者说是这三者相互作用的共同结果，就是“俄罗斯性”，或曰“作为俄罗斯人的品质或特性”

①［美］埃娃·汤普逊：《帝国意识：俄国文学与殖民主义》，杨德友译，北京大学出版社2009年版，第102—103页。

(the quality or characteristic of being Russian)，这有点类似俄国宗教哲学中的“聚合性”(соборность)概念，作为俄罗斯人的共同价值观，视俄罗斯人为一个具有高度凝聚力的集体，俄罗斯人将为俄罗斯的统一承受苦难当作一种高尚情操，国家的福祉可以让个人的牺牲变得合理。俄罗斯历代君主的扩张往往出于所谓的“安全”需要，目的是获得更多的腹地和更大的纵深，但扩张之后获得的越来越辽阔的疆域需要守护，这反过来又在俄罗斯人心中派生出新的不安全感，使他们越来越紧张，越来越焦虑。“俄罗斯太大也太乱，不适合把权力下放；只有中央集权的‘独裁铁腕’才有办法维系对帝国的向心，并且在民情殊异的百姓之间维系秩序。”[①] 维系铁腕统治的重要手段即强化帝国意识，“对国内四分五裂和外敌乘机入侵的恐惧，早已深深渗入俄罗斯人的意识当中，这使得他们多半乐意接受‘最高统治者行使绝对权力’的概念”[②]，“国家对团结与安全的需求是最高优先，凌驾了‘参与式政府’和个人权利等方面的考量。‘铁腕’是俄罗斯的预设模式。”[③] 专制和扩张，就此形成一种既相互依赖又相互推进的关系。用铁腕统治幅员辽阔的国度，一种主张恭顺和聚合的宗教意识形态是不可或缺的，东正教于是成为俄国历代君主的思想武器。俄国历史的三个“主轴”就这样相互纠缠，相互作用，构建出贯穿俄国千年历史的专制政体。其实，在西克史密斯所言的这三个主轴之外，无论如何都应该加入第四个主轴，即俄国文学。从俄国文

① [英] 马丁·西克史密斯:《俄罗斯一千年》(上)，周全译，台北左岸文化事业有限公司 2016 年版，第 13 页。

② 同上书，第 95 页。

③ 同上书，第 104 页。

学与俄国扩张的关系看，在整个俄国文学史中似乎不见任何对于俄国领土扩张的直接描写，“在17—19世纪之间，俄罗斯帝国以平均每天55平方英里（大约140平方公里）的速度扩张”[①]，而俄国文学对这样的扩张及其后果是漠视的，或曰遮掩的，失语的，“没有一个有名气的俄国作家提出过疑问”[②]。从俄国文学与民族身份认同的关系看，我们不难发现一个触目惊心的现象，即俄国文学就整体而言似是单一民族属性的，无论是乌克兰族出身的果戈理、柯罗连科，还是犹太出身的巴别尔、帕斯捷尔纳克，其民族身份常常被文学史家、读者甚至作家本人有意或无意地忽略或淡化，最后全都成了“俄罗斯作家”（русский писатель/Russian writer，当然，这里也可译为“俄语作家”，但问题是这两种含义在俄语中原本就是不做区分或难以区分的）。在俄国，像在欧美其他国家一样，犹太族作家在文学界也占有相当大的比例，但与其他国家的犹太作家大多想方设法彰显其犹太身份不同，俄国的犹太作家总是不那么理直气壮，对自己的犹太身份轻描淡写，甚至更愿意认同自己的“俄罗斯性”，新近一部《帕斯捷尔纳克传》的作者德米特里·贝科夫就把帕斯捷尔纳克定性为：“犹太人——同时也是俄国文学的继承者，言谈中对其犹太属性表示不喜欢与不认同的基督教作家。”[③]俄国是一个多民族的国家，但俄国文学却是单一民族的，因为“俄国文学所制造的话语涂抹和勾销了被

①［美］埃娃·汤普逊：《帝国意识：俄国文学与殖民主义》，杨德友译，北京大学出版社2009年版，第35页。
② 同上书，第41页。
③［俄］德米特里·贝科夫：《帕斯捷尔纳克传》，王嘎译，人民文学出版社2016年版，第5页。

称为俄国的一个国家里的非俄罗斯人的诸民族"[1]。从俄国文学与东正教的关系来看，两者始终是你中有我、我中有你的，是相互纠缠、抱合的，在东正教成为主流意识形态时，文学常常沦为东正教的附庸；在东正教的官方地位遭到削弱的时期，甚或无神论时代，文学则往往成为宗教意识形态的替代品，成为一种强大的思想武器。对于俄国文学与东正教的关系，乃至俄国文学的宗教属性，当下已有越来越多研究，相信两者间的关系会得到越来越深刻的揭示。至于俄国文学和专制制度之间的关系，我们将在下文论及。总之，在"俄罗斯性"的形成过程中，俄国文学始终发挥着至关重要的作用。

最后，是俄国批判现实主义文学的"批判"立场问题。长期以来，关于俄国文学，至少是19世纪中后期的俄国现实主义文学是良心的文学、道德的文学、维护"小人物"的文学，是批判现实、维护社会公平和公正的文学，是呼吁变革现实、追求理想的文学，此类说法似早已成为俄国文学史的定论，也就是说，俄国文学就整体而言是在野状态的，是与官方对峙的。但是，若从文学与民族意识的角度看，俄国文学其实是相当"官方"的，俄国古代文学的宗教属性姑且不论，18世纪的古典主义文学和20世纪的社会主义现实主义文学也同样姑且不论，仅以19世纪的批判现实主义文学为例。俄国当代作家维克多·叶罗菲耶夫在他所编文集《俄国恶之花》的序言中写道："小说《父与子》的主人公巴扎罗夫是一位嘲弄社会道德的虚无主义者，可他的一句关

①［美］埃娃·汤普逊：《帝国意识：俄国文学与殖民主义》，杨德友译，北京大学出版社2009年版，第II页。

键之语听起来却如同希望：‘人是好的，环境是恶劣的。’我想把这句话用作伟大俄国文学的铭文。……其结果，俄国文学尽管十分丰富，有其众多独特的心理肖像、多样的风格和宗教探索，可它一致的世界观信条大体上仍可归结为希望哲学。”[①]“希望哲学”（философия надежды）构成俄国文学的主旋律，于是就出现这样一个悖论：19 世纪的俄国文学就总体而言是一种批判的文学，但它批判现实的目的是改造环境，使环境更有利于“好人”的存在和发展，其总的愿景仍在于国家的强大和民族的昌盛。也就是说，19 世纪的大多数俄国作家，乃至整个 19 世纪的俄国批判现实主义文学，对于现实和国家的批判其实是小骂大帮忙的，是渴望俄国强大的，是服务于俄国国家观念和俄罗斯民族意识的。我们甚至可以说，以反对专制制度著称的俄国文学，其实却与专制制度有着同样的“专制”性质，它始终致力于向俄国境内外的读者灌输俄罗斯民族的价值观和世界观，它在某些时段是以其强大的教谕功能和乌托邦式的社会理想辅佐官方意识形态的。

三

在俄罗斯民族意识的形成和不断发展的过程中，为什么恰恰是俄国文学成了它的主要思想资源和表达手段呢？其中的原因可能很复杂，也很多元，但俄国文化中独特的“文学中心主义”现象的起源和作用，可以成为我们理解这个问题的抓手之一。

---

① Виктор Ерофеев，*Русские цветы зла*，Издательский Дом «Подкова»，1997，c. 8.

在西欧和整个世界关于俄国的认识过程中，俄国文学发挥了至关重要的作用。俄国科学院通讯院士、俄国科学院俄国文学研究所前所长弗谢沃洛德·巴格诺在中国社会科学院外国文学研究所一次题为《西方的俄国观》的演讲中，认为西方对俄国的认知在 19 世纪 80 年代初发生根本性转变，而其中的左右力量就是以俄国小说为代表的俄国文学："俄国小说在西欧社会舆论的调性转换中发挥了决定作用，不从政治和经济局势出发的评价、认识和概括发生了转变，由轻蔑、责难和声讨转变为好奇、同情和赞赏。"[①]"仅仅由于俄国小说，西欧人才首度视俄国为一个与西方既同宗又异源的国家，俄国被接纳为欧洲各民族大家庭的平等一员……俄国小说首批境外的内行读者和爱好者肯定会意识到，他们面对的是世界的艺术画面，而非现实本身。然而，这幅世界艺术画面之后在很大程度上便构成了关于俄罗斯民族性格和俄罗斯民族的概念。"[②]也就是说，先前对俄国和俄罗斯民族感到陌生且不无敌意的西方世界，在读了俄国文学之后却迅速改变看法，将俄国视为一个具有同等文学和文化实力的伙伴。巴格诺把西方的俄国观的转变节点精确地定位在 19 世纪 80 年代初，是因为在这一两年间接连发生几件文学大事，如全俄范围内第一座文学家纪念碑——普希金纪念碑在莫斯科落成，托尔斯泰的《安娜·卡列尼娜》出版单行本，陀思妥耶夫斯基的去世等，这些事件在短时间内集中生发，形成强大冲击力，使整个世界由此开始关注俄国文学及其特征和力量，并由此开始正视俄国的"正面形象"，

---

①［俄］弗谢沃洛德·巴格诺：《西方的俄国观》，刘文飞译，《外国文学评论》2012 年第 1 期。

② 同上。

因此，俄国文学的崛起也就成了整个俄国文化乃至整个俄国国家形象的一个拐点。仰仗俄国文学，俄国的国家现代化进程实现弯道超车，成为一个真正意义上的欧洲文化强国。正因为这一点，祖祖辈辈的俄国人感激俄国文学，拥戴俄国文学，神话俄国文学，也始终心甘情愿地为俄国文学添砖加瓦，万众一心地打造、呵护这张最亮丽的国家名片，从而导致了俄国文化中独特的“文学中心主义”（литературоцентризм）现象，即文学不仅在艺术生活中占据核心位置，成为音乐、戏剧、美术等相邻领域的模仿对象，甚至在社会生活中取代哲学、宗教等成为强大的思想武器和教谕手段，成为某种“大文化”或曰“亚文化”。

被崇拜、被神话的俄国文学，也逐渐构建出俄罗斯民族的某种“文学的想象共同体”。安德森在《想象的共同体》一书中对民族作如此界定：“它是一种想象的政治共同体——并且，它是被想象为本质上有限的（limited），同时也享有主权的共同体。”①不过，他在书中关注最多的却是文学如何与“政治的想象”发生关联，他认为，“资本主义、印刷科技和人类语言宿命的多样性这三者的重合”②促成并强化了“民族”这个“想象的共同体”的构建，因为以“国家方言”为工具的文学在资本主义时代的大量生产，造就了民族的阅读阶级，而民族阅读阶级的存在及其表达反过来又使民族意识的生成、强化和聚合成为可能，“印刷资本主义使得迅速增加的越来越多的人得以用深刻的新方式对他们

---

①［美］本尼迪克特·安德森：《想象的共同体》，吴叡人译，上海人民出版社2005年版，第6页。

② 同上书，第9页。

自身进行思考，并将他们自身与他人关联起来”[①]，从而形成关于某一民族的“想象的共同体”。安德森还将俄国作为个案，分析了语言和文学在俄罗斯民族意识的高涨、俄罗斯民族身份认同的确立过程中所发挥的作用。在俄国文学崛起之前，俄国罗曼诺夫王朝的宫廷语言是法语和德语，但在 1812 年反拿破仑战争获得胜利之后，俄国开始注重维护“语言主权”，开始编纂权威的俄语字典和俄语语法。1833—1849 年任俄国教育大臣的乌瓦罗夫提出了影响深远的官方意识形态，即“东正教、专制政体和民族性”（православие，самодержавие，народность），这里的第三点“народность”我们之前大多译成“人民性”，可能还是应该译成“民族性”（英文就译成 nationality），因为乌瓦罗夫在这里所强调的，就是俄罗斯民族相对于其他民族而言的独特性。在 1861 年农奴制改革后，尤其在亚历山大三世于 1881 年登基后，所谓“俄罗斯化”（русификация/russification）开始成为国策，俄语被列为俄罗斯帝国境内的唯一官方语言，新近被占领地区的学校一律用俄语教学，历史悠久的塔尔图大学就曾因坚持用德语教学而在 1893 年被关闭。而在使俄语成为俄国“国家方言”的过程中，以普希金的横空出世为代表的俄国文学发挥了至关重要的作用，普希金最伟大的文化功绩之一即创建了“俄国文学语言”，也就是说，自普希金开始，借助诗歌和文学创作，俄语成为了一种可以表达俄罗斯民族情感和意识的“文学语言”。短短数十年间，以俄罗斯语言为载体的俄国文学，反过

①［美］本尼迪克特·安德森：《想象的共同体》，吴叡人译，上海人民出版社2005 年版，第 33 页。

来又成为“俄罗斯化”的主要工具之一，对于“俄罗斯性”的形成和固化起到了关键作用，因为“民族就是用语言——而非血缘——构想出来的，而且人们可以被‘请进’想象的共同体之中”[①]，“语言——不管他或她的母语形成的历史如何——之于爱国者，就如同眼睛——那对他或她与生俱来的、特定的、普通的眼睛——之于恋人一般。通过在母亲膝前开始接触，而在入土时才告别的语言，过去被唤回，想象同胞爱，梦想未来”[②]。俄国文学在塑造俄罗斯民族的“想象共同体”方面所起到的作用，可能远远超出人们的“共同想象”，一代又一代的俄罗斯人将艺术真实当成了生活真实，俄国当代作家伊戈尔·沃尔金在参加《中国社会科学报》发起的一场笔谈中写道：“在俄罗斯‘文学中心主义’的作用下，某些虚构的文学情节（如娜塔莎·罗斯托娃参加的第一场舞会、奥涅金和连斯基的决斗、拉斯科尔尼科夫的犯罪等），在社会意识中均被视为实在的民族生活史实。”[③]也就是说，俄罗斯人的“想象的共同体”，首先是一个“文学的想象共同体”。

就这样，俄国文学成了俄罗斯民族意识的最大公约数。对国外而言，俄国文学作为一种塑造俄罗斯民族和国家形象的主要方式，能利用其良好的声誉向境外输送俄罗斯民族的思想和立场，这自然是俄国社会各界所喜闻乐见、乐享其成的；对国内而言，俄国文学通过对俄罗斯民族意识的不断表达和弘扬，赢得了俄国社会不同阶层的共同认可，上层将之当作能凝聚共识、鼓

①［美］本尼迪克特·安德森：《想象的共同体》，吴叡人译，上海人民出版社2005年版，第141页。

② 同上书，第150页。

③［俄］伊戈尔·沃尔金等：《俄国文学创作亟须寻找新形象》，刘文飞译，《中国社会科学报》2015年4月15日。

舞民族精神的思想工具，下层则将其视为改造现实、谋求社会正义的斗争武器，俄国文学因而是“两面讨好”的，它似乎在同时传达两种声音，一种是底层民众渴求正义的声音，一种是国家意志追求强盛的声音。在充满动荡的俄国历史长河中，俄国文学是维系俄国社会和谐和民族整体性的为数不多的重要手段之一，一方面，它是俄国社会精英和知识分子展开思想争论、表达政治诉求的重要阵地，社会思想争论往往借助文学的形式展开和持续，各种思想资源也源源不断地赋予文学以内涵和动力；另一方面，它也是官方特意加以呵护的领域，目的是让俄国文学在社会中维系着某种微妙的平衡，发挥着其他民族社会生活中新闻舆论甚至司法系统所发挥的功能。对于俄罗斯民族而言，俄国文学是他们引以为荣的骄傲，是他们昂首挺立于世界民族之林的重要资本，也是他们表达其精神和气质的拿手好戏，是他们捍卫“俄罗斯性”的主要手段。而对于俄罗斯境内的诸多非俄罗斯民族而言，俄国文学似乎也成了他们身份认同中不可或缺的重要因素，俄国文学像任何一种文学一样，就整体而言是虚构的，审美的，因而在宣扬、传播“俄罗斯性”时是较为隐蔽的，更具“欺骗性”的，更容易得到俄国境内非俄罗斯族受众心悦诚服的接受，比如，如今俄国境内几乎所有的非俄罗斯族人口，说起普希金都津津乐道，背起普希金的诗都朗朗上口，他们的“普希金崇拜”似乎并不亚于俄罗斯人，他们大都心悦诚服地承认自己是文化意义上的普希金后人；比如，对俄国心存不满的 2015 年诺贝尔文学奖得主阿列克谢耶维奇却在她的诺贝尔演讲的结尾称她有“三个家”：“我的白俄罗斯土地，我父亲的故乡，我一直生活在这里；乌克兰，我妈妈的故乡，我的出生地；还有伟大的俄罗斯文化。”[①]克里米亚事件爆发后，基辅城的朱可夫纪念碑被无情推倒，但乌克兰和俄罗斯却为了“争夺”作家果戈理而竞相增高各自的果戈理纪念碑的高度。俄国文学自身民族属性的单一，既是它与俄罗斯民族意识之间过于紧密的关联之体现，也是其在国家和民族的“俄罗斯化”过程中所发挥的功能之结果。于是，无论在俄国的境内还是境外，无论在俄国社会的上层还是下层，无论对于俄国的俄罗斯人还是非俄罗斯人，俄国文学都始终在扮演一种“居中”角色，以其貌似中立的立场发挥着某种中介作用，成为一种“在野的官方意识形态”，在收编、整合俄罗斯民族意识的方方面面，从而成为俄罗斯民族意识的最大公约数。

俄国文学之于俄国、之于俄罗斯民族意识所具有的重大作用和深远意义，或许在世界其他国家是比较少见的，俄国文化中源远流长的“文学中心主义”，是俄罗斯民族精神和国家意识养成过程中一个不可或缺的重要因素，套用俄国诗人叶夫图申科的名句“在俄国，诗人大于诗人”（Поэт в России больше，чем поэт），我们完全有理由说：“在俄国，文学大于文学。”其结果，就是俄罗斯民族借助文学获得的身份认同，就是俄罗斯人民族意识中根深蒂固的“文学的想象共同体”。

（原载《外国文学》2018年第5期）

① ［白俄］斯维特兰娜·阿列克谢耶维奇：《关于一场输掉的战争——诺贝尔演讲》，刘文飞译，《世界文学》2016年第2期。

从俄国的文化图腾“双头鹰”谈起

一

俄国的国徽是一只双头鹰，这只左顾右盼、东张西望的双头鹰，早已成为俄国人心目中的文化图腾。

汉语中的“图腾”是个外来词，这个词据说最早源自印第安语，有“亲属”“标识”等义。作为一个现代学术概念的“图腾”一词，最早出现在 1791 年伦敦出版的英国人类学家龙格所著《一个印第安译员兼商人的航海探险》一书中。将“图腾”一词引进汉语的是严复，他在 1903 年翻译英国学者甄克思的《社会通诠》一书时首次把“totem”译成“图腾”，并在他的译者序中写道：“夷考进化之阶级，莫不始于图腾，继以宗法，而成于国家。”① “图腾”这个汉译极好，因为严复在其中加入了“图”字，使这个汉译名词具有了生动的形象感。如今，关于“图腾”的正式释义是：“一个族群的精神存在、圣化客体或象征符号。”

世界各民族均有其图腾，多以动物为主，如中国的龙、法国的公鸡、草原部落的狼、森林民族的熊，但世界各国用的最

① ［英］甄克思：《社会通诠》，严复译，商务印书馆 1981 年版，第 ix 页。

多的动物图腾，恐怕还是作为兽中之王的狮子和作为禽中之王的鹰，狮子和鹰的图腾后来有许多都演化成了国徽、国旗中的重要构成。俄国国徽中的双头鹰也经历了这样一个演变过程。

双头鹰的图案由来已久，并非俄国所独有。考古发现，距今五千年的苏美尔文明遗迹中就有双头鹰的图案；公元前2世纪，赫梯人已正式使用这个图案作为其王国的标志符号。在近现代的欧洲，许多国家的国徽均以鹰为标志，用双头鹰图案作国徽的也不止俄国一国，还有阿尔巴尼亚、塞尔维亚等国家。提起俄国的象征符号，尤其是在贬损地提起俄国时，人们往往首先联想到熊，尤其是北极熊。棕熊也是俄国人偏爱的动物，被俄国人爱称为“米沙”（Миша）的小棕熊，往往会成为俄国举办的各种大型活动的吉祥物，1998年莫斯科奥运会闭幕式上的小熊米沙及其在闭幕式上流下的道别泪水曾感动无数世人。此外，伏尔加母亲河、白桦树、鱼子酱、伏特加酒、泰加森林、圣像画等等，也时常被人们当成俄国的识别符号，但是，后来真正升格至文化图腾地位的俄罗斯民族标识，可能还是双头鹰。

双头鹰图案首次出现在俄国的官方文件中是在1497年，它成为伊万三世所使用的国玺的主体图案。关于这只双头鹰的来历有这样一个流传很广、几乎已成定论的说法：莫斯科大公伊凡三世迎娶拜占庭最后一位皇帝康斯坦丁十一世的侄女索菲娅·巴列奥略为妻，同时从拜占庭“引进”沙皇的称呼（即恺撒）、基督教（即东正教）以及双头鹰的图案，以此象征俄国对拜占庭王朝的继承权。但是，这个“定论”曾遭质疑，俄国拜占庭学者尼古拉·利哈乔夫早在1911年就发现，拜占庭其实并无一个贯穿始终的作为国家象征的徽章，各个皇帝所采用的徽章均不尽相同，而且其中也都没有出现过双头鹰图案："如果能够证明，拜占庭（以及罗马帝国）并无国玺，帝王的徽章上亦无鹰的图案，那么显而易见，莫斯科当政者便无可能从拜占庭继承连拜占庭自己都没有的东西。"[①] 有人发现，伊凡三世是在 1472 年迎娶索菲娅的，而在 1497 年伊凡三世颁布的一份文件的印章上才首次出现双头鹰图案，这中间长达 25 年的间隔是难以解释的。但无论如何，伊凡三世国玺上这个徽章还是被俄国历史学家卡拉姆津认定为俄国国徽的正宗源头。还有一些俄国学者指出，"双头鹰"的图案，如同"双首神""双首人"和"双头马""双头鸟"等图案一样，很早就出现在俄国北方原始部族的民间创作中。

如果说双头鹰并非一件来自拜占庭的礼物，那么它究竟是从何处"飞落"俄国的呢？一种较具历史逻辑的解释是这样的。考古发现，最早的双头鹰图案约在公元前 3000~ 前 2000 年出现在小亚细亚苏美尔人和赫梯人的文明中，后被塞尔柱人所继承，中世纪成为伊斯兰文化中一个很常见的图案。十字军东征后，欧洲人把这个图案带回西方，并渐渐将这个同时具有图腾意义和世俗装饰性质的符号转化为权力的象征。自 13 世纪起，双头鹰的图案开始出现在西欧许多国家的钱币和印章上，与古罗马时期就已存在的单头鹰图案并存。14 世纪，俄国南部的保加利亚和塞尔维亚皇帝都曾采用这一图案，考虑到当时莫斯科公国与南部斯拉夫国家紧密的政治和文化联系，人们倾向于认为，俄国是从南方引

① 转引自 Г. Вилинбахов，"Родословная российского герба" // *Родина*，1993 № 1.

进这一符号的。

我们猜想，伊凡三世在当时决定国玺图案时可能也曾面临“单头鹰”还是“双头鹰”的选择，他没有采用单头鹰而选择了双头鹰，其实有其内在的心理动机：罗马皇帝用双头鹰，罗马帝国的诸王国则用单头鹰，踌躇满志的莫斯科大公自然要采用最高等级的符号，就像他根据“恺撒”（кесарь）一词而将自己命名为“沙皇”（царь）一样，就像称莫斯科是继罗马和君士坦丁堡之后的“第三罗马”的理论总能赢得俄国帝王的欢心一样，就像俄国东正教名称中那个标榜自己宗教来源之正宗的那个“正”（право-）字一样，其中都包含着俄国君主欲独霸欧洲东部、与整个拉丁化的西方相对峙的雄心或曰野心。换句话说，伊凡三世的双头鹰图案应该是从罗马帝国那里“模仿”来的，伊凡三世试图用这个符号来向整个欧洲宣称，自己才是罗马皇帝奥古斯都的正宗传人。

在谈到俄国国徽为双头鹰时，很多人都忽略了这只双头鹰胸部的另一个盾形图案：一个骑在马上、手持长矛刺向毒龙的武士。据说这个图案倒是来自拜占庭，后被用作莫斯科公国的象征，图案上的骑士是圣乔治。如今，这个图案依然是莫斯科的市徽，只不过其中的骑士被解释为莫斯科城的奠基者尤里·多尔戈鲁基。这两个形象之间有着某种联系，因为圣乔治曾是多尔戈鲁基的保护神。曾为莫斯科大公的伊凡三世在为“全罗斯”制定国家符号时加入这一具有“地域特征”的图案，也是意在彰显莫斯科公国的地位和实力。

在伊凡三世之后，历代俄国君主大多继承了双头鹰加骑士的国徽图案，不过也不时有所“添加”：从 17 世纪开始，双头鹰左右两个鹰爪上分别加上了象征君主权力的权杖和象征国家统一的金球；1625 年，在米哈伊尔·费奥多罗维奇当政期间，戴有皇冠的两个鹰首上方又被加上一顶皇冠；1667 年，在阿列克谢·米哈伊洛维奇当政期间，又专门颁文解释国徽，称三个皇冠分别代表喀山、阿斯特拉罕和西伯利亚三个王国；彼得一世当政时，将国徽的颜色正式定为金色背景下的黑色双头鹰；亚历山大二世和亚历山大三世当政时，都曾进行过“徽章改革”，提出大、中、小等不同的国徽图案，图案设计也更加复杂和规范。二月革命后的俄国临时政府在废止绝大部分皇家符号的同时，却保留双头鹰国徽，只去掉了其中的骑士图案；整个苏维埃时期，双头鹰国徽被彻底废止；苏联解体之后，俄联邦总统叶利钦于 1993 年 11 月 30 日发布总统令，宣布恢复使用帝国时期的双头鹰国徽，但关于国徽的争论却持续很久。俄共一直不同意这个国徽方案，认为它具有过于浓重的宗教色彩和皇权特征；许多俄国知识分子也认为目前这个国徽的“帝国色彩”过于强烈。2000 年 12 月 25 日，俄国国家杜马最终通过《俄罗斯联邦国徽法》，并由普京总统签署，正式确立了如今的国徽图案。新版《俄罗斯联邦国徽法》第一款是这样给定国徽图案的：“俄罗斯联邦国徽为一红底方形盾牌，盾牌底边两角为圆弧状，底边中间向下突出一尖角，盾牌中央为一只双翅向上方展开的金色双头鹰。双头鹰戴两顶小皇冠，其上方另有一顶大皇冠，三顶皇冠由飘带连接。双头鹰左爪握权杖，右爪握金球。鹰的胸部有一红色盾牌，其上有身披蓝色斗篷的银色骑士骑一匹银马，用银色长矛刺向一条仰卧在地、被马践踏的黑龙。”[1]

二

如今关于俄国国徽双头鹰的官方解释通常是这样的：双头金鹰雄视东西两边，代表俄国是一个地跨亚欧两大洲的国家，三顶皇冠象征国家的统一，金球和权杖象征国家神圣不可侵犯的权力，中心小盾牌上的勇士圣乔治骑在白马上用长矛刺杀恶龙，象征俄罗斯民族不忘历史、勇于同敌人斗争的精神。无疑，这样的解释是在努力淡化宗教色彩，淡化皇权意识，淡化俄国过往的殖民历史。其实，双头鹰的“双头”，原来不仅指东方和西方，不仅指欧洲和亚洲，它在很长一段时间里都被解释为皇权和神权、宗教和世俗的并立；至于双头鹰头顶上的三顶皇冠，原来曾被皇室解释为代表先后被俄国吞并的三个鞑靼汗国，即喀山、阿斯特拉罕和西伯利亚，现在的官方解释则语焉不详，只说是象征着国家的统一，而在俄国民间则有多种“解读”，有说是东正教的圣三位一体的象征，甚至有人说代表东斯拉夫三兄弟俄罗斯、乌克兰和白俄罗斯，还有人调侃说是为了给鹰的两个脑袋遮风挡雨。

不过，俄国国徽上的这个双头鹰图案无疑含有深刻的文化内涵，它是俄罗斯民族文化结构的整体象征，是俄罗斯民族集体无意识的具象模型，是俄罗斯民族属性的形象概括。这只双头鹰同时注视着两个方向，具有关于俄国国家地理位置的象征意义；

---

① О Государственном гербе Российской Федерации：федер. конституц. закон от 25 дек. 2000 г. № 2-ФКЗ（ред. от 28.12.2010 г.）// Собрание законодательства Российской Федерации. 2000. № 52（Часть I）. Ст. 5021. 25.

与此同时，它一身两首，顾此失彼，也是一种双重人格、分裂人格的具象化，是俄国社会构成的一种形象体现。双头鹰的图案如今被解释为俄国欧亚两部分合而为一的象征，其实伊凡三世在采用这一图案时未必曾有这样一种清醒、自觉的意识，但随着俄国的不断扩张，随着俄国文化中不同因素的不断冲突，随着人们对俄罗斯民族特性之认识的不断深化，双头鹰的确渐渐地成了俄罗斯国家的复杂构成或曰俄罗斯民族的分裂性格的绝佳象征物。

俄国的东西差异大于南北差异，这大约与俄国大多数江河的流向有关。大江大河既是文化的阻隔，也是文化的纽带，因此在古代，相距遥远的河流两端的文化往往会逐渐走近，而近在咫尺、隔河相望的河流两岸的文化却往往差异甚大。比较一下中国和俄国的地图，不难看出两者间有很大不同，中国的长江、黄河等大河均自西向东流，而俄国的河流大多为南北流向，伏尔加河、涅瓦河等由北向南流，鄂毕河、勒拿河等由南向北流。因此，中国的文化分南北，而俄国的文化分东西。关于俄国文化板块的构成，在俄国有过这样三种比较有代表性的说法：

一是别尔嘉耶夫的“东西方”（Восток-Запад）说。他在《俄罗斯命运》一书中写道：“俄国置身于东方和西方之间的中心地带，她是东西方。”[①]“只有在东方和西方这个问题的范畴内，俄国才有可能意识到自我，意识到自己的使命。她置身于东方世界和西方世界的中心，可以被定义为东西方。”[②]而在他的另一本书《俄罗斯思想》的开头，作者几乎原样地重申了这一概念：

---

① Н. Бердяев，*Судьба России*，Советский писатель，1990，с. 122.

② 同上书，с. 127.

"俄罗斯民族不是纯粹的欧洲民族，也不是纯粹的亚洲民族。俄国是世界的一个完整部分，是巨大的东西方，它将两个世界结合在一起。在俄罗斯的灵魂中，永远有东方的和西方这两种因素在相互搏斗。"[1] 在提出这个概念之前，他还写有这样一段话："俄罗斯民族是最高程度上的两极化民族，它是若干对立面的并存。它可以使人迷恋，也可能使人失望，它那里永远有可能发生意外的事情，它最能激起对它的强烈的爱和强烈的恨。这是一个正在引起西方各民族不安的民族。每个民族的个性就像每个人的个性一样，都是一个微观世界，因此其中必定包含有各种矛盾，但是程度却有所不同。俄罗斯民族就其极端性和矛盾性而言，也许只有犹太民族可以与之相提并论。正是这两个民族具有强烈的弥赛亚意识，这并非偶然。俄罗斯灵魂的矛盾性和复杂性也许与这样的背景有关，即东方和西方这世界历史中的两大潮流在俄国发生着碰撞，产生着相互作用。"[2] 也就是说，在别尔嘉耶夫看来，地处东方和西方之间的地理位置既给俄国的命运带来某种不幸，导致俄罗斯民族性格和民族文化上的矛盾和分裂，但与此同时，它却在新的历史背景下凸显了俄罗斯民族独特的历史使命，将极大地提升俄罗斯民族在世界舞台上的地位和影响。

二是德米特里·利哈乔夫的"南北结构"说。在很多人就俄国文化究竟具有东方属性还是西方属性的问题争执不休的时候，俄国著名学者利哈乔夫院士却对俄国文化的南北属性给予关注，并进而对俄国文化的总体特征进行一番独到的思考。集中表述

① Н. Бердяев，*Русская идея*，АСТ，2002，с. 14.
② 同上书，сс. 13-14.

其观点的著作，就是他的《思考俄国》一书。像任何一个谈论俄国文化属性的人一样，利哈乔夫也无法回避俄国文化中的东西方矛盾问题。像俄国思想史上大多数西方派一样，利哈乔夫也给出了一个坚决的论断：俄国从来不是东方。不过，他创造性地提出了“斯堪的纳斯拉夫”（Скандославия）这一概念，这个单词由“斯堪的纳维亚”和“斯拉夫”两个俄语单词的词根拼合而成，意指俄国文化主要是北欧和南欧文化相互交融的结果。所谓来自南方的影响，主要指拜占庭和保加利亚对俄国在宗教信仰和文字起源等方面的影响，最为突出的例证就是东正教信仰和基里尔字母的传入；而所谓来自北方的影响，则主要体现在社会结构和军事体制等方面，最为突出的例证就是瓦兰人的应召入俄以及留里克王朝的建立。利哈乔夫写道：“人们通常将俄国文化定性为一种介乎欧洲和亚洲之间、西方和东方之间的过渡文化，但是，只有从西方看罗斯，才能看出这一毗邻状态。事实上，亚洲游牧民族对定居的罗斯之影响是微不足道的。拜占庭文化赋予罗斯以基督教的精神特性，而整个斯堪的纳维亚则赋予罗斯以武士侍卫体制。”[①] 这一文一武两种极不相同的文化潮流纵贯辽阔的东欧平原，共同融合成俄国独特的文化传统，因此，利哈乔夫坚定地重申，在俄国文化起源中“发挥决定性作用的”，“是南方和北方，而不是东方和西方；是拜占庭和斯堪的纳维亚，而不是亚洲和欧洲”[②]。

三是列夫·古米廖夫的“欧亚论”。列夫·古米廖夫是俄

① Д. Лихачев，*Раздумья о России*，LOGOS，с. 35.
② 同上书，с. 36.

国白银时代著名诗人古米廖夫和阿赫马托娃的儿子，他是从研究东方历史起步的，但他后来的研究重心却主要放在民族学和人类学上。在他看来，国家的历史并不仅仅是经济、政治和文化的发展史，同时更是种族自身的演变进程。在《种族起源和地球生物圈》一书中，他提出研究历史过程的三个基本参数，即“空间”“时间”和“种族自身”。“空间”就是某一民族生存的自然环境，列夫·古米廖夫又称之为“养育的风景”，它决定这一种族的行为方式，并赋予这一种族区别于其他种族的特征。比如，山民的生活习性就不同于沿海居民，森林民族的文化传统就有异于草原部族。“时间”就是一个民族的存在时限，一个民族像一个人一样，有其童年和老年，有其祖先和后代，有其过去和未来，列夫·古米廖夫认为，种族和单个的人一样也有生老病死，迦勒底人和伊特鲁里亚人如今已不存在，就像从前并不存在法国人和英国人一样，他甚至还认为，每个种族的“寿命”大约就是1500年。“种族”也就是一个共同创造出文化和历史的集体，“生活在特定空间和特定时间中的种族，就是历史剧中的主角”。从生物学的角度看待种族起源，用“科学”的方法研究民族的历史，列夫·古米廖夫学术的最后落脚点仍在于他关于俄罗斯民族和俄国文化的“欧亚一体论”。其实，早在列夫·古米廖夫之前，俄国就一直有“欧亚论”和“第三条道路”等说法，认为俄国既不是西方也不是东方，既不属于欧洲也不属于亚洲，俄国就是俄国，其文化是独特的，是欧亚两种文明的有机合成。列夫·古米廖夫继承这一学说，并在其中注入某些新的内涵。俄语中先前的“欧亚”（Евразия）一词就是由“欧洲”

和“亚洲”两个俄语单词拼合而成的，列夫·古米廖夫则喜欢使用“欧亚主义”（Евразийство）这一更为抽象的概念。在其最后一部著作《从罗斯到俄国》[①]中，他将集合了多种种族基因和民族文化的俄国称为“超种族”，欧亚大陆能联合为一体，往往就依靠此类“超种族”的形成和活动，在俄罗斯民族之前，突厥民族和蒙古民族曾两次扮演这样的角色。而作为一个“超种族”的俄国是在13—14世纪形成的，列夫·古米廖夫甚至还给出了一个精确的“生日”：1380年9月8日，也就是库里科沃战役爆发的那一天，当时，莫斯科公国军队击败蒙古大军，动摇了蒙古人对俄国的统治。列夫·古米廖夫认定，正是在那一天，具有清醒的民族自我意识、感悟到“欧亚”大陆之主宰的使命感的俄罗斯民族正式诞生了。既然俄罗斯民族注定要在欧亚大陆上发挥核心作用，那么，再朝拜西欧无疑就是一个错误的选择，这就是列夫·古米廖夫给出的结论。

三

俄国的文化图腾双头鹰既是俄国地理位置的象征，在一定程度上也是俄罗斯民族性格的折射。俄罗斯人性格不稳定，爱走极端，体现出强烈的矛盾性，即所谓“双重人格”。别尔嘉耶夫在前面提到的《俄罗斯命运》和《俄罗斯思想》等著作中，试图去打开俄罗斯灵魂的秘密，他发现了俄罗斯民族诸多的矛盾性。对于这样一种所谓“矛盾性”，别尔嘉耶夫在文中还先后使用过

① Л. Гумилев, *От Руси к России: очерки этнической истории*, Экопрос, 1992.

许多不同的概念，如“二律背反”“悖论”“极端性”“两极性”“对立性”“两重性”“双重信仰”“二元结构”“矛盾组合”“双重性格”等等。在别尔嘉耶夫看来，首先，一方面，俄国是一个最无政府主义的国家，俄罗斯人是最无政府主义的人民，俄罗斯人向来不善治理国家，几乎所有的俄国思想家、作家和政论家，无论其倾向如何，都具有天生的无政府主义精神；另一方面，俄国又是一个最官僚的国家，俄国创建了世界上最为庞大的帝国，在俄国，一切都会转化为政治的工具，为了国家、政治的利益可以牺牲其他一切利益，数百年来，俄罗斯人的血和汗几乎全都用于巩固和捍卫国家，而无暇顾及个性的发展和自由的创造性生活。结果，最缺乏国家意识的人民却建立了最庞大的帝国，最具无政府主义倾向的人民却成了官僚政体最恭顺的臣民，一个天性自由的民族却仿佛不去追求自由的生活。其次，一方面，俄国是一个最少沙文主义的国家，俄罗斯民族从未像德国人、英国人和法国人那样充满自信和傲慢，俄罗斯人向来缺乏足够的民族自豪感，甚至羞于承认自己是俄罗斯人；另一方面，俄国又是世界上沙文主义色彩最为浓重的国家，俄国一直是一个民族冲突最多、民族压迫最甚的国家之一，大俄罗斯沙文主义的影响不仅遍及俄国，而且超越了国境。俄国在世界大战中的表现使它时常保持有“欧洲救星”“各民族的解放者”的良好感觉；俄国强烈的民族主义情绪，在俄国东正教会的意识形态中有集中、充分的体现，“莫斯科是第三罗马”的学说在俄国思想史中也一直很有市场。最后，别尔嘉耶夫在俄罗斯民族性格中也发现了这样的二律背反。在《俄罗斯思想》的最后，别尔嘉耶夫写道：“应当记住，俄罗斯人的天性是完全极端化的。一方面，是恭顺，是对权利的放弃；另一方面，是由怜悯之心激起的、追求正义的暴动。一方面，是同情，是怜悯；另一方面，是潜在的残忍。一方面，是对自由的爱；另一方面，是对奴役的接受。”[①] 自由和奴性，浪游和停滞，这两者之间巨大的差异，也许是由于俄罗斯灵魂中阴阳成分的尚未糅合。

别尔嘉耶夫罗列的这些矛盾在每一民族中都程度不等地存在，只不过在俄国，其对立的色彩尤为鲜明罢了。之所以如此的原因，恐怕既有地理上、文化上的无归属感，也有社会结构上上下层之间的脱节，甚至鸿沟；既有在基督教世界之内的东正教独立意识，也有在整个欧洲文化范畴内独树一帜的冲动愿望。诸如此类的深层原因还可以找出一些：比如俄国皇室的血统问题，由于公元 9 世纪起北欧的瓦兰人应邀入主罗斯，之后俄国和西欧皇族间的不断通婚，俄国的统治者常常具有西方血统，如北欧或日耳曼血统，也就是“西方人”，以恭顺、忠君为美德的俄国人所臣服的却往往是这些“外国人”，其间的隔阂乃至冲突自然难免，无怪乎俄国历史上的多次农民起义都打着驱逐“异族”的口号。再比如战争的因素，俄国与东、西两个边境上的邻国一直战事不断，战争作为一种独特的“文化交流”方式，会以一种强加的方式提供出对比，每一次战争，俄国无论是战胜还是战败，都会在国内引起激烈的思想反省和社会动荡，在俄国的历史上，战争往往不仅仅是“政治的延续”，而且还是政治的深化，是社会改革的起因。左冲右突的俄国，在与东、西方持续不断的碰撞

① Н. Бердяев, *Русская идея*, АСТ, 2002, сс. 247-248.

中不仅没有缩小两者之间的距离，反而因为每每顾此失彼而加大了选定朝向的难度。上述这些原因，自身也许就是互为因果的，它们相互之间存在着复杂的互动关系。正是这些直接的导火索和间接的因素、表层的原因和深层的原因的共同作用，导致了俄国人在东西方两种价值取向上长期的无所适从。

四

提起双头鹰，人们往往会自然而然地联想到赫尔岑在《往事与沉思》中谈到斯拉夫派和西方派的关系时说过的这样一段名言："是的，我们是对立的，但这种对立与众不同。我们有着同样的爱，只是方式不一……我们就像伊阿诺斯或双头鹰，看着不同的方向，但跳动的心脏却是同一个。"[①] 伊阿诺斯是罗马神话中的门神，其两副面孔一个望向过去，一个朝着未来。而双头鹰却左顾右盼，一个脑袋看着东方，另一个脑袋看着西方。赫尔岑这段话不仅形象地概括了两个派别当时的对峙态势，同时也给出了关于俄国文化结构的一个整体模型。作为一个文化史、思想史流派的斯拉夫派和西方派是在 19 世纪 30—40 年代之交正式形成的，然而作为俄国整个历史中源远流长的两种思潮、两种文化倾向，斯拉夫派和西方派在此前和此后相当长的历史时间里都一直存在着程度不等的对峙，不能把斯拉夫派和西方派的论争看成是俄国历史中一个独立的、短暂的文化现象，这两种思潮的对

① А. Герцен，*Сочинения в девяти томах*，Художественная литература，1955，т. 5，сс. 171-172.

立和转换、渗透和交融，实际上贯穿了整个俄国历史。从16世纪中期爆发的伊凡四世和库尔勃斯基公爵的书信之争，到大司祭阿瓦库姆与尼康主教的宗教意识形态之争，从19世纪30年代恰达耶夫的《哲学书简》点燃斯拉夫派和西方派思想论争的导火索，引发俄国思想分野的开端，到斯拉夫派和西方派的激烈争论，到60—70年代以陀思妥耶夫斯基等为代表的“土壤派”理论的逐渐成熟，从两个世纪之交的白银时代以别尔嘉耶夫、布尔加科夫、格尔申宗、司徒卢威、弗兰克等为代表的“路标派”及其提出的“第三条道路”思想，到苏联时期形成以俄国为主体的巨大的、红色的东西方合成体，从戈尔巴乔夫和叶利钦的亲西方改革，再到索尔仁尼琴的“新斯拉夫主义”和普京的被迫朝向东方，种种迹象表明，面对不同的国家发展道路和文化类型，俄国这只双头鹰始终并依然面临着艰难的抉择，不同文化取向的对峙还存在于当下的俄国，并且可能还将长期存在下去。

最近读到俄国学者安德烈·佐林的一本书，题目叫《“喂养双头鹰”：文学与18世纪后30年至19世纪前30年的俄罗斯国家意识形态》[①]，这个题目使我意识到，双头鹰与俄国文学之间或许也存在着某种关系。在俄国古典主义文学时期，双头鹰作为至高权力和官方意识形态的象征，自然会在众多颂歌体诗作中得到庄严的赞美和歌颂；在浪漫主义文学时期，作为自由之象征的鹰频繁出现在普希金、莱蒙托夫等诗人的诗作中，比如普希金就在《囚徒》一诗中对那只被喂养的“年轻的鹰”说道：“我们

① А. Зорин，*«Кормя двуглавого орла...»*：*литература и государственная идеология в России в последней трети XVIII — первой трети XIX вв*，НЛО，2001.

一起飞去！/我们是自由的鸟；是时候了，兄弟！/飞去天边白雪皑皑的山冈，/飞去闪耀着蔚蓝的海洋，/飞去只有风……与我们散步的地方！”而在批判现实主义时期，双头鹰甚至成了俄国批判现实主义作家面前的一面活靶子，以双头鹰为代表的官方意识形态和社会现实遭到了大多数俄国现实主义作家的抨击和批评，至少在当时的俄国文学名著中，我们很少能看到对双头鹰的正面歌颂和描写。看来，鹰是双头还是单头，还是很不一样的，两者分别作为权力与个人、专制与自由、官方和在野等等的象征，自然会在富有人道良心和社会正义感的俄国文学中获得有区别的对待。如此一来，“单头鹰”和“双头鹰”的并列、对峙和相互转换，倒也成了俄国文学中一个贯穿的主题。

双头鹰这一文化图腾，既是俄国历代君主自视为拜占庭和罗马帝国正宗继承人之心态的真实体现，也是俄国横亘欧亚大陆的地理位置的真实写照，既是俄国文化结构中固有的东西方二元模式的具象概括，又是其民族矛盾性的形象展示。作为俄罗斯国家、民族和文化的一个意味深长的最佳识别符号，这一文化图腾既是俄罗斯民族心理和国家类型的一种拟人化的象征物，同时，在数百年的历史进程中，它似乎也在不断地凝聚、加深并强化俄罗斯人的这样一种文化身份认同。

（原载《中国语言文学研究》2017 年春之卷）

有中国特色的《俄国文学通史》：构想与可能

一

广义的文学史研究活动有可能与文学同时诞生，但学术意义上的文学史研究往往出现很晚，一个典型的例证便是，中国文学具有数千年辉煌灿烂的历史，但世界范围内第一部中国文学史却是由俄国汉学家王西里于1880年完成的《中国文学史纲要》[1]。俄罗斯人对于他们自己文学的历史研究开始得则更早一些，约在18世纪中期，特列季亚科夫斯基的《论古代、近代和当代俄语诗歌》一文[2]被视为最早的俄语诗歌史和文学史研究尝试，作于1755年。在此之后，各种各样的俄国文学史著不断涌现，使俄国文学史研究迅速成为俄国文学界乃至人文学界的一个专门学科。

自19世纪初起，随着自觉的民族文学意识的觉醒，试图对俄国文学的发展过程进行概括和总结的著作开始大量出现，其中

① В. Васильев, *Очерк истории китайской литературы*, СПб., 1880. 中译见［俄］王西里：《中国文学史纲要》，阎国栋译，中央编译出版社2016年版。

② И. Тредиаковский, *О древнем, среднем и новом стихотворении российском*, 1755.

最重要的著作有：鲍尔恩的《俄国文学简明教程》（1808）①，格列奇的《俄国文学教科书》（1819—1822）和《俄国文学史简编》（1822，此书被视为第一部俄国文学史著）②，尼基坚科的《俄国文学史试编》（1845）③，舍维廖夫的四卷本《俄国文学史》（1846）④，加拉霍夫的两卷本《古代和当代俄国文学史》（1863—1875）⑤，以及佩平的四卷本《俄国文学史》（1898—1899）⑥等。进入20世纪，在19世纪的俄国现实主义文学登上世界文学巅峰之后，在19—20世纪之交的俄国文学再度出现“天才成群诞生”的壮丽景象之后，大规模的文学史写作更是蔚然成风，众多的文学史著与众多的文学杰作交相辉映，相互促进，终于在俄国文化和俄国社会中构建出所谓“文学中心主义”现象。这百年间值得一提的文学史著有：温格罗夫主编的《20世纪俄国文学：1890—1910》（1914—1916，此书首度提出“20世纪俄国文学”的概念）⑦，奥夫相尼科-库里科夫斯基主编的五卷本《19世纪俄国文学史》（1908—1910）⑧，科甘的三卷本《俄国当代文学史纲》（1908—1912）和《俄国文学通史》（简编，1927；这两部著作被视为

① И. Борн, *Краткое руководство к российской словесности*, СПб., 1808.

② Н. Греч, *Учебная книга российской словесности*, 1819-1822; *Опыт краткой истории русской литературы*, 1822.

③ А. Никитенко, *Опыт истории русской литературы. Введение*, СПб., 1845.

④ С. Шевырев, *Истории русской словесности*, Ч.1-4, Университетская типография, 1846-1860.

⑤ А. Галахов, *История русской словесности, древней и новой*, в 2 т., СПб., 1863-1875.

⑥ А. Пыпин, *История русской литературы* в 4 т., 1898-1899.

⑦ С. Венгеров（ред.）, *Русская литература XX века. 1890-1910.* 此书后再版不断，直至21世纪，如М.: Республика, 2004.

⑧ Д. Овсянико-Куликовский（ред.）, *Истории русской литературы XIX века*, т. 1-5, 1908-1910.

用十月革命后的新文学史观总结俄国文学史的最初尝试)[1]，高尔基的《俄国文学史》(1939)[2]，苏联科学院俄国文学研究所主编的十卷本《俄国文学史》(1941—1956)[3]，勃拉戈依主编的三卷本《俄国文学史》(1958—1964)[4]，维霍采夫主编的《苏维埃俄罗斯文学史》(1979)[5]，普鲁茨科夫主编的四卷本《俄国文学史》[6]，利哈乔夫主编的《10—17世纪俄国文学史》(1979)[7]，索科洛夫主编的《19世纪末、20世纪初俄国文学史》(1984)[8]等。苏联解体以后，俄国学者撰写俄国文学史的热情反而有所高涨，他们不仅继续关注俄国古代文学和19世纪的俄国经典文学，还试图重构作为一个整体的20世纪俄国文学史，并将更多的注意力投向白银时代文学、境外文学和所谓非主流文学，相继出版的重要文学史著有：斯卡托夫的《19世纪下半叶俄国文学史》(1992)[9]，库

---

① П. Коган, *Очерки по истории новейшей русской литературы*, т. 1-3, 1908-1911; *История русской литературы с древнейших времен до наших дней*(*в самом сжатом изложении*), Молодая гвардия, 1927.

② М. Горький, *Истории русской литературы*, 1909. 此书作者生前并未写完，1939年由苏联科学院根据手稿整理出版，1957年由缪灵珠译成中文，汉译后多次再版(如上海新文艺社1957年版、上海文艺社1959年版和1961年版、上海译文社1979年版等)，在中国影响极大。

③ АН СССР. Институт русской литературы(Пушкинский Дом), *История русской литературы в 10 томах*, Изд-во АН СССР, 1941-1956.

④ Д. Благой(ред.), *История русской литературы В 3 т.* ИМЛИ; ИРЛИ АН СССР, Наука, 1958–1964.

⑤ П. Выходцев(ред.), *История русской советской литературы*, Высшая школа, 1979.

⑥ Н. Пруцков(ред.), *История русской литературы В 4 т.* АН СССР. Институт русской литературы(Пушкинский Дом); Издательство Наука, Ленинградское отделение, 1980-1983. 此书之中译被列为国家社科基金重大招标项目，正由南京师范大学汪介之教授领衔的团队进行翻译和研究。

⑦ Д. Лихачёв(ред.), *История русской литературы X-XII века*, Просвещение, 1979.

⑧ А. Сколов, *История русской литературы конца XIX – начала XX века*, Высшая школа, 1988.

⑨ Н. Скатов, *История русской литературы XIX века. Вторая половина*, Просвещение, 1992.

列绍夫的两卷本《19 世纪俄国文学史》(1997)[①]，阿格诺索夫主编的《20 世纪俄国文学》(1999)[②]，凯尔德什主编的两卷本《世纪之交的俄国文学(1890 至 1920 年代初)》(2000—2001)[③]，佩捷林的两卷本《20 世纪俄国文学史》(2012—2013)[④]等。旅美俄裔学者利波维茨基与其父里德尔曼合编的两卷本《当代俄国文学史》自 21 世纪初面世以来已多次再版，在学界颇有影响[⑤]。

俄国文学史研究也始终是西方斯拉夫学界的一个研究重点，是所谓"俄国学"的重要构成之一。欧美学者对于俄国文学史的关注和描述最早出现在 19 世纪中后期，这在时间上也与俄国文学的强势崛起相吻合。较早的著述有法国作家沃盖的《俄国小说》(1886)[⑥]、德国柏林大学教授勃鲁克纳的《俄国文学史》(1908)[⑦]等。20 世纪初，随着一批俄国作家和学者流亡国外，俄国文学在西方文化生活中的影响有所扩大，在之后近百年时间里先后出现一批影响深远的俄国文学史著，其中最值得一提的有以下几部：米尔斯基的两卷本《俄国文学史》(1926—1927)，此书被纳博科夫称为"用包括俄语在内的所有语言写就的最好一部

① В. Кулешов, *История русской литературы XIX века*, Издательство Московского университета, 1997.

② В. Агеносов (ред.), *Русская литература XX века*, Дрофа, 1999. 此书中译见阿格诺索夫主编:《20 世纪俄国文学》，凌建侯等译，中国人民大学出版社 2001 年版。

③ В. Келдыш (ред.), *Русская литература рубежа веков* (*1890-е – начало 1920-х годов*), ИМЛИ РАН, Наследие, 2000-2001. 此书中译见《俄罗斯白银时代文学史》，谷羽、王亚民等译，敦煌文艺出版社 2006 年版。

④ В. Петелин, *История русской литературы XX века*, *Том I. 1890-е годы - 1953*; *Том II. 1953-1993 годы*, Центрполиграф, 2012, 2013.

⑤ Н. Лейдермани, М. Липовецкий, *Современная русская литература*: *1950-1990-е годы*, в 2 т., Академия, 2003. 由四川大学李志强教授领衔的翻译团队正在翻译此书。

⑥ Vogüé, de Melchior, *Le roman russe*, 1886.

⑦ A. Brückner, *Geschichte der russischen Litteratur*, 1905; 最早英译见 A. Brückner, *A Literary History of Russia*, trans. H. Havelock, T.F. Unwin, 1908.

俄国文学史”[1]，它在欧美国家长期被用作教科书[2]；被称为“美国最著名俄国文学专家”[3]的斯洛尼姆所著《苏维埃俄罗斯文学史》（1964），此书作为我国改革开放之后最早被译成汉语的西方俄国文学史著，在中国产生很大影响[4]；纳博科夫的《俄国文学讲稿》（1981），这是纳博科夫在美国大学教授俄国文学的讲稿，也是一部以作家论为骨干的独特的俄国文学史著[5]；莫瑟主编的《剑桥俄国文学史》（1989）和艾默生所著《剑桥俄国文学史导论》（2006），均是在英语国家多次再版、影响很大的俄国文学史著[6]。除用英语写作的俄国文学史著外，还存在着用世界上其他语种书写的同类著作。2015 年 11 月，首都师范大学北京斯拉夫研究中心举办了一场题为“俄国文学史的多语种书写”的国际学术探讨会，来自俄、英、德、法、意、日、韩等国的俄国文学史家欢聚一堂，交流各自的俄国文学史写作经验，会后出版的论文集《俄国文学史的多语种书写》初步描绘出一幅俄国文学史的世界书写全

---

① G. S. Smith，*D. S. Mirsky*：*A Russian-English Life*，*1890-1939*，Oxford University Press，2000，p.295.

② D. S. Mirsky，*Contemporary Russian Literature*，*1881-1925*，George Routledge & Sons，1926；*A History of Russian literature from the Earliest Times to the Death of Dostoyevsky*（*1881*），Knopf，1927. 中译见德·斯·米尔斯基：《俄国文学史》，上下卷，刘文飞译，人民出版社 2013 年版。

③ I. Calvino，*Hermit in Paris*：*Autobiographical Writings*，Mariner Books，2014，p.41.

④ M. Slonim，*Soviet Russian literature*：*Writers and Problems*，1917-1977，Oxford University Press，1977. 中译见斯洛宁（斯洛尼姆）：《苏维埃俄罗斯文学》，浦立民、刘峰译，上海译文出版社 1983 年版。

⑤ V. Nabokov，*Lectures on Russian literatures*，Harcourt Brace Jovanovich Pub.，1981. 中译见纳博科夫：《俄国文学讲稿》，丁俊、王建开译，上海三联书店 2015 年版。

⑥ C. Moser，*The Cambridge History of Russian Literature*，Cambridge University Press，1989，1992，2008；C. Emerson，*The Cambridge Introduction to Russian Literature*，Cambridge University Press，2008. 这两本著作均已被列为首都师范大学林精华教授承担的国家社科基金重大招标项目“剑桥九卷本俄国文学史翻译与研究”的翻译对象。

景[①]。在俄、英、中文之外的俄国文学史著中，篇幅最大、最有影响的当属法国斯拉夫学者乔治·尼瓦等主编的六卷本法文版《俄国文学史》（1987—2005），这部著作是西方俄国文学研究界通力合作的重要成果[②]。

俄国文学在19世纪70年代进入中国，1903年在上海面世的普希金小说《俄国情史》（即《大尉的女儿》）标志着俄国文学的中国接受史之开端。与文学的开端和文学史的开端往往相距遥远的情况有所不同，中国的俄国文学译介和中国的俄国文学史研究这两者之间却间隔极短。在俄国文学正式步入中国之后短短十几年间，郑振铎便写出第一部中国学者的俄国文学史著《俄国文学史略》（商务印书馆，1924）。稍后，蒋光慈在上海出版《俄国文学》（创造社出版部，1927），此书分为两卷，下卷为瞿秋白于1921—1922年旅俄期间写成的《俄国文学史》，上卷为蒋光慈本人所著《十月革命与俄国文学》。汪倜然的《俄国文学ABC》（1929）也是一部关于俄国文学历史的简略叙述。新中国成立之后，在中苏友好的历史大语境下，俄苏文学如滚滚洪流涌入中国，在诸语种外国文学中独占鳌头，甚至成为中国人“自己的文学”，但让人颇感奇怪的是，在成百上千的俄国文学作品被翻译成中文的时候，在众多俄苏作家在中国早已家喻户晓的情况下，中国学者却鲜有关于俄苏文学历史的描述，在中国的俄苏文学研究界，相当长一段时间里占据显赫位置的似乎仅为两部翻译过来的文学史著，即布罗茨基主编的《俄国文学史》（三

---

① 刘文飞编：《俄国文学史的多语种书写》，东方出版社2017年版。

② G. Nivat，I. Serman et V. Strada，*Histoire de la littérature russe*，*t. 1-6*：*Des origines aux lumières*，Fayard，1987—2005.

卷本，蒋路、孙玮、刘辽逸译，作家出版社，1954、1957、1962年版）[1]和季莫菲耶夫的两卷本《苏联文学史》（两卷本，叶水夫译，作家出版社，1956，1957）[2]，这两部译著在国内读者圈和研究界产生了深远持久甚至垄断性的影响，是我国几代俄苏文学研究者文学史知识、文学观和文学史书写方式的主要来源。直到20世纪80年代，由中国学者编纂的俄国文学史著才陆续出现，如易漱泉、雷成德、王远泽等主编的《俄国文学史》（湖南文艺出版社，1986）等。曹靖华主编的《俄苏文学史》（三卷本，1992—1993）的出版，是中国俄国文学史研究中的一个标志性事件，此书为集体著作，全国各地数十位学者参与撰写，展示出中国的俄国文学研究者的强大阵容和深厚学力，至今仍是我国高校师生最重要的教学参考书[3]。1994年面世的《苏联文学史》（三卷本，叶水夫主编）是一部中国的“科学院版”苏联文学史，对整个苏联时期的文学发展过程和风格特质做了详尽描述。[4]近三十余年间，中国学者撰写的其他重要的俄国文学史著还有：雷成德主编的《苏联文学史》（辽宁人民出版社，1988），刘亚丁的《19世纪俄国文学史纲》（四川大学出版社，1989），倪蕊琴和陈建华的《当代苏俄文学史纲》（辽宁教育出版社，1997），李明滨主编的《20世纪俄罗斯非主潮文学》（北岳文艺出版社，1998），李辉凡和张捷的《20世纪俄国文学史》（青岛出版社，

---

① 原作为Бродского Н.Л.（ред），*Русская литература*，Учпедгиз，1950，тип. Кр. пролетарий. 此书实为中小学八年级课本，内容比较浅显，主编尼古拉·布罗茨基是挂名的，作者实为Н. Поспелов，П. Шаблиовский，А. Зерчанинов等人。

② 原作为Л. Тимофеев，*Русская советская литература*，Учпедгиз，1947，тип. Кр. пролетарий.

③ 曹靖华主编：《俄苏文学史》，1—3卷，河南教育出版社1992—1993年版。

④ 叶水夫主编：《苏联文学史》，1—3卷，中国社会科学出版社1994年版。

1998），李毓榛主编的《20世纪俄国文学史》（北京大学出版社，2000），任光宣、张建华、余一中的《俄国文学史》（北京大学出版社，2003），郑体武的《俄国文学简史》（上海外语教育出版社，2006），刘文飞的《插图本俄国文学史》（北京大学出版社，2010），汪介之的《俄罗斯现代文学史》（中国社会科学出版社，2013）等。

由此可见，无论是在俄国、中国还是在世界其他国家，俄国文学的历史均得到了充分、多样的书写，那么，在汗牛充栋的俄国文学史著出现之后，我们为何还要新编一部多卷本《俄国文学通史》呢？

二

在当下编写一部中文版多卷本《俄国文学通史》，的确已是中国学者无法回避的一项研究任务，其迫切性和必要性主要体现在如下几个方面：

首先，在苏联解体之后，俄国文学及其历史在极短的时间里发生了天翻地覆的变化，让人眼花缭乱，新的文学在吁求新的文学阐释，新的文学史观也迫切需要获得表达和落实。苏联解体后的新的俄国文学现实，至少导致了这样三种新写俄国文学史的需求：一是文学史观的变化，苏联解体后，苏联时期形成的关于苏维埃文学，乃至整个俄国文学的文学史观遭到相当大程度的颠覆和扬弃，昨日的众多名家名作遭到无情否定，一些曾被否定的对象则被挖掘出来，重新赋予其文学史意义，至于这一过程中始终伴随着的争论和争斗，更让俄国文学史的重写变得急迫起来；二是文学史的内容和范围空前扩大，苏联时期的非官方文学、地下文学，还有所谓境外文学、回归文学等，使得20世纪俄国文学的描述对象变得更为多元，这些不同的文学构成也亟须得到归纳和整合，而苏联时期较少得到研究的十月革命前的非现实主义文学、宗教内容的文学和白银时代的文学等，也成为亟待面对的文学史课题；三是对苏联解体前后的当代文学的归纳，苏联解体后，后现代主义文学的兴盛，大众文学对严肃文学的冲击和挤压，女性文学的崛起，虚构和非虚构文学的相互渗透，诸如此类的文学新现象也需要做出文学史的归纳。俄国文学自身发生的变化之剧烈，俄国文学史在近二十余年间所遭受的解构之剧烈，或许均为世界文学史中所罕见，在这样的学术语境下，我们迫切需要一部新的大型俄国文学通史来释疑解惑，正本清源，把俄国文学的历史真实还给俄国文学。

其次，中国的俄国文学研究事业经过百余年的发展，如今似乎也到了能够完整体现自己综合实力的历史时刻。中国的俄国文学史研究传统源远流长，李大钊、瞿秋白、鲁迅、巴金、茅盾等中国共产党的早期领导人和中国新文学的奠基者均为中国俄国文学研究的先行者，在五四运动、抗日战争、中苏友好、改革开放等不同历史时期，俄苏文学曾在中国产生巨大影响，也使得中国的俄苏文学研究走在了世界的前列。在我们之前，已有过三代国人对俄国文学史展开过研究，第一阶段的俄国文学史书写以瞿秋白、蒋光慈等人的《俄国文学史略》为标志，第二阶段以两部译著为代表，分别是布罗茨基主编的《俄国文学史》和季莫菲耶夫主编的《苏联文学史》，第三阶段的代表作分别是曹靖华主编的《俄苏文学史》和叶水夫主编的《苏联文学史》。时至今日，这些著作和译著或多或少显示出了时代的局限性，无法向汉语读者提供出一幅更为完整、更为真实的俄国文学版图。另一方面，我们在当下展开俄国文学通史的编写，还有若干有利条件：其一，中国改革开放以来，中国学者撰写了大量俄国文学史著，它们或为断代史，或为体裁史，或为专题史，为我们这部综合性通史的写作提供了广泛的借鉴可能；其二，近三十余年间，我们翻译了大量俄苏和欧美的俄国文学史著，如前面提及的斯洛尼姆的《苏维埃俄罗斯文学》、俄国科学院世界文学研究所主编的《俄罗斯白银时代文学史》、阿格诺索夫的《20世纪俄国文学史》和《俄罗斯侨民文学史》，米尔斯基的《俄国文学史》，以及正在翻译中的“剑桥俄国文学史丛书（九卷本）”、苏联科学院编的《俄国文学史》（四卷本）和利波维茨基的《当代俄国文学史》（两卷本）等，这使得我们能对国际同行的学术成就有比较充分的把握。其三，本课题组的成员均为恢复高考后率先步入高校的一代学人，目前正处于人文学者学术生涯中的黄金时期，课题组成员几乎均有撰写、翻译或编著俄国文学史著的经验，已成为所在高校乃至整个学界的学术带头人，这部《俄国文学通史》的编写和出版，将既是对改革开放后成长起来的中国的俄国文学研究队伍的一次学术检阅，同时也是我们这一代学人真正意义上的集体学术智慧的结晶。

最后，中俄两国关系，尤其是两国文学和文化关系的发展，也为这部《俄国文学通史》的编写创造了良好的外部环境。俄国文化中长期存在所谓“文学中心主义”现象，即文学始终在俄国文化和俄国社会生活中扮演中心角色，19世纪80年代，随着俄国文学的崛起，俄国的国家形象得到极大改善，俄国文学也由此成为“社会生活的百科全书”和“生活的教科书”，在俄罗斯人的心目中，文学从来就不是无关紧要的高雅文字游戏，而是介入生活、改变生活乃至创造生活的最佳手段，所谓“审美的乌托邦”成为俄罗斯民族意识和思想构成中一种特殊的集体无意识，俄国作家始终在扮演社会代言人和民族思想家的角色，被视为真理的化身和良心的声音。另一方面，俄国文学在中国有着广泛、坚实的传播基础，一部分中国人所谓“俄国情结”，其核心就是“俄国文学情结”，实质上就是国人对于俄国文学的尊重和热爱。当俄国的“文学中心主义”遇上中国的“俄国文学情结”，在中俄两国间展开“文学外交”的可能性便能得到确立。在中俄两国关系处于历史最好时期的当下，一部由中国学者撰写的大部头《俄国文学通史》，必将为中俄两国的文化关系添砖加瓦，进一步提升中俄两国关系的文化品位，深化和强化两国人民的相互理解。

综上所述，俄国文学自身的变化提出了重写俄国文学史的迫切需求，中国的俄国文学研究传统也到了一个需要做出新的阶段性总结的时刻，再加之国际地缘政治和学术版图的变化、中俄两国文化关系的加强等，这些因素似乎同时为我们新编俄国文学史创造出一个难得的历史机遇，一部中文版多卷本《俄国文学通史》的编写恰逢其时。

三

我们这部《俄国文学通史》拟分为六卷，每卷篇幅在40万字左右，将从俄国文学的发端一直写到当下。六卷的具体分期为：9—18世纪；19世纪上半期；19世纪下半期；20世纪上半期；20世纪下半期；后苏联时期。除第一卷和第六卷外，其他各卷的涵盖时间均为50年左右。在各卷的结构中，我们将放弃以往文学史按照理论、诗歌、小说、戏剧等体裁板块进行划分的传统方法，也避免按年代顺序或按作家生卒年代顺序设置章节的一统布局，试图在章节的设置上尽量突出问题意识，将文学史上的大作家、重要作品、重要文学流派或现象等作为具体章节的论述重点。

第一卷《古代和18世纪俄国文学》由四川大学刘亚丁教授撰写。俄国文学是欧洲和世界文学中相对后起的语种文学之一，俄国文学第一部具有世界影响的杰作《伊戈尔远征记》直到公元12世纪方才出现，但俄国文学后来却迅速赶上，甚至弯道超车，在19世纪中期攀上世界文学的顶峰。本卷将追溯并描述俄国文学自其源头至18世纪末这数百年间的历史，着重考察并思考古代俄国文学的构成和发展、俄国文学后来诸多特征的历史渊源、古代俄国文学与19世纪俄国文学腾飞之间的内在关系等诸多问题。相对于19世纪、白银时代和20世纪的俄国文学，古代俄国文学无论在中国还是在欧美各国，甚至在俄国本国，至今似乎均未得到更为充分的研究，人们普遍感觉古代俄国文学不够发达，具有世界影响的文学杰作不多，学者们似乎也觉得很难理出一条清晰的文学史发展脉络。这究竟是古代俄国文学历史的发展实况，还是长期缺乏相应、相称的专门研究所导致的结果，《俄国文学通史》第一卷的写作或能给出一种答案。19世纪之前俄国文学的丰富内涵值得认真挖掘，比如，异教时代的文化残余，东正教融入俄国文化的过程，宗教文学与世俗文学之间的互动关系，俄罗斯民族文化心理形成的过程等，均可能由文学呈现出来。俄国古典文学是俄国古典文化的组成部分，它与俄罗斯民族古代的绘画、建筑、音乐等艺术体裁一起，构成俄罗斯民族的文化心理表征。对于俄国古代文学的文体学研究，对于俄国文学诸多特质的原始形态的探究，无疑也是研究俄国古代文学的重要范畴。对于中国的俄国文学研究者而言，古代俄国文学是我们绕不过去的一道门槛，只有在充分理解俄国文学起源时期的诸多特质和问题的基础上，我们才有可能对俄国文学后来的发展和演变拥有更为充分、更有逻辑的把握和理解。

第二卷《19世纪上半期俄国文学》由上海外国语大学郑体武教授负责撰写。俄国文学在19世纪开始崛起，但真正赢得世界性声誉还是在19世纪中后期，整个19世纪前半期均可视作俄国文学腾飞的准备期。在这一时期，普希金、果戈理等登上文坛，使俄国文学的创作实力和社会影响迅速达到欧洲水准。本卷将追溯并描述俄国文学19世纪上半期这50年间的历史，对卡拉姆津、普希金、果戈理、莱蒙托夫等大作家、大诗人进行着重考察，并思考俄国文学腾飞的前提、过程和影响。关于俄国文学从古典主义到感伤主义、再从浪漫主义到现实主义的潮流转换，也将成为本卷的重要论题。关于19世纪上半期的俄国文学材料很多，如何取舍是个问题；这一时期的文学也是大家较为熟悉的，如何写出新意或许也是一个挑战；这一时期文学流派纷呈，以前的文学史关于这些流派更迭、转换的描述大多是线性的，递进的，但实际情况有可能更为复杂，需要做更细致的观察和更深入的思考。

第三卷《19 世纪下半期俄国文学》由南开大学王志耕教授撰写。俄国文学的辉煌出现在 19 世纪下半期，始自普希金的俄国文学经过数十年的发展和成长，终于在 19 世纪下半期开花结果，以屠格涅夫、陀思妥耶夫斯基、托尔斯泰、契诃夫等人的创作为代表的俄国现实主义文学造就出俄国文学史中的“黄金时代”，构成世界文学史中的第三高峰。本卷将追溯并描述俄国文学 19 世纪下半期这 50 年间的历史，对屠格涅夫、陀思妥耶夫斯基、托尔斯泰、契诃夫等大作家进行着重考察，深入探讨他们创作的美学意义和思想价值，并对“黄金时代”俄国文学的特质、风格和意义进行归纳和概括。19 世纪下半期的俄国大作家为数甚多，如何在写作过程中分配和平衡篇幅，如何对于那些我们耳熟能详的俄国经典大家做出既遵循传统定论、又富有新颖洞见的解读，是本卷面临的一大难题；以往俄国和我国关于这一阶段文学史的解读大多具有较强的社会学批评意味，如何在继承这一阐释传统的同时给出更多文学的、美学的乃至文化学的、思想史的阐释，应该成为本卷的着力点之一。

第四卷《20 世纪上半期俄国文学》由南京师范大学汪介之教授撰写。在 19 世纪中后期的“黄金时代”之后，俄国文学在 19、20 世纪之交迎来又一个文学高峰，即“白银时代”。“天才成群诞生”的壮观景象在俄国文学史中再度出现，俄国也成为世界范围内现代派文学的主要策源地之一。十月革命之后，俄语文学出现剧烈变化，以俄语文学为主导的苏联文学异军突起，成为世界文学史上一种崭新的文学。本卷将描述俄国文学20世纪上半期50年间的历史，对“白银时代”“文学与革命”“苏维埃文学”“社会主义现实主义”等文学史现象进行思考，对“白银时代”的一大批杰出诗人如勃洛克、阿赫马托娃、茨维塔耶娃、马雅可夫斯基、曼德尔施塔姆等人的创作，对于作为苏维埃文学奠基人的高尔基的创作，对于十月革命后出现的无产阶级文学的内容和形式、本质和风格等进行归纳。20世纪上半期的俄国文学构成复杂，变化剧烈，革命前后的文学性质有很大不同，如何寻找并归纳其中的同异，将是一个艰难课题。在这一时期，俄国文学是与苏联文学紧密纠缠的，如何处理20世纪的“苏联文学”和“俄语文学”这两者间既对立又统一的关系，亦即是否需要对“俄苏文学”中的两层含义进行剥离，如果需要的话又该如何剥离，再比如，如何处理苏联时期那些用俄语写作的非俄罗斯族作家的创作，如何处理苏联时期除俄罗斯联邦外的其他加盟共和国的俄语文学，所有这些在具体的写作过程中可能都会成为颇费思量的难题。

第五卷《20世纪下半期俄国文学》由首都师范大学刘文飞教授撰写。20世纪下半期的俄国文学，同样构成世界文学史中一个波澜起伏、蔚为壮观的文学时代，从斯大林去世后的“解冻时代”到东西方之间的意识形态“冷战”，从戈尔巴乔夫的“新思维”到苏联的“解体”，从后现代文学和文化的浪潮到新世纪俄国文学的全方位试验，的确是一段精彩纷呈、令人眼花缭乱的文学史考察对象。本卷将描述俄国文学20世纪下半期40年间的历史，对上面提及的文学现象进行梳理和归纳，试图从中找出某些俄国文学发展的规律性问题。文学的解冻和解冻文学、奥维奇金派、战壕真实派、诗歌中的高声派和细语派、苏共二十大及其文学产儿、第四代作家、六十年代作家、境外文学的第三浪潮、集中营文学、道德题材、生产题材、战争文学、乡村散文等重要的文学流派和现象，都将成为主要论述对象，而列昂诺夫、帕斯捷尔纳克、叶夫图申科、索尔仁尼琴、阿斯塔菲耶夫、拉斯普京、布罗茨基、格罗斯曼、艾特马托夫、邦达列夫、比托夫、韦涅季克特·叶罗菲耶夫等重要作家及其作品，自然也要成为解析课题。就对苏联时期俄语文学史的“反思”和“改写”而言，此卷将面临更多的挑战和更为艰巨的任务。

第六卷《当代俄国文学》由首都师范大学林精华教授撰写，本卷将对苏联解体之后至今俄联邦境内的文学进行描述。本卷所描述的文学发展历史相对较短，却为较难做出历史性定论的“当代文学”。此卷的写作难点在于，就变化之剧烈、构成之复杂、现象之纷乱而言，这20余年间的文学在整个俄国文学的发展历史中或许少有出其右者，这对于清晰、连贯的文学史描述来说自然构成一个挑战；苏联解体之后，对“苏维埃文学”的评价一落千丈，对具体作家和作品的评价更是此起彼伏，这也给我们吸收和利用相关材料带来困难；对于“回归文学”“出土文学”“地下文学”“境外文学”等的认识和归纳，也是一项艰巨的任务。解体前后的俄国文学十分复杂纷繁，解构的集体无意识在文学中的渗透，后现代文学时尚的铺天盖地和迅速衰落，女性文学的强势崛起，以及东正教意识形态对俄国文学的强大影响等，足以令人眼花缭乱。本卷将对近 20 年俄国文学的演变和走向进行宏观的概括和具体的细读，着重分析统一的俄国文学如何可能、严肃文学和大众文学的并立、俄联邦时代的文学会如何延伸等问题。此卷字数可能相对较少，但由首都师范大学于明清教授负责整理的专有名词、人名、作品名索引将作为附录列入此卷，此卷的篇幅因此将与其他各卷大致相当。

四

我们这部新编的《俄国文学通史》能否得到大家认可，能否经受住历史检验，课题组成员们其实也诚惶诚恐。但是，我们有意在以下几个方面做出我们的努力，或者说，我们希望这部俄国文学史著能体现出以下几个方面的新意和特征：

首先，这将是一部真正的俄国文学“通史”，“通”字将成为这部著作的最大特色之一。“通”的第一层含义是全面和完整，这将是迄今为止由中国学者撰写的篇幅最大、涵盖时间最长的《俄国文学通史》，之前篇幅最大的同类著作为曹靖华主编的《俄苏文学史》，但它只写到“二战”之后，而我们这部《俄国文学通史》将从俄国文学的发端一直写到当下，给出一幅俄国文学史的全景图，一部俄国文学生活的百科全书。本书至少有这样三个阅读目标群：一是我国乃至世界各国的俄国文学研究专业人士，此书应成为他们重要的学术参考书；二是我国高校俄罗斯语言文学专业的本科生和硕博士研究生，此书应成为他们的必读书目；三是广大俄国文学爱好者，乃至一般文学爱好者，此书应成为他们步入、观览俄国文学的重要指南，让他们一书在手，尽览俄国文学的风光。“通”的第二层含义是贯穿和透彻，我们将对俄国文学的发展历史予以较为细致的回顾和扫描，较为详尽的分析和归纳，较为深刻的理解和思考，循序渐进地描述俄国文学自古至今近千年的发展过程，揭示其内在的发展规律，努力体现出统一的美学观、文学观和文学史观，并追求结构、风格、文字等形式方面的呼应和统一。“通”的另一层含义是打通中、俄、西的俄国文学研究，长期以来，中国的俄国文学研究多受俄国、主要是苏联的文学史观影响，中国改革开放以后，我们又得以了解欧美同行的研究成果，总体而言，俄国和西方的俄国文学史描述很不相同，在有些时候、有些地方甚至是相互打架的，而我国新一代俄国文学研究者除俄语外大多还懂英语，这使得我们有可能在这部《俄国文学通史》中采取“三合一”的方式，保持“学术中立”，不偏不倚，同时借鉴、融合中国、俄国和西方三派俄国文学史研究者的观念和成果，博采众长的心态有可能使我们的目光更为开阔，论述更为客观，结论更为合理。

其次，这将是一部“文学的”文学史。所谓“文学的”，是就如下意义而言的：其一是文字之美，阅读俄国人写的文学史，不难发现，除少数出自作家之手的文学史外，大多是四平八稳的，而中国的文学史家却比较注重文学史书写的“美文”传统，比如中国的第一部俄国文学史著、郑振铎的《俄国文学史略》就是这么开头的：“俄国的文学，和先进的英国，德国及法国及其他各国的文学比较起来，确是一个很年轻的后进；然而她的精神确是非常老成，她的内容确是非常丰实。她的全部的繁盛的历史至今仅有一世纪，而其光芒却在天空绚耀着，几欲掩蔽一切同时代的文学之星，而使之黯然无光。”[①]这样的文字风格应该为我们所继承和仿效。其二是学术个性，文学史家的个性既表现为其文学史观，也体现为其文字风格，并最终形成其文学史著的调性。以赛亚·伯林在评价米尔斯基的英文版《俄国文学史》时所言的两个特征，即“十分个性化”和“对于自己文学洞察力的无比自信”[②]，应该成为我们的追求。为最大限度地保持个性风格和独特调性，我们此番放弃了以往大型文学史著多为大兵团作战的方式，决定每一卷由一人单独撰写，就是想更多地体现作者的个人风格和独特调性。其三是谋求文学史与社会史、思想史之间的平衡，在继承传统的俄国文学史的社会学批评方式的同时，在汲取俄国形式主义对文学史“内部规律”的解读方式的同时，本套俄国文学史著还将并重关于俄国文学史的文化学阐释，即注重发掘俄国思想的文学属性和俄国文学的思想史属性，这三种大的文学史书写取向之间的平衡，将成为我们这部《俄国文学通史》的努力方向之一。

最后，这将是一部有中国特色的俄国文学通史。所谓“中国特色”，至少可以体现在这么几个方面：其一，让这部著作更多地渗透进中国学者的俄国文学史观，用中国学者的声音叙述俄国文学史故事，并进而建立俄国文学史研究的中国学派；其二，尽量纳入一个半世纪以来中国几代学者的俄国文学史研究成果，

① 郑振铎：《俄国文学史略》，岳麓书社 2010 年版，第 1 页。

②［俄］德·斯·米尔斯基：《俄国文学史》上卷，刘文飞译，人民出版社2013年版，第 15 页。

将他们的观点推介给国际同行，让他们的工作获得更多的国际认可；其三，适当加入俄国文学的中国接受史和中俄文学交流史方面的内容，比如普希金的《大尉的女儿》作为第一部汉译俄国文学作品的经历、“黄皮书”在“文革”期间的奇特命运、改革开放初年中国四家俄苏文学期刊并立的壮观场景等。一部有中国特色的俄国文学通史，自然更有可能引起国际同行的关注。我们也将就此项目展开国际合作，俄国科学院俄国文学研究所和世界文学研究所的两位所长在获悉本课题立项后，在第一时间发来贺信，并表示将提供一切学术支持。我们在写作的过程中，在最后的定稿环节，将邀请俄国和世界其他国家的同行专家参与我们的工作，让他们的学术智慧渗透进我们的著作；同时，我们也注重在写作过程中及时向世界各国同行广泛宣传我们的进展和发现，引起国际同行的关注，并注意保留相关素材，为这部著作的外译留下余地，做好前期准备。我们相信，这样一部大型俄国文学史著的推出，必将极大地扩大中国的俄国文学研究界，乃至中国整个斯拉夫学界的国际声誉和影响。

在本项目的评审过程中，匿名评审专家们提出许多宝贵意见和建议。在2018年4月21日举行的“多卷本俄国文学通史”开题论证会上，与会的专家学者也提出了许多很有建设性和启发性的建议[①]。本课题首席专家所在单位首都师大校方也给予本课题组以大力支持，项目获批后不久，首师大社科处领导就主动帮助我们成立了一个专门研究机构——“俄国文学史研究中心”。本课题

① 详见《“多卷本俄国文学史通史”开题会纪要》，王静、张曦、刘文飞记录整理，《俄罗斯文艺》2018年第4期。

立项后，国内多家媒体先后报道了立项消息和开题会情况，相关的阶段性研究成果也陆续开始发表。

万事俱备，更乘东风，我们有信心、也有决心在五年左右的时间里完成这一项目，向广大同行和读者、同时也向我们自己交出一份合格的答卷。任重道远，我们将砥砺而行！

（原载《首都师范大学学报（社会科学版）》2019 年第 2 期）

中俄文学外交的可能性

中俄两国国家层面的正式交往至少已有三百多年历史，有确凿史料记载的两国外交关系最早可追溯至17世纪中叶，稍后于1689年签订的《中俄尼布楚条约》构成了两国关系史上的第一座里程碑。在此后三百多年时间里，中俄两国有和平共处，也有兵戎相见；有友好交流，也有老死不相往来。两个相邻大国之间的关系出现风风雨雨，起伏跌宕，这并不奇怪，而20世纪50年代的中苏蜜月时期，倒是创造了世界国家关系史中的一段佳话。近些年，中俄两国领导人在他们的讲话中反复强调，如今的中俄关系正处于“历史最好时期”。说“最好”，自然是认为当下的两国关系比20世纪50年代的中苏关系还要好。在20世纪七八十年代，两国媒体在谈到当时的中苏关系时使用频率极高的一个说法即“关系正常化”，这也就是说，此前相当长一段时间内的两国关系是“不正常的”。这种“不正常”，当然是针对20世纪60年代起的中苏交恶而言，但同时或许也在一定程度上暗指50年代的中苏蜜月。眼下的中俄关系之所以“最好”，恰在于其“正常”。在我看来，两个国家“正常的”外交关系应该呈现为多元的关系，即要同时涉及政治、经济和文化等各个领域；与此同时，这一关系还应具有一定的深度和广度，既要有最高领导层之间的来往和共识，也要有普通百姓之间的相互理解，既要有两国商人和旅游者的海量往来，也要有两国精英阶层的心有灵犀。这样的关系之形成，就不能仅仅依靠政治外交、经济外交、军事外交和能源外交，还应该依赖人文外交、文化外交。而在中俄两国的人文外交和文化外交中，我认为，文学应该占据一个重要的位置，发挥重要的作用，我大胆地在这里提出一个中俄“文学外交”的概念，并尝试粗浅地论证一下中俄文学外交的可能性。

中俄两国最近一段时间相互接近的速度和程度，我们大家都不难真切地感觉到，从高层的密集互访到能源大单的签署，从联合军演到青年互访，在航空航天、本币结算、签证便利化、技术转让、合资项目等方面的合作也如火如荼。莫斯科至喀山的高铁项目，中资入股俄罗斯石油公司，两国合作研制大飞机等大手笔合作，更是引起了全世界的关注。可以说，中俄关系中“政热经冷”的局面已大为改观。这自然得益于世界地缘政治版图上发生的微妙变化，美国和北约对中俄两国战略空间的同时挤迫，使得中俄两国自然而然地相互走近，这种接近和互信已经开始从政治领域溢出至经济领域。在这样的国家关系语境下，中俄两国关系中另一个由来已久的不均衡现象，即“上热下冷”，则显得更为突兀了。这里所言的“上”，不仅指国家领导层，也指两国的知识精英阶层；而这里的“下”，则自然是指两国的普通百姓。应该说，在现阶段，中俄两国国民对对方国家及其文化的理解和好感的确在不断增加，但两个国家在对方国民心目中的地位却依然有继续提升的空间。其中的原因有很多，也很难一一道明，但其中最重要的一点就是，两国文学和文化在对方国家的影响还有待提高，在俄国的诸多外来文化中，中国文学和文化的影响暂时还是很小的，俄国当代文学和文化在中国的处境和命运也大致相同。

其实，从发展文学关系入手，进一步增进中俄两国人民之间的理解，进而促进两国的文化关系乃至国家关系，我们是具有相当厚实的基础或曰前提的。

首先，中国是一个具有悠久、深厚文学传统的国家。作为一个具有数千年文明史的文化大国，中国人对“文”的重视不亚于世界任何一个民族，“文以载道”就是这一集体意识或曰集体无意识的最佳写照。在中国历史的每一个阶段，文和文学都扮演着重要角色，发挥着重大影响。中国历史上的所有盛世，除了国泰民安、生活富足等，辉煌的文学成就也是其重要的佐证，比如唐代的诗歌、宋代的词、元代的曲、清代的演义和小说等等。可以说，中国人是爱好文学的，文学始终是中国社会和文化中最重要的因素之一。我们当今所处的时代，应该成为中国历史上的又一个盛世，但文学在社会生活中所扮演的角色似乎还不够充分，与改革开放以来的政治和经济成就相比，文化的发展似乎是相对滞后的，是拖后腿的。这样的现实语境应该使我们感觉到：一方面，我们要下大力气加强文化建设，繁荣我们的文学，让我们的文学和文化尽早发挥与中国大国地位相称的国际影响；另一方面，我们在文学、文化领域也要像在经济、贸易领域一样，继续保持高度的开放态度，张开双臂拥抱包括俄国文学在内的一切优良的、有益的外国文化。

其次，俄国文学可能是俄国最好的东西。俄国最好的东西不是石油、天然气和军火，而是文学。读一读俄国的文化史，就不难感受到俄国文化中长期存在着的“文学中心主义”现象。俄国作为欧洲文明中的后起国家，在很长一段时间里一直在经济、军事和文化等各方面奋起急追西欧列强，为俄国赢得强国地位的或许是彼得的改革、叶卡捷琳娜的扩张和两次“卫国战争”的胜利，但最终为俄国赢得尊重和敬佩的却是俄国的文学。俄国科学院俄国文学研究所所长巴格诺院士曾断言：西方一直视俄国为“哥萨克威胁”，持警惕和据斥之态度，直到19世纪80年代，随着俄国文学的崛起，西方乃至整个世界针对俄国的“轻蔑、责难和声讨”方才迅速转变为“好奇、同情和赞赏”。他甚至把这个“转折点”精确地定位在1881年前后，即《安娜·卡列尼娜》的面世、普希金纪念碑的落成和陀思妥耶夫斯基的去世等标志性事件的集中发生。自普希金始，19世纪的俄国跻身世界文学大国，其现实主义文学构成世界文学史中继古希腊罗马文学和莎士比亚之后的第三高峰，推出陀思妥耶夫斯基、托尔斯泰和契诃夫等举世无双的大师。到20世纪，俄国文学的白银时代开现代派文学之先河，俄国侨民文学的三次浪潮将俄国文学推向世界各地，造就出纳博科夫、布罗茨基等跨语种文学大师，而苏联时期的俄国文学也墙里墙外同时开花，高尔基和肖洛霍夫，帕斯捷尔纳克和索尔仁尼琴，不同身份的作家以不同的方式影响着不同地区的不同文学。在近两个世纪的时间里，文学始终是俄国最拿得出手的国家名片。俄国文学不仅在各文化艺术门类中独占鳌头，而且在国家生活的方方面面均发挥着举足轻重的作用。俄国文学始终是一种思想性、意识形态性十分浓重的文学。在俄国，对一部文学作品的最好赞誉是“俄国生活的百科全书”（别林斯基），关于“美”的最著名定义之一是“美即生活”（车尔尼雪夫斯基），文学被奉为“生活教科书”，作家被誉为“人类灵魂的工程师”（斯大林），文学艺术的根本目的在于创造“第二自然”（高尔基），在于“创造生活”（别雷）。换言之，在俄罗斯人的心目中，文学从来就不是无关紧要的高雅文字游戏，而是介入生活、改变生活乃至创造生活的最佳手段。所谓“审美的乌托邦”，就是俄罗斯民族意识和思想构成中一种特殊的集体无意识。俄国作家在社会和历史中享有的崇高甚至至高无上的地位，是其他民族的作家难以望其项背的。关于每位大作家的研究都可以成为一门学问，如“普希金学”“陀思妥耶夫斯基学”等等；俄国文学界的“寻神”和“造神”运动从未停止，从“普希金崇拜”“托尔斯泰崇拜”一直到20世纪的“高尔基崇拜”“索尔仁尼琴崇拜”乃至“布罗茨基崇拜”。可以说，俄国作家始终在扮演社会代言人和民族思想家的角色，始终被视为真理的化身和良心的声音。苏联时期的诗人叶夫图申科说过的一句话，最好不过地概括了俄国文学的社会地位和影响：“在俄国，诗人大于诗人。”我们也可以说：“在俄国，文学大于文学。”

最后，俄国文学在中国有着广泛、坚实的传播基础。在言及中俄两国的交往历史和关系现状时，所谓“俄国情结”是一个常被提起的字眼。不清楚“俄国情结”这一说法究竟源于何时何处，想必是在弗洛伊德的“情结说”广泛流行于汉语之后。“俄国情结”

的最初版本为“苏联情结”或“俄苏情结”，这能使我们意识到，心怀这一“情结”的大多为20世纪中后期在中苏两国“兄弟般友谊”的社会氛围中成长起来的部分国人以及他们的后代。可以说，“俄国情结”是一个特殊年代的特殊产物，它大约是指部分国人对于俄国的眷念和偏爱，具有此“情结”的国人往往会津津乐道与俄国相关的历史和文化，向往莫斯科的红场和克里姆林宫，圣彼得堡的冬宫和涅瓦大街。他们能背普希金的诗歌，爱听柴可夫斯基的音乐，喜欢列宾的绘画，聚会时往往要唱《喀秋莎》和《莫斯科郊外的晚上》……这种种表象又似乎在告诉我们，国人的“俄国情结”实际上是某种“俄国文化情结”，而“俄国文化情结”的核心就是“俄国文学情结”，也就是说，实质上就是国人对于俄国文学的尊重和热爱。这种“文学情结”的形成自有其历史渊源，在我国的五四新文化运动掀起前后，俄国的文化与德国的马克思主义和法国的启蒙思想一同进入我国，成为五四运动的三大思想来源之一，译介俄苏文学被鲁迅称为“给起义的奴隶偷运军火”，俄苏文学在某种程度上被当成中国“新文学”的样板。新中国成立后，尤其是在20世纪50年代的中苏友好时期，大量中国留学生留学苏联，大量苏联专家来中国工作，大量的两国文化人在中苏文化间牵线搭桥，使得苏联的文学在中国产生了十分深远的影响。我国所谓的“西方”艺术形式，如话剧、歌剧、交响乐、油画、芭蕾等，起初往往都是借道苏联进入中国的，它们就其实质而言，也都是文学内涵借助其他艺术语言的表述。这也就不难理解，“俄国情结”会更多地为我国的文化人和知识分子所持有，尤其是为那些曾留学苏联或曾与苏联专家一同工作过的人士所持有。

将国人的“俄国情结”与俄人的“中国情结”作一个比较是有趣的。俄语中尚未见“中国情结”或“中华情结”这样的概念之流行，但俄国从古至今都有一批向往中国和中国文化的人士，从那些附庸西欧“东方”风雅的俄国17、18世纪的王公贵族，到始终是世界汉学中坚力量之一的俄国汉学家群体，从“二战”时期曾在中国东北作战的老兵和中苏友好时期曾在中国工作的专家，到如今为中国的经济崛起所吸引而投入“汉语潮”的众多学子。但是，如果说中国人的“俄国情结”主要是文化层面上的眷念和感佩，俄人的“中国情结”，除少数汉学家外，则大多表现为物质层面上的偏好和喜爱。开句玩笑，如果说中国人的“俄国情结”主要是“文学情结”，那么俄罗斯人的“中国情结”就往往是“美食情结”。就这一意义而言，国人心目中“俄国情结”之存在也在从另一个侧面告诫我们，中国的文化“软实力”的培育和输出尚且任重道远。毋庸讳言，国人的“俄国情结”似有逐渐淡化之势。在英语文化假“全球化”之名开始谋得话语霸权的当下，国人心目中的“英美文化情结”或许会超出“俄国文化情结”。没有必要去论争某一“文化情结”的是非和优劣，也没有必要去论证某一“文化情结”的出现是否理性和合理，因为这说到底还是一种个性化的选择，一种美学趣味和文化立场的体现。不过，国人的“俄国情结”还是应该得到某种呵护甚至鼓励，因为，一方面，这毕竟是中俄两国关系史中的一座路标，两国战略伙伴关系的一块基石；另一方面，“俄国文学情结”的存在客观上有助于提升中国受众的文化素质，同时也能为“中国文学情结”将来在世界其他国家的兴起提供某种借鉴和参照。

有以上三个前提做基础，换句话说，当俄国的“文学中心主义”遇上中国的“俄国文学情结”，我们在中俄两国间展开“文学外交”的可能性便能得到确立。事实上，在近些年间，中俄两国的文学交往一直在正常地进行，中俄两国的文学关系相对而言还是十分紧密的。比如，每年都有数个中俄作家代表团互访，举办“中俄作家文学论坛”；在一年一度的北京和莫斯科国际书展上，均有两国著名作家频频亮相；两国文学研究和教学机构、文学报刊和出版机构的交往相当频繁；文学作品的互译和出版项目也在大规模地进行。在这种情况下，我还要在这里提出这个多少有些耸人听闻或曰有些生拉硬拽的“文学外交”的概念，就是意在让人们更多地意识到文学因素在中俄两国外交关系中可能发挥的无可替代的作用，因为它可以极大地改善和提升两国关系中的民意基础。

2016年6月25—26日，俄罗斯联邦总统普京访华，中俄两国签署了《中华人民共和国和俄罗斯联邦联合声明》《关于加强全球战略稳定的联合声明》《关于协作推进信息网络空间发展的联合声明》等三项重要文件，两国的全面战略合作伙伴关系又得到空前提升。在普京访华期间，双方还签订了涉及能源、投资、交通等在内的多项大合同，夯实了两国经济合作的基础。与此同时，由我国《光明日报》和俄国塔斯社在2016年“中俄媒体年”框架内共同举办的“在中国最有影响的十部俄国文学作品”和“在俄国最有影响的十部中国文学作品”评选活动也正式启动。这些活动表明，中俄之间的政治外交、经济外交和人文外交的三驾马车已全速开动，三大领域的中俄交往呈三足鼎立之势，共同支撑着新时代中俄两国的大国关系。由《光明日报》和塔斯社举办的这次评选活动，既是对中俄文学交往史和接受史所作的一次总结，同时又拉开了中俄文学交往的新篇章。时至今日，“中俄文学外交”就不再是一个“可能还是不可能”的问题，而成了一个“如何作为以及如何大有作为”的问题。

（原载《中华读书报》2016 年 6 月 29 日）

俄国的文学期刊

大型文学期刊是俄国文学的重要构成之一，它们在俄国文学史中发挥的作用源远流长，意义重大；大型文学期刊也是俄国文化中的一个独特现象，它们始终是俄国知识界和文化界的舆论平台和思想温床。最近，俄国有关方面正联手向联合国教科文组织提交申请，建议将“大型文学期刊”列入人类非物质文化遗产名录。

俄国人对于大型文学期刊有一个亲切的昵称，即“胖期刊”（толстый журнал，或译“厚杂志”）。这里的“胖”“厚”至少有三重含义：一是指体量，这些期刊多为大开本，每期的篇幅都在两三百页以上；二是指内容，俄国的大型期刊往往内容丰富，即便是文学期刊，也往往会标上“文学和社会政治期刊”“文学和思想期刊”等字样；三是指这些期刊在俄国社会生活中所具有的影响，在读者心目中所占据的地位。

源头：讽刺文学期刊

大约千年前，俄国便出现了具有编年记事和文献汇编性质的《编年史》，但现代意义上的期刊在俄国却出现较晚，第一份杂志是由俄国科学院推出的《每月文选》（*Ежемесячные сочинения*，1755–1764），其中除学术文章外也会刊登诗作和译文。第一份文学期刊可能是苏马罗科夫创办的《工蜂》（*Трудолюбивая пчела*，1759），其刊发的主要是编者个人的作品。1769年，由叶卡捷琳娜女皇亲自创办的一份名为《万象》（*Всякая всячина*）的讽刺文学期刊在彼得堡面世，期刊名义上的出版人是叶卡捷琳娜女皇的秘书科济茨基，实为女皇本人，她不仅挑选、审核作品，甚至亲自撰写寓言、喜剧等讽刺作品。叶卡捷琳娜创办讽刺文学期刊，一为“改善社会风气，针砭各种恶习”，二是在向国内外显示她的“开明”和“文明”。这份期刊倡导“含笑的”讽刺，旨在抨击各种生活恶习，矫正社会风气。《万象》第1期印制1692册，在识字率十分低下的当时俄国，这是一个很大的数目。叶卡捷琳娜将自己的期刊称为“未来各种讽刺期刊的祖母”，在她的倡导下，俄国迅速涌现出近10种讽刺期刊，出现了她理想中的“期刊大合唱”。然而，情况的发展却渐渐脱离她的控制，“过火的”讽刺很快出现，由俄国启蒙思想家和社会活动家诺维科夫创办的讽刺周刊《雄蜂》（*Трутень*）与《万象》同年创刊，诺维科夫从诗人苏马罗科夫的寓言诗中挑出“他们在工作，你们却在享用他们的劳动”这样一句话作为期刊题词，公开亮出期刊的倾向性。这份期刊将“含笑的”讽刺转变为“含泪的”讽刺，将“讽刺恶习”转变为“讽刺恶人和恶社会”，其公正的社会立场和大胆的讽刺风格受到广泛欢迎，1769年，《雄蜂》的订户达1440，而《万象》却下降至500。1779年，叶卡捷琳娜终于失去耐心，宣布查封所有讽刺文学期刊，还流放了诺维科夫，繁荣一时的俄国讽刺文学期刊也就此凋零。

19 世纪的俄国文学期刊

18 世纪末、19 世纪初是俄国文学期刊的繁荣期，著名历史学家和作家卡拉姆津在 18 世纪 90 年代便创办了大型杂志《莫斯科杂志》(*Московский журнал*，1791–1792)。19 世纪之初，两份大型期刊几乎同时出现，一份是莫斯科的《欧洲导报》(*Вестник Европы*，1802—1830)，一份是彼得堡的《北方导报》(*Северный вестник*，1804—1805)。前者由商人波波夫主办，他出 3000 卢布年薪请卡拉姆津出任主编，该刊影响很大，印数长期保持在 1000 册左右；后者由马尔蒂诺夫主办。两份刊物以不同方式为起跑中的俄国文学做出贡献，《欧洲导报》刊出了普希金最早的诗作，《北方导报》曾发表拉季舍夫著名的《从彼得堡至莫斯科旅行记》。

在 1812 年反抗拿破仑入侵的卫国战争时期，一份名为《祖国之子》(*Сын отечества*)的周刊在彼得堡创刊，浓烈的爱国主义是这份期刊的基调，这份延续达 40 年之久的期刊，本身也成为俄罗斯民族意识觉醒和高涨时期的历史记录。这份杂志的内容涉及俄国社会政治和文化生活的方方面面，图文并茂，而历史和文学则是其关注重点。1815 年，格列齐在该刊发表《1814 年俄国文学概览》一文，由此开辟了俄国文学批评史中“年度文学综述”这一体裁传统，这一批评形式后为别斯图舍夫、波列沃依、别林斯基等所继承，在俄国文学的发展进程中产生了深远影响。1825

年前后，《祖国之子》成为俄国社会中最有影响力的期刊，发行量达 1800 份，但是之后，由于该刊倾向日益保守，相对一些充满活力的新杂志而言便开始走下坡路。19 世纪 30 年代，随着俄国社会教育水准的提高，大众阅读成为风尚，大型杂志的盈利成为可能，因此出现众多大型期刊，如波列沃依的《莫斯科邮报》（*Московский телеграф*，1825–1834）、波戈津的《莫斯科导报》（*Московский вестник*，1827–1830）、纳杰日金的《望远镜》（*Телескоп*，1831–1836）、基列耶夫斯基的《欧洲人》（*Европеец*，1832）、森科夫斯基的《阅读文库》（*Библиотека для чтения*，1834–1865）和克拉耶夫斯基的《祖国纪事》（*Отечественные записки*，1839–1867）等。《望远镜》由纳杰日金在莫斯科创办，该刊注重发表高质量的哲学和文学作品。"《望远镜》在培养 40 年代杰出的一代人物方面起了特别巨大的作用，仅用下述事实就可以证明这一点：别林斯基、奥加辽夫、赫尔岑、冈察洛夫、斯坦凯维奇、康·阿克萨科夫的文学生涯都是在《望远镜》上开始的，同他们一起在《望远镜》上发表作品的还有普希金、恰达耶夫、波列扎耶夫、丘特切夫、柯里佐夫。这张十分不完全的撰稿人名单，足以说明《望远镜》在 30 年代俄国出版界的中心地位。"[①]1836 年，《望远镜》因为刊发恰达耶夫的《哲学书简》被查封，恰达耶夫被宣布为"疯子"，主编纳杰日金遭到流放。

自 19 世纪三四十年代起，围绕着俄国究竟该走西欧的发展道路还是坚守自己独特的历史传统这一核心问题，俄国知识界分野为斯拉夫派和西方派两大阵营，作为他们思想阵地和舆论喉舌

① [俄] 波利亚科夫：《别林斯基传》，力冈译，黑龙江人民出版社1985年版，第 94 页。

的当时的期刊，也相应地体现出不同的倾向性。与《望远镜》几乎同时创刊的《欧洲人》被赫尔岑称为“第一份斯拉夫派杂志”，其作者多为“智慧学会”成员，杂志因而体现出较强的爱国情感，但它只出了两期便被查封，原因是伊万·基列耶夫斯基的《19世纪》一文引起沙皇尼古拉不快，杂志同人据理力争，当时担任太傅的茹科夫斯基甚至以“罢工”表示抗议，但尼古拉皇帝却不为所动。稍后，一份名为《莫斯科观察家》（*Московский наблюдатель*，1835—1839）的历史和文学类杂志在莫斯科创刊，它继承斯拉夫派立场，别林斯基1836年发表在《望远镜》上的《论〈莫斯科观察家〉的批评和文学观点》一文曾引起这两家杂志的激烈论战。在《莫斯科观察家》之后程度不等地持斯拉夫派立场的杂志还有《灯塔》（*Маяк*，1840—1845）、《莫斯科公国人》（*Москвитянин*，1841—1856）、《俄国悬谈》（*Русская беседа*，1856—1860）、《明灯》（*Светоч*，1860—1862）、《俄国话语》（*Русская речь*，1861—1862）、《悬谈》（*Беседа*，1871—1872）以及陀思妥耶夫斯基先后创办的几份“土壤派”杂志。而19世纪俄国西方派或曰自由派期刊的传统，最早或可追溯至俄国十二月党人领袖雷列耶夫等在圣彼得堡创办的《北极星》（*Полярная звезда*，1822—1825），该刊具有强烈的政治宣传色彩，但编者在发刊词中却直言其出版宗旨在于“让公众熟悉俄国的历史、祖国的文学和自己的作家”，包括普希金在内的众多作家为该刊撰稿，使得该刊在当时影响巨大，别斯图舍夫主持该刊批评栏，他首创的年度文学概论“一瞥”（взгляд）的写作方式后为别林斯基等所继承。《北极星》开启“辑刊”（альманах）风尚，引起众多仿效者，到20年代中期竟出现30余种辑刊，别林斯基因此称这一时期为“辑刊时期”。1832年，在当时另一份辑刊《北方花朵》（*Северные цветы*，1824—1830）上刊出了中国小说《好逑传》片段，这是中国文学作品在俄国文学期刊上的首度亮相。此后数十年间体现出自由派或激进派倾向的俄国期刊还有《祖国纪事》（*Отечественные записки*，1818—1884）、《现代人》（*Современник*，1836—1866）、《欧洲导报》（*Вестник Европы*，1866—1918），以及稍后创办的俄国民粹派刊物《俄国言论》（*Русское слово*，1859—1866）、《事业》（*Дело*，1866—1888）、《俄国财富》（*Русское богатство*，1876—1918）和《北方导报》（*Северный вестник*，1885—1898）等。

在19世纪俄国文学生活中发挥过最大影响并留下深刻痕迹的两份杂志，就是《祖国纪事》和《现代人》。《祖国纪事》是俄国19世纪持续时间最长的社会和文学期刊，它持续存在达66年之久，见证了19世纪俄国文学由起步到辉煌的整个过程。1838—1846年间，别林斯基主持该刊批评部，使该刊成为俄国文学的法庭，激进思想的阵地，与布尔加林的《北方蜜蜂》（*Северная пчела*，1825—1864）、森科夫斯基的《阅读文库》以及斯拉夫派刊物《莫斯科公国人》等展开思想对峙。别林斯基在担任该刊编辑时曾对人说，要改变现实和人的思想，“只有两种方式：讲坛和杂志——别的一切都是废话，”“我要死在杂志岗位上，等我死了，让亲友拿一本《祖国纪事》放到我的棺材里给我做枕头”。[1]

①［俄］波利亚科夫：《别林斯基传》，力冈译，黑龙江人民出版社1985年版，第175、190页。

从 19 世纪 40 年代起，《祖国纪事》首发了许多文学名作，是众多俄国名作家的受洗之地。《现代人》杂志由普希金创办，但普希金本人在刊物创办的次年便在决斗中死去，该刊由普列特尼奥夫接办，并无太大影响，1846 年，涅克拉索夫和帕纳耶夫购得此刊，并邀别林斯基一同主办，《现代人》从此取代《祖国纪事》成为俄国文学的中心舞台。帕纳耶娃在她的回忆录中写道："《现代人》第一期出来后，别林斯基温情脉脉地浏览着这本刊物，就像一位慈父端详自己刚刚降临到人世间的头生儿一样。"[①] 别林斯基去世后，车尔尼雪夫斯基和杜勃罗留波夫又先后主持该刊，使这份杂志成为 19 世纪下半期俄国批判现实主义文学的"机关刊物"，直至 1866 年被沙皇亚历山大二世下令关闭。

19 世纪俄国作家与文学期刊

19 世纪的俄国文学大家无一例外地均与当时的俄国文学期刊有着方式不同的关联：他们或借助在杂志上的首发登上文坛，如普希金在《欧洲导报》上发表了他的第一首诗《致诗友》(1814)，托尔斯泰在《现代人》上发表了他的第一部小说《童年》(1852)；或亲自出面主办杂志，如涅克拉索夫先后主编《祖国纪事》和《现代人》，柯罗连科主编《俄国财富》；或以期刊为阵地构筑其文学观念和文学派别，如别林斯基、车尔尼雪夫斯基、杜勃罗留波夫等借助《现代人》提出了他们的现实主义批评原则和美学体系，

① [俄] 阿·亚·帕纳耶娃：《帕纳耶娃回忆录》，陆永昌译，东方出版中心 1998 年版，第 169 页。

陀思妥耶夫斯基通过自己主办的刊物团结起一批“土壤派”作家。可以说，离开19世纪众多的俄国文学期刊，俄国文学生活的展开和繁荣、俄国文学的崛起和腾飞都是无法想象的。俄国作家在不同文学期刊之间的腾挪，有时也折射出他们文学风格和文学立场的转变，如契诃夫在《蜻蜓》(*Стрекоза*，1875—1908）和《花絮》(*Осколки*，1881—1916）等幽默文学杂志上发表了数以百计的短篇小说之后，于19世纪80年代中期接受文学前辈格里戈罗维奇的劝告，告别其创作中的“契洪特时期”，开始了“严肃的写作”；再如屠格涅夫因为其《父与子》受到以杜勃罗留波夫为代表的革命民主派的“误读”，愤而与《现代人》杂志分道扬镳。

在19世纪俄国作家中，陀思妥耶夫斯基与文学期刊的关系颇具代表性。1844年，陀思妥耶夫斯基委托作家格里戈罗维奇把自己的第一部小说《穷人》递交涅克拉索夫。涅克拉索夫当时受到他自己所编集刊《彼得堡风俗》(*Физиология Петербурга*，1844）之成功的鼓舞，正在编辑另一部集刊《彼得堡文集》(*Петербургский сборник*，1846)，这两部集刊为作为俄国现实主义文学之先声的“自然派”奠定了基础。涅克拉索夫连夜读完《穷人》的手稿，激动得难以入睡，连夜赶去见作者，两人都激动得泪流满面。之后，涅克拉索夫带着这份手稿去见别林斯基，刚敲开别林斯基的门便大声喊道：“新的果戈理出现了！”别林斯基不以为然：“您的果戈理像蘑菇一样多吗？”可待涅克拉索夫当晚再去见别林斯基，却发现后者也像他一样激动万分，连声说：“快去，快去领他过来！”批评家和新作者的见面如此欢欣，直到30年后仍让陀思妥耶夫斯基难以忘怀：“这是我一生中最美妙的时刻。

我在流放中忆起这一时刻，便能振奋起精神。如今每每想起，仍会充满喜悦。这不，30 年过后，我再次回忆起那一时刻，就像近在眼前，又体验了一遍……”[①] 借助一位大诗人主办的文学集刊，借助一位大批评家的慧眼识珠，又一位俄国大作家诞生了，而这位大作家不仅在当时所有主流文学杂志上发表作品，他自己后来也成为著名的文学期刊创办者。

1861 年，陀思妥耶夫斯基以哥哥米哈伊尔的名义创办了文学期刊《时代》（*Время*，1861—1863），因为他作为一位获释的流放犯人无权办刊。“他在这本杂志的纲领性的征订启事中说，当前时代最重要的问题就是伟大的农民问题，它的解决应该成为巨大和平变革的开端，它将同我国历史中包括彼得改革在内的一切最重大的事件具有同样重要的意义。”[②] 由此不难看出，由大作家陀思妥耶夫斯基创办的这份“文学期刊”同时也是一份“社会和政治杂志”。《时代》既刊登文学作品，也发表政论文章，试图在涅克拉索夫的《现代人》和卡特科夫的《俄国导报》之间取“第三种立场”，即“土壤派”的立场。这份杂志大受欢迎，创刊之年销量便近四千册，与《祖国纪事》和《俄国言论》不相上下，直逼涅克拉索夫的《现代人》（7000 册）和卡特科夫的《俄国导报》（近 6000 册），给陀思妥耶夫斯基带来很好的物质回报。杂志出到第 28 期，1863 年 4 月号上刊载的斯特拉霍夫的一篇文章却遭当局误解，杂志奉沙皇之命被查封，情况明了后，沙皇当

---

① Ф. Достоевский, *Полное собрание сочинений Достоевского в 30 х томах*, Наука, 1986, т. 25, сс. 30-31.

②［俄］尤·谢列兹涅夫：《陀思妥耶夫斯基传》，徐昌翰译，人民文学出版社 2011 年版，第 201 页。

局允许陀思妥耶夫斯基兄弟续办杂志，但不得沿用旧名，陀思妥耶夫斯基于是转而出版一份以《时世》(*Эпоха*，1864—1865)为名的刊物，这份刊物未能再现《时代》的辉煌，1865年，陀思妥耶夫斯基的妻子、哥哥和合作办刊的好友格里戈里耶夫相继离世，陀思妥耶夫斯基于是决定停刊《时世》。十余年后，陀思妥耶夫斯基再度创办刊物，这份杂志名为《作家日记》(*Дневник писателя*，1876—1877；1880—1881)。这里的“作家”一词在俄文中是单数形式，意在表明这是“一个人的杂志”；一份期刊以“日记”为名，也是在突出杂志的“私人性质”。陀思妥耶夫斯基的这份“独角戏杂志”(моножурнал)，在俄国和世界的文学期刊史中均十分罕见。这是成熟时期陀思妥耶夫斯基的思想体现，有俄国研究者指出，这里的作家既指陀思妥耶夫斯基本人，也指作家这种“职业”，而“日记”也就成了当时社会生活的文学记录(俄文中的“杂志”一词源自法文，最早的意思就是“日记”)。这份杂志的所有文字虽然均出自一人之手，却文体多样，风格各异，有小说、回忆录和随笔，也有讲稿、书评和序跋，有人称之为“随笔基础上的文学和新闻综合体”，也有人认为，就文学层面而言，这是陀思妥耶夫斯基为长篇小说《卡拉玛佐夫兄弟》的写作而创建的一间写作实验室，就思想层面而言，这是陀思妥耶夫斯基构建其世界观体系的思想熔炉。

白银时代：文学期刊与文学流派

所谓“白银时代”指的是19世纪末、20世纪初二三十年间的俄国文学和文化，在这一时期，俄国作家和诗人与哲学、宗教和艺术等领域的活动家们携手并肩，共同促成了这场“俄国的文艺复兴”。“白银时代”相对于以普希金为代表的俄国文学的“黄金时代”而言，但与黄金时代不同的是，白银时代大体上是一个现代主义文学和艺术的时代，同时也是一个文学和艺术、宗教和哲学紧密关联的时期，以象征主义、阿克梅主义和未来主义为代表的俄国现代主义诗歌运动与“俄国宗教哲学”和“艺术世界画派”交相辉映，共同促成了俄国文化史上又一个“天才成群诞生”的壮观景象。

热烈的文化生活、现代的艺术思维和活跃的创作实验，自然都需要表演的舞台，白银时代因而成为俄国期刊史上一个百花盛开的繁荣期。19 世纪的大型杂志大多依然存在，众多新杂志也纷纷创刊，而创刊最早、影响最大的新潮刊物就是《艺术世界》（*Мир искусства*，1898—1904）。这是一份象征派的艺术刊物，由佳吉列夫等主办，刊名取名《艺术世界》，意在昭示人们，对于人的存在而言，除了“日常生活的世界”和“神的世界”之外，还应该有一个作为第三空间范畴的“艺术的世界”。作为俄国象征主义文化运动的第一只春燕，《艺术世界》在美术上既反对学院派也反对巡回展览画派，在文学上既反对“官方文学”也反对“庸俗的现实主义”，主张“新艺术”。所谓“新艺术”即象征主义艺术，亦即现代派艺术，它在 19 世纪 80—90 年代之交开始显现，打破了俄国现实主义文学艺术的一统天下。起初，一些象征派作家和艺术家曾借道当时一些大型杂志如《北方花朵》和《北方导报》等发声，梅列日科夫斯基发表了象征派宣言《论当代俄国文学衰落之原因并论其新流派》(1893)，勃留索夫也已编出两本集刊《俄国象征派》(*Русские символисты*，1893—1894)，但是，为了更集中、更直接地发出“新艺术”的声音，俄国象征派还是决定创办自己的专门期刊，这种为倡导某一文学艺术倾向而创办的刊物，后被称为“宣言性期刊”(журнал-манифест)。《艺术世界》聚拢起一大批后来享誉世界的大画家，如别努阿、索莫夫、弗鲁别尔、巴克斯特等，别努阿被称为“俄国艺术批评中的别林斯基”，刊物的主办者佳吉列夫则被称为“新艺术中的彼得大帝”。1899年，《艺术世界》开办文学栏目，费洛索福夫任主编，他邀请象征派作家和诗人梅列日科夫斯基、吉比乌斯、索洛古勃、勃留索夫以及哲学家罗扎洛夫、舍斯托夫等加盟杂志，刊出许多影响深远的作品，如梅列日科夫斯基的《列夫·托尔斯泰和陀思妥耶夫斯基》、别雷的《作为世界观的象征主义》等。到1904年，该刊同人觉得“新艺术”的理念已深入人心，开花结果，杂志开办之初提出的任务业已完成，再继续办下去，不是老调重弹便是原地踏步，因此一致同意解散编辑部，停止办刊。《艺术世界》不仅在俄国期刊史中留下深刻痕迹，它也是第一份获得全欧乃至全球声誉的俄国大型文学艺术期刊。

像“艺术世界人”认为《北方导报》等“老杂志”无法直接传导他们的心声一样，象征派文学家们也不满足于《艺术世界》对文学的“兼顾”，于是决定创办纯文学的象征派刊物。1902年，梅列日科夫斯基离开《艺术世界》并在彼得堡创办《新路》(*Новый путь*，1902—1904)；1904年，勃留索夫在莫斯科创办《天秤座》(*Весы*，1904—1909)。《新路》虽是一份文学期刊，却注重对宗教和哲学问题的探讨，其编辑和撰稿人多为彼得堡“宗教哲学研究会”成员。《新路》认为象征主义不仅是“新艺术”，而且是一种新的生活方式，新的世界观；文学创作的实质在于探索存在之谜，追求以“宗教的社会性”为标志的宗教复兴。该刊的办刊宗旨是：“使我们的社会中随着宗教哲学思想的觉醒而出现的诸多新流派均能采用各种文学形式如叙事文、诗作、哲学推论、学术文章和随笔等进行自我表达。”由此可见，文学与哲学、与宗教的结合，各种文学形式的结合，这既是他们的办刊方针，也是该刊的风格和特征。主编之一佩尔佐夫曾在发刊词中写道：这份杂志将与以《祖国纪事》和《现代人》为代表的传统大型杂志有所不同，其主要差异就在于，如果说之前的大型期刊是大杂烩，是“合唱杂志”，那么《新路》就是一种更集中、更专注的杂志，是“独奏杂志”。《天秤座》则是莫斯科象征派的阵地，该刊反对彼得堡象征派的神秘色彩和宗教性，认为文学是独立于政治和宗教之外的“自由艺术”。稍晚，莫斯科又出现另一家象征派杂志，即《金羊毛》(*Золотое руно*，1906—1909)，刊名源自莫斯科象征派文学团体“阿尔戈英雄”，“金羊毛”就是这些英雄不畏艰险要去寻觅的宝物。这份刊物的出资者是莫斯科的纺织大亨，他慷慨捐出十万卢布，将该刊打造成俄国期刊史上最精美的杂志之一，杂志纸张高档，装帧豪华，插图精美，订户收到的杂志还套着一个用金色羊毛线编织的封套。该刊同时用俄、法两种文字出刊，扩大了俄国象征派的世界影响。

在莫斯科的两份象征派杂志同时停刊的那一年，彼得堡出现一份名叫《阿波罗》(*Аполлон*，1909—1917)的文学艺术月刊。

1912年，《阿波罗》创办人马科夫斯基邀请诗人古米廖夫主持文学部，古米廖夫在该刊1913年第1期上发表了他自己撰写的阿克梅派宣言《象征主义的遗产和阿克梅主义》，阿克梅派反对象征派的神秘性和宗教感，主张艺术的自在性，注重“技艺”；他们也反对象征派诗歌的音乐性，而主张诗歌创作中的绘画性和造型感。阿克梅派之前已经成立一个名叫“诗人行会”的团体，并出版刊物《北极》（*Гиперборей*，1912—1913），但影响不大，该派诗人在《阿波罗》上发表的文章和诗作才让阿克梅派真正登上了俄国诗坛。

在象征派和阿克梅派之后，俄国白银时代的第三个现代主义诗歌派别未来派也登场亮相。1912年，他们先是发表一个标题耸人听闻的文集《给社会趣味一记耳光》（*Пощёчина общественному вкусу*），其中有一句惊世骇俗的“名句”，即“将普希金、陀思妥耶夫斯基、托尔斯泰等等等等从现代的轮船上扔下去”。1914年，他们又在莫斯科出版两期杂志性质的文集《未来主义者》（*Футуристы*），参加者有马雅可夫斯基、卡缅斯基、布尔留克、赫列勃尼科夫等。

十月革命后的俄语期刊

1917年4月27日，俄国临时政府颁布新的《出版法规》，宣布取缔一切形式的书刊审查，数百年来一直饱受书刊审查之苦的俄国杂志人摩拳擦掌，正欲大展宏图，不料却好景不长。1917年11月9日，夺取政权刚刚两天的布尔什维克政府便发布《出版法令》，并依据此法令迅速查封了数以百计的报刊。然而，十月革命之后十余年间的俄国文学和俄语文学期刊却没有人们想象的那么萧条，这主要因为：首先，白银时代的文学仍保持某种惯性，其在十月革命后的延续就表现为形形色色文学团体的粉墨登场；其次，新生的无产阶级文学和革命文学叱咤风云，也出现了一些“红色”文学期刊；最后，1924 年短暂实施的新经济政策也提供出一个较为宽松的契机，派生出许多私人出版社和各种独立报刊。

俄语作家在 20 世纪 20 年代组建了众多文学团体，它们与一些十月革命前即已存在的文学流派一同，彼此间或激烈对峙，或友好竞争，把当时的文坛装点得异常绚丽。在这些团体中，活动比较经常、影响比较大的有“未来派”“意象派”“列夫派”“无产阶级文化派”“岗位派”“拉普派”“锻冶场”和“谢拉皮翁兄弟”等。这些文学团体大多有自己的杂志或集刊，比如：所谓“锻冶场派”诗人就团结在《锻冶场》(*Кузница*，1920—1922）杂志周围，这些工人诗人对“资产阶级的”文学遗产和“非无产阶级的”同时代作品抱敌视态度，试图“锻造”出纯粹的无产阶级诗歌。所谓“列夫”是“左翼艺术阵线”的简称，它实为“未来派”之继续，十月革命后这一流派迅速站到革命一边，一面继续坚持反传统的立场和革新语言的尝试，一面标榜自己为最革命的艺术，宣称“未来主义就是国家艺术”，该派的主要活动家有马雅可夫斯基、卡缅斯基、阿谢耶夫、克鲁乔内赫等，由他们创办的《列夫》(*ЛЕФ*，1922—1928）杂志轰动一时。20 年代阵容最为庞大的文学团体就是“无产阶级文化派”，这个成立于十月革命前夕的群众性文化组织在革命后迅速发展，拥有几十种报刊和几十万会员，其成员大多来自社会底层，对新文化的建设抱有极大热情，但该派领导人鲍格丹诺夫等人却在理论上对他们的追随者作了错误引导，他们提出所谓“组织经验说”，认为一切非无产阶级的文化都是反动的、落后的，只有无产阶级出身的人才可能创作出无产阶级的文学。无产阶级文化派中有一个重要分支叫“拉普”，这是“俄国无产阶级作家联合会”的简称，在“拉普”主办的多种刊物中影响最大的就是《在岗位上》（*На посту*，1923）以及后来的《在文学岗位上》（*На литературном посту*，1925—1932）和《拉普》（*РАПП*，1931—1932）。

十月革命后有很多作家对革命持观望态度，或是有条件地接受新现实，此类作家被托洛茨基称为“同路人”，而所谓“同路人文学”和“同路人期刊”则成为保持这一时期文学质量的重要砝码。《谢拉皮翁兄弟》（*Серапионовы братья*，1921—1922）是一批严肃作家的同人刊物，作品收入该集的作家构成的一个较为松散的文学团体，即“谢拉皮翁兄弟”，加入“兄弟”行列的有左琴科、楚科夫斯基、费定、吉洪诺夫、符·伊万诺夫、卡维林等人，他们主张文学超然于政治和革命，他们专注于小说的形式和技巧，这一姿态在当时的社会背景下显得不合时宜，却能使该派成员安坐书斋，潜心于文学，并因此在后来大多成长为俄国文学的大家。1924 年新经济政策时期出版的几份杂志也具有浓厚的“同路人”色彩，由私人创办的《俄国现代人》（*Русский современник*，1924）虽总共仅出四期，却质量很高，影响深远，在当时的社会环境和时代氛围中，该刊有意忽略作者的意识形态立场，仅以作品的文学质量做取舍标准，试图将各种文学力量团结为一体，其作者中既有老作家也有新作者，既有同路人也有无产阶级文化派，既有国内作家也有流亡境外的文人。与《俄国现代人》风格相近的另一份刊物是《俄罗斯》[*Россия*，又称《新俄罗斯》(*Новая Россия*)，1922—1926)]，该刊主编列日涅夫称自己的刊物为“苏维埃俄国第一份非党政论刊物”，该刊的办刊申请曾被当时的布尔什维克领导人之一季诺维也夫否决，后经列宁同意才获准出版，不过列宁很快便给此刊贴上了“路标转换派”的标签。20 世纪 20 年代创刊的一些“红色”文学期刊也具有同路人特征，如《红色处女地》和《西伯利亚星火》等。《红色处女地》(*Красная новь*，1921—1941)是十月革命后创办的第一家大型文学期刊，由著名批评家沃隆斯基任主编，他团结起一批年轻的同路人作家，组成所谓“山隘派”，与文学团体“十月派”构成对峙。1927 年，沃隆斯基因被列为托派分子而遭免职，但这份杂志一直办到 1941 年。《西伯利亚星火》(*Сибирские огни*，1922—)起初以《红色处女地》为样板创建，但在 1930 年成为西伯利亚无产阶级作家联合会的机关刊物，却公开宣称要与文学同路人开战。由波隆斯基主编的《出版与革命》(*Печать и революция*，1921—1930)、弗里契和佩列维尔采夫主编的《文学和马克思主义》(*Литература и марксизм*，1928—1931)等“新”文学杂志，也在马克思主义文论的建设方面做了大量工作。

苏联时期的文学期刊

在整个苏联时期，文学期刊始终是社会构成中不可或缺的机制之一，是文化生活中举足轻重的大舞台。一方面，苏联文学期刊始终面对诸多限制和压力，刊物主编们如履薄冰，常被撤职甚至坐牢，党和政府不时就文学期刊问题做出“决议”，比如《关于党在文学方面的政策的决议》(1925)、《关于文学艺术组织的决议》(1932)、《关于〈星〉和〈列宁格勒〉两杂志的决议》(1946)、《关于〈旗〉杂志的决议》(1948)和《关于〈星火〉杂志内容的严重缺点的决议》(1957)等，比如《青年近卫军》杂志主编阿维尔巴赫的被捕和被处决(1937)，《旗》杂志因发表卡扎凯维奇的《草原上的两人》而让编辑部的人丢掉饭碗(1948)，《新世界》主编特瓦尔多夫斯基因为办刊方针问题而两度遭撤职(1954)等等。但另一方面，文学期刊在苏联社会中占有的独特地位和在读者心目中享有的崇高威望或许是在其他国家所不多见的，文学期刊销量巨大，是苏联人的主要精神食粮，在文学期刊上发表一篇作品便能声名远扬，杂志的主编们更是过着文学帝国的权贵、甚至国王般的生活。苏联文学期刊始终在自由受限的时空里顽强打拼，在书刊审查很严酷的时代保持着刊物很高的文学水准和相对的独立性，苏联文学期刊在其70余年发展历程中所遭遇的悖论处境，或许构成了世界期刊史中的一个罕见现象。

苏联时期的文学期刊先后出现三个热潮。首先是苏维埃政权建立后不久出现的文学期刊创刊潮。十月革命后，苏维埃政权出于稳定新生政权的考虑查封了数以百计的报刊，但与此同时，数以百计的新的定期出版物也纷纷涌现，其中不乏一些大型文学期刊，除了前文提及的那些在十月革命后不久出现的文学团体刊物外，各级作家组织还在20—30年代创办了多种大型文学期刊。1922年，与《红色处女地》同时，全俄共青团中央在莫斯科创办文学期刊《青年近卫军》(*Молодая гвадрия*)，由当时著名的文学活动家家和共青团领袖阿维尔巴赫任主编，后来的许多苏联文学大家如叶赛宁、肖洛霍夫、列昂诺夫、法捷耶夫、奥斯特洛夫斯基等都是从这家刊物登上文坛的。仅1924年一年，就有《接班人》(*Смена*)、《星》(*Звезда*)、《十月》(*Октябрь*)等三家刊物创刊：《接班人》是一份青年文学和儿童文学杂志；《星》虽然创办于列宁格勒，却是一份全国性文学刊物，1946年，该刊由于发表左琴科和阿赫马托娃的作品受到苏共中央点名批评；关于《十月》，后面有详细介绍，在此不再赘述。在之后若干年间，多种形式和功能均很独特的文学期刊又纷纷面世：《小说报》(*Роман-газета*，1927—)是一份专发长篇小说的杂志，它自称为"报"，意在强调它在推出长篇小说时的迅疾和便利，它每期刊登一部长篇新作；《文学学习》(*Литературная учёба*，1930—)由高尔基创办，后成为苏联作协刊物，它既发作品也发评论，旨在向普通文学爱好者普及文学知识；《旗》(*Знамя*，1931—)最初由苏联红军文学协会创办，1934年改由苏联作协主办之后仍保留着浓重的军旅文学色彩；《我们的同时代人》(*Наш современник*，1933—)是一家编年史性质的期刊，起先刊名为《某某年》，即以十月革命为元年，一直出到1955年的《三八年》，1956年起改用现名，是一份为俄国乡村散文的发展做出巨大贡献的民族派刊物；《民族友谊》(*Дружба народов*，1939—)主要用来刊登苏联时期各加盟共和国少数民族作家作品的俄译，起初不定期，1955年起改为月刊。就这样，在

20—30年代短短十余年时间里，苏联文学界便建立起了一个庞大的文学期刊方阵。

在20世纪50年代苏联社会和文学的“解冻时期”，苏联文学期刊迎来第二个繁荣期。1954年5月号的《旗》杂志推出爱伦堡长篇小说《解冻》的第一部，这部小说因其对斯大林去世后苏联社会之变化的敏锐捕捉和再现而轰动一时。作者在小说结尾给出这样一幅极具象征色彩的图画：“窗外是一片激动人心的情景。寒冬终于站住脚了。马路上的积雪已开始融化，到处在流水……到解冻的时节了。”小说的题目也成为关于一个文学文化时代，甚至整个历史时代的形象概括。在此之后，苏联作家们你追我赶地突破创作“禁区”，构成许多新的创作流派，如暴露现实生活矛盾的“奥维奇金派”、直面战争残酷的“战壕真实派”、直抒胸臆的“高声派”和关注自我表达的“细语派”、注重道德探索的“乡村散文”等。索尔仁尼琴的中篇小说《伊万·杰尼索维奇的一天》在《新世界》的刊出，更为解冻文学热潮添加了新的燃料。1962年，索尔仁尼琴把《伊万·杰尼索维奇的一天》的手稿托人递交《新世界》，杂志主编特瓦尔多夫斯基读后十分激动，敏锐地感觉到这是一部可能具有颠覆性质的作品，因为小说直接描写了苏联时期的集中营以及集中营囚犯的生活。索尔仁尼琴后来在他的自传《牛犊抵橡树》中详细描写了特瓦尔多夫斯基设法刊发这部小说的全过程：特瓦尔多夫斯基举棋不定，最终决定将此事直接通报赫鲁晓夫，后者听了主编的介绍后准许刊发，并要求《新世界》杂志做出样刊，供苏共政治局集体阅读和讨论。索尔仁尼琴写道：政治局会议散会时，各位委员走出会场，每人腋下都夹着一本淡蓝色封皮的《新世界》。《伊万·杰尼索维奇的一天》果然产生出了赫鲁晓夫和特瓦尔多夫斯基期待的效果，所谓“集中营文学”也成了解冻文学的重要构成之一。

值得一提的是，20世纪50年代的苏联还创办了多种大型文学期刊，其中重要的有：《外国文学》（*Иностранная литература*，1955—），这是苏联作协刊物，专门负责向俄语读者介绍外国文学作品，有些近似我国的《世界文学》，该刊编委会中有多位国际著名作家，如昆德拉、奥兹和我国作家王蒙。《青春》（*Юность*，1955—）由俄国著名作家卡达耶夫倡议于1955年在莫斯科创刊，主要面对青年作家和青年读者，卡达耶夫任首任主编。这份充满青春色彩和域外风情的文学期刊创办后立即吸引众多读者，印数逾百万。编辑部注重发掘新人，陆续发表许多“新潮”作品，如叶夫图申科的《娘子谷》、阿克肖诺夫的《带星星的火车票》、瓦西里耶夫的《这里的黎明静悄悄》、伊斯坎德尔的《兔子和蟒蛇》和沃伊诺维奇的《士兵伊万·琼金的生活和奇遇》等。《莫斯科》（*Москва*，1957—）由苏联时期的俄罗斯联邦作协创办，编辑部设在莫斯科，始终具有较为明显的“俄罗斯性”。《文学问题》（*Вопросы литературы*，1957—）是一份文学评论和文学理论刊物，由苏联作家协会和苏联科学院世界文学所共同主管，相比于高尔基创办的《文学学习》，《文学问题》体现出更强的学术性。这一时期还出现一些辑刊，如《文学莫斯科》（*Литературная Москва*，1956）、《塔鲁萨书页》（*Тарусские страницы*，1961）和《诗歌日》（*День поэзии*，1956—1981）等。

20世纪苏联文学期刊的第三个高峰期就是80年代下半期出

现的“期刊热潮”（журнальный бум）。在苏联社会的“改革”时期，在“公开化”的时代语境中，苏联的文学期刊迅速成为社会舆论的主要平台，它们刊登宣传改革精神的各类政论文章，同时也争先恐后地刊出之前很难读到的禁书和半禁书，文学期刊因此成为当时苏联最抢手的读物，十余家主流文学期刊的印数都在数十万，其中《新世界》《旗》等更是多达两百余万，而且这还是“限购”情况下的订阅数，因为苏联时期的文学期刊订阅者是要具有一定身份的。当时的各种文学杂志均一刊难求，人们相互借阅，杂志往往被翻阅得破烂不堪。笔者 20 世纪 80 年代末在苏联访学时曾对文学期刊的稀罕和珍贵深有体会，在普希金语言学院的阅览室里能抢到一本新出的文学期刊是一件很幸运的事，在莫斯科街头的报刊亭前顶风冒雪排长队购买文学期刊的体验，让笔者至今仍对每一种文学期刊心存敬畏和觊觎。

在“期刊热潮”中表现最抢眼的，除了当时的综合性周刊《星火》（*Огонёк*，1923—）和《接班人》等之外（这些综合性杂志也为文学辟出很大篇幅），就是《旗》《新世界》《十月》等主流文学期刊。改革时期，《旗》这份原有军方背景、又由“前线一代”作家巴克兰诺夫任主编的杂志曾被称为“改革的旗舰”，它发表了大量轰动性作品。在这几份期刊上刊发的文学作品主要有两类，即“回归文学”和“迟到文学”。所谓“回归文学”，一指十月革命前写作的、后由于种种原因淡出人们阅读视野的旧作，比如白银时代的诗歌、小说和宗教哲学散文，二指境外俄语作家的作品，如纳博科夫的小说和布罗茨基的诗歌；所谓“迟到文学”，则指同时代作家之前创作，却由于种种原因被置之高阁或打入冷宫的作品，如帕斯捷尔纳克的《日瓦戈医生》、雷巴科夫的《阿尔巴特街的儿女》、索尔仁尼琴的《古拉格群岛》、沙拉莫夫的《科雷马故事》、普拉东诺夫的《基坑》等等，几乎可以说，这五六年间的苏联文学期刊把20世纪的俄语文学整体地检阅了一遍，并把其中最优秀的杰作集中地“归还”给了读者。与此同时，文学期刊上的话题也超出文学，包括政治、经济、历史、社会、伦理、生态等在内的各种改革话题，均成为作家和当时文化人谈论和争论的对象，大型文学期刊于是成了改革时期“新思维”的主要喉舌和舆论阵地。

让人始料不及的是，随着苏联的社会民主化和出版自由化过程的推进，苏联文学期刊竟然在20世纪90年代初迅速地集体“失声”，原来要由文学承担的意识形态使命被解构，原来要作家代言的心声可以直接表达，文学期刊不仅因此丧失了它们的非文学功能，甚至遭遇到生存危机。在书刊审查被完全取缔之时，俄语文学期刊却跌入了空前的低谷，正如俄国作家维克多·叶罗菲耶夫针对苏联解体之后的文学现状所发出的感慨：“原来过量的氧气也会憋死人！”新的出版法颁布后，各种文学期刊纷纷“私有化”，主动或被动地脱离各种官方支持，成为“纯文学”杂志，可它们的发行量却一落千丈，以《旗》为例，该刊1990年的印数为一百万册，1993年下降到七万五千册，而到2016年仅为两千册。

《十月》和《新世界》

《十月》和《新世界》是当下俄语大型文学期刊中的双子星，

它们创刊时间相近，其篇幅、性质和地位也大体一致。

《十月》创刊于1924年5月，创办者是莫斯科无产阶级作家联合会，之后其主办者不断变更，1925年起为全俄无产阶级作家联合会，1934年起为苏联作家协会，1958年起为俄联邦作家协会，1990年新的出版法颁布后，该刊注册为苏联解体后的第一份独立刊物，据现任主编伊琳娜·巴尔梅托娃称，《十月》办刊许可证上的编号是001。参与《十月》创建工作的是一些苏维埃文学的奠基者如富尔曼诺夫、绥拉菲莫维奇和法捷耶夫等，在该刊数十年历史中，苏联时期的大作家几乎都曾在该刊亮相，《十月》刊登的许多作品也都成为俄苏文学的经典，如马雅可夫斯基的《放声歌唱》、肖洛霍夫的《静静的顿河》、法捷耶夫的《毁灭》、叶赛宁的诗作、普拉东诺夫和左琴科的短篇小说、阿赫马托娃的《安魂曲》、雷巴科夫的《沉重的黄沙》、格罗斯曼的《生活与命运》和《一切在流动》等等。《新世界》的首任主编是卢那察尔斯基，1926年起波隆斯基任主编。1947年，《新世界》成为苏联作家协会刊物，50—60年代在特瓦尔多夫斯基任主编期间，该刊宣传“民主的社会主义”，体现出自由派倾向，产生很广泛的社会影响。80年代末，该刊率先推出众多被禁作品，如帕斯捷尔纳克的《日瓦戈医生》、普拉东诺夫的《基坑》、索尔仁尼琴的《古拉格群岛》《第一圈》《癌病房》等。

《十月》和《新世界》这两家杂志都是20世纪俄语文学的重要组织者，都为20世纪俄语文学做出了巨大贡献，但就思想立场和美学倾向而言，《十月》更本土一些，更传统一些，而《新世界》则更西化一些，更自由一些，在50年代的“解冻”时期，这两家杂志间爆发了激烈论争，而两家杂志的对峙，在很大程度源于这两家杂志的主编之间世界观和美学观的差异。两度出任《新世界》主编（1950—1954；1958—1970）的特瓦尔多夫斯基生于1910年，14岁发表第一首诗，20世纪30年代写出反映集体化运动的长诗《春草国》，卫国战争期间以长诗《瓦西里·焦尔金》享誉文坛，之后的数部长诗如《路边人家》《山外青山天外天》《焦尔金游地府》等也都是苏联文学史中的名著。1950年接手《新世界》后，他凭借其过人的精力和胆识把刊物办得风生水起，但1954年秋却因发表反斯大林的长诗《焦尔金游地府》而遭解职。1955年他卷土重来，体现出更为自由的办刊风格，为赫鲁晓夫兴起的“去斯大林化”运动添砖加瓦，使《新世界》成为“解冻”思潮的策源地之一。勃列日涅夫当政后，特瓦尔多夫斯基及其《新世界》开始承受巨大压力，1970年他被迫离职，离职后不久患脑溢血，失去运动和言语能力，次年去世。《十月》当年的主编柯切托夫生于1912年，比特瓦尔多夫斯基小两岁，“二战”期间曾在列宁格勒任战地记者，战后开始文学创作，1952年以小说《茹尔宾一家》成名，得到苏联作协重视，1955被任命为《文学报》总编，1961年起任《十月》主编。在1958年发表的小说《叶尔绍夫兄弟》中，柯切托夫对解冻时期的种种社会现象提出质疑。他之后写作的几部长篇小说如《州委书记》《你到底要什么》《落角》等，都因为其捍卫斯大林时期的价值观、反对自由化和西化的立场引起各方激烈争论。1973年，柯切托夫在其位于佩列捷尔金诺的别墅中自杀，据说是难以忍受癌症带来的病痛。

早在1953年，当潘诺娃的小说《一年四季》在《新世界》刊出后，柯切托夫便在《真理报》上发表《这是什么样的一年四季？》一文，认为小说“走的是一条自然主义的路子”；1956年，在《新世界》发表杜金采夫的小说《不是单靠食物》后，柯切托夫迅速写成《叶尔绍夫兄弟》，在思想立场上与前者打擂台；1961年，《新世界》第8期刊出一篇认可“自我表现说”的文章《争论的逻辑和艺术的逻辑》，《十月》立即在第9期刊出《这究竟是为什么？》一文予以抨击；同年，柯切托夫的小说《州委书记》在《星》杂志第7—9期连载后，《新世界》1962年第1期便刊出署名文章进行批评，引发一场论战；而在《新世界》1962年第11期发表《伊万·杰尼索维奇的一天》后，《十月》更是提高批评调门，柯切托夫亲自在《十月》1963年第11期上发表《一切并不如此简单》一文，认为《新世界》体现的是“富农的意识形态”，在“用虚无主义的毒药毒害年轻读者”。到了勃列日涅夫当政的“停滞时期”，文艺界的公开论战不受鼓励，但直到1969年，当柯切托夫在《十月》第9—11期上连载自己的长篇小说《你到底要什么》之后，特瓦尔多夫斯基仍多次在不同场合直言：“这绝对不是什么文学，甚至称不上是糟糕的文学。”《十月》和《新世界》的争论以两位主编在70年代初的相继离世而告一段落，两家杂志的对峙是两位主编间的一场个人恩怨，也是苏联时期文学期刊两种办刊策略间的较量，更是当时两种文化取向和文学观念间的对峙。这两家杂志的主编死后都葬于莫斯科新处女公墓，他俩在死后很长一段时间里都毁誉参半，后来也都得到人们的尊重。在柯切托夫的故乡诺夫哥罗德有一座作家的纪念碑和以作家名字命名的街道；俄国各地以“特瓦尔多夫斯基”命名的街道更有多条，2013年，在莫斯科《新世界》编辑部附近的街心花园里又为特瓦尔多夫斯基立起一座新的纪念雕像。

在20世纪八九十年代的“期刊热潮”中，《十月》和《新世界》两家杂志的风格和立场开始相互接近，均为刊发“回归文学”和“迟到文学”的主要阵地；苏联解体后，两家杂志都相继独立，成为私人性质的文学期刊，它们的境遇也大同小异，目前的发行量均下降为区区两三千册。两家在苏联时期叱咤风云的大型文学期刊，如今成了一对难兄难弟。但如今，两家杂志仍是俄国当代作家们的重要舞台，它们坚持出刊，陆续推出不少文学新人；两家杂志还设立各自的文学奖项，如《十月》的“十月文学奖”、《新世界》的“Anthologia诗歌奖”和“卡扎科夫小说奖”等。两家杂志也经常组织相关的文学活动，如莫斯科《十月》杂志主办的“阿克肖诺夫文学艺术节”以及与北京《十月》杂志联袂举办的“中俄十月文学论坛”等。

境外和地下的俄语文学刊物

除正式期刊外，在俄国历史的不同时期还存在过许多“非正式”出版物；除俄国境内的杂志外，俄国侨民作家还在境外创办了许多俄语文学期刊。这两类刊物可归入20世纪俄国文学史中的两个奇特概念，即“自版文学”（самиздат）和“他版文学”（тамиздат）。

俄国境外文学期刊的历史或始自赫尔岑的《北极星》（*По-*

лярная звезда)，这份文学和社会政治杂志由赫尔岑在伦敦创办的“自由俄国印刷所”于1855—1868年间出版，刊名取自十二月党人创办的同名刊物，赫尔岑把被绞死的五位十二月党人的侧面像放在杂志封面上，并引用普希金的诗句“理智万岁！”作为题词。这份境外刊物常被成功地运入俄国。稍后，赫尔岑又创办另一份报纸性质的周刊《警钟》(*Колокол*，1857—1867)，关于这份周刊，米尔斯基在他的《俄国文学史》中写道：“这份周刊立即产生巨大影响，尽管遭到官方查禁，仍被大量偷运进俄国。所有人都阅读这份刊物，甚至包括那些当权者。它对滥用权力和渎职行为的披露往往能促使官方立即采取行动，撤换最不得人心的肇事者。在1857—1861年间，《警钟》是俄国最主要的政治力量。”①

十月革命后，共有约1000万人逃离革命后的俄国，在他们中间有大量或主动或被迫地离开祖国的俄国知识分子，其中不乏著名作家，如布宁、阿尔志跋绥夫、阿·托尔斯泰、扎米亚金、库普林、茨维塔耶娃、梅列日科夫斯基等等。他们落脚在巴黎、布拉格、柏林、贝尔格莱德以及我国的哈尔滨、上海等地，继续从事文学创作，构成了俄国侨民文学这一奇特的文学现象。第二次世界大战后，当时沦陷区的一些俄罗斯人逃到非交战国，战后又有一些人从德国战俘营直接去往西方，这些人中后来有人选择了文学创作的道路，他们构成20世纪俄国侨民文学中的“第二浪潮”。20世纪六七十年代，“解冻”之后复又出现的政治控制

① [俄] 德·斯·米尔斯基：《俄国文学史》上卷，刘文飞译，人民出版社2013年版，第267—268页。

政策，再加上东西方冷战的国际大背景，使许多作家感到压抑，因而流亡，官方也主动驱逐了一些持不同政见作家，他们在20世纪后半期形成声势浩大的俄侨文学“第三浪潮”，其中的代表作家有索尔仁尼琴、西尼亚夫斯基、布罗茨基、季诺维约夫、阿克肖诺夫、维克多·涅克拉索夫、沃伊诺维奇、萨沙·索科洛夫、弗拉基莫夫和多夫拉托夫等。俄侨作家在世界各地创办了大量文学期刊，例如，“直到第二次世界大战开始之前，仅在布拉格一地，每年就大约出版俄语期刊20家，俄语报纸18份”。[①]

第一浪潮俄侨文学期刊最重要的有如下几种：《俄国思想》（*Русская мысль*，1880—1927）原为一份带有温和自由派立场的文学和思想月刊，由拉夫罗夫创办于莫斯科，1905后成为立宪民主党机关刊物，1907年后成为俄国宗教复兴运动的中心，1918年被查封，后由俄国侨民继续在国外出刊，编辑部先后设于索菲亚、布拉格和巴黎。作为俄侨文化界的重要杂志，该刊不仅吸引了大量作家，谢·布尔加科夫、弗兰克、别尔嘉耶夫、舍斯托夫、格尔申宗等俄国宗教哲学家也常为其撰稿。《当代纪事》（*Современные записки*，1920—1940）是巴黎的一份俄侨杂志，共出70期，其诗歌栏由采特林主编，小说栏由斯捷蓬主编，每期印数两千册，几乎所有俄侨作家都在该刊发表过作品，纳博科夫就以“西林”为笔名在这份杂志上发表了最初的作品，这份期刊同时也刊发哲学、历史、经济和社会随笔。该刊第1期的编辑导言中有这样一段话：“《当代纪事》的版面是开放的，作者属于

①［俄］阿格诺索夫：《俄罗斯侨民文学史》，刘文飞、陈方译，人民文学出版社2004年版，第15页。

哪一政治派别的问题在我们这里并不存在，我们欢迎一切稿件，只要它对俄国文化而言具有客观价值，无论它是艺术创作、科学研究还是社会思想探索。”1940年，该杂志因德国纳粹占领巴黎而停刊。《环节》（*Звено*，1923—1928）是当时巴黎最重要的报纸《最新消息报》（*Последние новости*，1920—1940）的文学副刊，每周一期，共出版152期，著名诗人霍达谢维奇主持该刊“文学漫谈”栏目。《数目》（*Числа*，1930—1934）作为巴黎“青年作家诗人协会”的同人刊物，较多地体现了青年侨民作家的主题和风格，是俄侨诗歌中所谓“巴黎音调”的发源地。在中国的哈尔滨，俄国侨民也创办了许多刊物，其中历史最久、影响最大的是文学艺术周刊《边界》（*Рубеж*，1927—1945），在18年的存在时间里它共出刊862期，发表了许多哈尔滨俄侨作家和诗人如涅斯梅洛夫、巴依科夫、佩列列申和阿恰伊尔等的作品。该刊发行量约为2500册，除哈尔滨外，它还被销往北京、上海等地，甚至被俄国侨民带往世界各地。1992年，《边界》在俄国远东城市符拉迪沃斯托克（海参崴）“复刊”，新《边界》封面上的标号为“第1（863）期”。

第二浪潮俄侨文学杂志中的佼佼者是两份季刊《新杂志》（*Новый Журнал*，1942—）和《界限》（*Грани*，1946—），前者由在战时自法国流亡至美国的俄侨作家阿尔达诺夫和采特林在纽约创办，作为法国俄侨杂志《当代纪事》之继续，故曰“新杂志”，该刊第1期用三个关键词确定杂志的性质：“俄国—自由—流亡。”该刊1958年率先发表小说《日瓦戈医生》片段，后又发表沙拉莫夫的《科雷马故事》和索尔仁尼琴的《红轮》片段，令世界斯拉夫学界瞩目。值得一提的是，该刊在苏联解体后没有像其他俄侨刊物那样或停止出刊或迁回俄国，而继续按照之前的风格和套路出刊，既刊登俄国境内外作家的诗文，也发表文学史和文学理论方面的文章，还有一些珍贵的文献和资料披露，保持着较高的文学水准。《界限》最初产生于盟军占领德国后接管的苏军战俘集中营，编辑部后迁至美茵河畔的法兰克福，该刊在六七十年代刊出许多文学名著，如沃伊诺维奇的《伊万·琼金的生活和奇遇》、格罗斯曼的《一切在流动》、索尔仁尼琴的《癌病房》、沙拉莫夫的短篇小说、布罗茨基的诗、布尔加科夫的《狗心》、曼德尔施塔姆的《第四散文》、普拉东诺夫的《基坑》、哈尔姆斯的作品，还再版了苏联时期的《句法》《凤凰》《斯芬克斯》等地下杂志，当然，它首先是第二浪潮俄侨作家发表作品的园地。苏联解体后的 1992 年，《界限》编辑部迁至莫斯科，但刊物的印数日益降低，至 2000 年仅有 750 册。

第三浪潮的俄侨作家当然有机会在第一、二浪潮的俄侨期刊上发表作品，但他们中的一些人还是努力创办了自己的文学杂志。1974 年，马克西莫夫在巴黎创办季刊《大陆》（*Континент*，1974—1992），他担任主编长达 17 年，该刊编委中有四位诺贝尔奖获得者，其作者中更不乏俄国和欧洲各国的著名作家。《大陆》曾同时用俄、英、德、法、意五种语言出版，在欧洲“大陆”很有影响。苏联解体后，《大陆》影响下降，编辑部于 1992 年迁回莫斯科，2013 年起仅出网络版。1978 年，西尼亚夫斯基在巴黎创办季刊《句法》（*Синтаксис*，1978—2001），刊名源自莫斯科的一家同名地下刊物，该刊撰稿者多为流亡西方的俄国作家和学者，20 世纪 80 年代曾与马克西莫夫的《大陆》展开激烈争论。由第三浪潮俄侨作家创办的期刊还有《时代和我们》（*Время и мы*，1975—1981，特拉维夫；1981—2001，纽约）和《射击兵》（*Стрелец*，1984—1999，纽约）等。

与境外俄侨文学期刊构成呼应的，是 20 世纪下半期在苏联出现的“自版文学”杂志。“自版文学”这一称谓起初具有某种嘲讽或自嘲意味，即作品无处发表就“自己出版”，其方式就是作者或编者通过复写、打字、油印、复印、照相等方式把作品做成多份拷贝，分发给自己的朋友和其他读者阅读。布可夫斯基在其自传体小说《风又吹回来了》中这样定义“自版文学”：“自己写作，自己编辑，自己审查，自己出版，自己传播，然后自己因此去坐牢。”20 世纪俄语文学史中许多一度遭禁的名著，起初都是以这种方式传播的，如高尔基的《不合时宜的思想》、帕斯捷尔纳克的《日瓦戈医生》、布尔加科夫的《大师与玛格丽特》、索尔仁尼琴的《古拉格群岛》，白银时代诗人阿赫马托娃、茨维塔耶娃、曼德尔施塔姆等人的诗作，还有后来被称为后现代文学的作品，如韦涅季克特·叶罗菲耶夫的《莫斯科—佩图什基》、布罗茨基的诗等。西方当代文学的翻译作品，如海明威、卡夫卡、奥威尔、加缪等人的作品，构成“自版文学”的第二个内容。而相关的思想读物，如白银时代宗教哲学家们的著作、萨哈罗夫等人的文章和金兹堡、曼德尔施塔姆夫人等人的文学回忆录，则构成“自版文学”的第三种对象。20 世纪 70 年代的地下出版物如此流行，以至坊间曾流传这样一则笑话：一位外婆见孙子不读书，于是亲手用打字机把《战争与和平》重新打印一遍，孙子于是果然如饥似渴地捧读起来。

苏联时期最早的定期地下出版物可能要数莫斯科记者亚历山大·金兹堡1959年创办的《句法》(*Синтаксис*，1959—1960)，与其他人因无法刊出作品才偷偷做成“手抄本”的做法不同，金兹堡从一开始就在有意识地编辑一份“正规刊物”，他将当时许多青年诗人和作家的作品征集起来，用打字机打印出300册，还在扉页上标明了主编、编辑部地址和出版时间。该刊仅出三期，正在埋头编辑第4期的“主编”在家中被捕，罪名是“反苏宣传”。这份“自版文学”期刊被查封五年后，境外俄侨文学杂志《界限》将所有三期《句法》合成一卷予以再版(《界限》1965年第58期)；18年后，西尼亚夫斯基在巴黎创办他的文学期刊时又沿用了《句法》的刊名。由莫斯科诗人加兰斯科夫创办的《凤凰》(*Феникс*，1961；1964)是莫斯科“马雅可夫斯基广场诗人小组”的同人刊物，它因其刊发的数封言辞激烈的“公开信”而著称，1964年第2期《凤凰》上刊出的由维戈多罗娃秘密速记的《布罗茨基案审判记录》也产生了很大影响。1979年编成的《大都会》(*Метрополь*)文学辑刊，曾成为20世纪俄语文学史中的一大事件，20余位具有现代主义甚或后现代主义文学取向的作家将他们的作品汇编成册，原打算公开出版，却遭到官方阻挠，于是他们便以打印本形式推出文集，参与者结果遭到作协和官方的严厉惩处，或被开除出作协，或长期被禁止发表作品，这就是轰动一时的“《大都会》事件”。当年的打印本仅12份，但有一份被偷运出国，后由美国密歇根大学的“阿尔迪斯”出版社复印出版；《大都会》辑刊的作者后来大多成为20世纪俄语文学的经典作家，如阿克肖诺夫、阿赫玛杜琳娜、比托夫、沃兹涅先斯基、维索茨基、维克多·叶罗菲耶夫、伊斯康德尔、叶夫盖尼·波波夫、莱茵、萨普基尔等。

20世纪俄语文学已被文学史家视为一个整体，同样，境外、地下的文学期刊也开始被人们一同写入20世纪的俄语期刊史。

当下的俄国文学期刊

无论就刊物的社会地位和影响、还是就其质量和发行数量而言，当下的俄国文学期刊都无法与19世纪俄国文学的黄金时期和19、20世纪之交的白银时代相比，更无法与苏联时期二三十年代、“解冻时期”和“改革时期”三个文学期刊高峰期并论。而今文学期刊风光不再，这恐怕也不是俄国一国之特例，网络时代带来的新型阅读习惯，与全球化相伴而来的美国大众文化的冲击，碎片化的存在方式导致的文学的边缘化等，都是全世界文学人共同面临的大语境。与此同时，苏联的解体也在一定程度上消解了俄苏社会中由来已久的文学的威信和作家的神性，文学期刊不再是主要的意识形态阵地，作家也在很大程度上失去了先知和社会代言人的角色，那种全民共读某一期文学期刊或某一部文学作品的时代或许很难再现了。但另一方面，俄国毕竟是一个文学大国，文学对于俄罗斯人而言依然是最重要的精神食粮，俄国文学期刊业近年也呈现出回暖迹象。据统计，俄国目前登记在册的定期出版物约两万家，其中正常出刊者近七千家，是苏联解体后期刊数量的两倍，文学期刊在其中约占比十分之一；另有一项调查结果：声称从不阅读任何杂志的被调查者在 1990 年占被调查者总数的 4%，2016 年这个数字增长至 30%，但换句话说，当下俄国仍约有 70% 的国民继续阅读杂志，他们中间即便只有十分之一的人阅读文学期刊，这也仍旧是一个将近千万人的庞大读者群。

与苏联时期相比，当今俄国大型文学期刊界出现一个颇为奇特的变化，即以往的几家权威杂志英雄暮年，惨淡经营，外省的一些文学刊物却衣食无忧，顺风顺水。编辑部设在莫斯科的几家“胖杂志”如《十月》《新世界》《旗》《外国文学》《我们同时代人》等，几乎均无固定的官方或私人资助，主编们要四处化缘，编辑部大多只有七八个人，编辑们的工资要靠自筹，杂志的印数只有三五千册，也都基本不向作者支付稿酬。相形之下，外省文学期刊的日子反倒好过一些，它们作为地方的文化名片大多得到了地方政府的大力支持，刊物印得很精美，也有各自相对固定的作者群。它们有些是苏联时期的老刊物，有些是在苏联解体后新创刊的，它们分布在俄国的东南西北，装点着当今俄国的文学版图。

位于俄国西北部、与莫斯科并称“双都”的圣彼得堡，也是数家大型文学期刊的举办地。《涅瓦》(*Нева*，1955—) 原为列宁格勒作家协会刊物，1989 年印数曾达 64 万，2017 年仅为 1500 册，但它依然被视为彼得堡最重要的文学期刊。《阿芙乐尔》(*Аврора*，1969—) 月刊起初是苏联共青团和列宁格勒作协的机关刊物，1980 年起脱离作协。这份以那艘放出十月革命第一炮的巡洋舰名称命名的杂志，苏联时期却屡犯“自由化”错误，1977

年因发表女诗人科罗廖娃提及末代沙皇一家遇害事件的诗作挨批；1982 年因一篇疑似对勃列日涅夫 75 岁生日有嘲讽之意的短篇小说而导致主编被撤。2013 年起，该刊得到彼得堡政府津贴，刊物质量有很大提升。由坐落在彼得堡的俄国科学院俄国文学研究所主编的《俄国文学》(*Русская литература*，1958—) 是俄国乃至世界范围内最重要的俄国文学研究的学术刊物之一，现任主编为俄国科学院通讯院士巴格诺，笔者有幸自 2014 年起担任该刊编委。在彼得堡以北，有一份以《北方》(Север，1940—) 为名的文学期刊，该刊编辑部位于卡累利阿自治共和国首都彼得罗扎沃茨克，1991 年起该刊得到卡累利阿共和国政府支持，之后办得有声有色，2009 年发起“北方之星”创作竞赛，允许 15—37 岁的作者参加，获胜者被送入莫斯科的高尔基文学院继续深造；2012 年起设立文学奖，重点奖掖青年作者；2013 年起接办苏联时期的著名辑刊《诗歌日》，该刊主编还因此获得俄联邦文化部颁发的莱蒙托夫奖章。俄国的东部地区存在着十几种文学期刊，除了前文提及的符拉迪沃斯托克的《边界》外，还有哈巴罗夫斯克的《远东》(*Дальний Восток*，1946—)、乌兰乌德的《贝加尔》(*Байкал*，1947—)和叶卡捷琳堡的《乌拉尔》(*Урал*，1958—)等。俄国南方各地的文学期刊主要有：《伏尔加》(*Волга*，1966 年创刊于萨拉托夫)、《顿河》(*Дон*，1925 年创刊于顿河上的罗斯托夫) 和《伏尔加》(*Идель*，1989 年创刊于喀山) 等。

苏联解体以后，俄国还新涌现出一批文学期刊，相比于之前的“胖杂志”，这些新刊物似乎更加专门化、个性化。苏联时期并无专门的诗刊 (《诗歌日》是一年出一本的“辑刊”)，而在当下俄国却同时存在多种诗刊，如《阿里昂》（*Арион*，1994—），刊名取自普希金一首诗的题目，风格较为传统。与《阿里昂》的风格有些对立的是诗刊《空气》（*Воздух*，2006—），后者比较注重诗歌的实验性和现代性。2004年创刊于彼得堡的《山雀》（*Зинзивер*）也很有先锋文学特征，刊名取自俄国未来派诗人赫列勃尼科夫的诗作《蚱蜢》，似乎意在显示其对接白银时代俄国现代派文学传统的诉求。同年创刊于萨拉托夫的《太阳之子》（*Дети Ра*）也给人耳目一新的感觉。

谈及当下的俄国文学期刊，有两个现象也值得一提。其一是网络杂志的兴起或曰杂志的网络化。如今的俄国文学期刊少有例外地均在互联网上开辟网络版，每一期内容大都能迅速在网上读到，而且免费。笔者曾问及俄国几位大型文学期刊主编，网络版是否会影响纸质版杂志的销量，他们都很淡然，称他们更乐意让更多的读者免费读到他们的杂志，这正是他们工作的价值和意义所在。俄国人，尤其是俄国文学人的确较少"版权意识"，俄国所有大作家的经典作品都可以在网上免费下载，这在其他国家，尤其是"老牌资本主义"国家是不多见的。俄国还有一家著名的期刊网站叫"期刊阅览厅"（Журнальный зал，http：//magazines.russ.ru），它将数十家俄国当下大型文学期刊"收入囊中"，集中提供给读者，这家网站已成为最受俄国文学爱好者欢迎的网站。该网站首页的右上方醒目地标出一行字："作为一种美学现象的俄国大型期刊。"其二是《新文学评论》（*Новое литературное обозрение*）集办刊与出版于一体的现代期刊理念和运作方式。《文学评论》（*Литературное обозрение*）原为苏联时期的一份文学批评和理论刊物,《新文学评论》承续这一刊名,从1992年年底开始出刊,可它却是一份全“新”的期刊,自称第一家独立的语文学刊物,该刊注重对“旧”文学观念的反思,注重在世界文学的大背景中看待俄国文学,也注重对俄国当代文学进程的梳理和归纳。该刊主编伊琳娜·普罗霍罗娃是一位出版女强人,她在很短时间里便将这份刊物打造成一份兼具学术性和可读性的刊物,一份在全球俄语文学研究者心目中享有很高地位的学术刊物。此外,普罗霍罗娃还以此刊为依托创办了同名出版社,先后出版20余套丛书,如“科学丛书”“批评和随笔”“俄国旅行家书简”“工具书系”“语文学遗产”“智性史”“电影文本”“回忆录中的俄国”“新诗歌”“童年偶像”“新文学评论童话”等,每年出书百余种。在莫斯科和世界各地的国际书展上,“新文学评论出版社”总是占据显赫位置;在俄国每年的各项图书奖和文学奖中,这家出版社也总是大赢家。如今,这家出版社俄文名称的缩写形式“НЛО”已成为国际出版界的知名标识之一。将杂志创出的名牌推广至出版界,再用图书出版的盈利来保障杂志的高水准,普罗霍罗娃和她的杂志提供了一个成功的范例。

俄国文学期刊的几个特征

纵览俄国文学期刊的发展过程,可以归纳出这样几个突出特征:

首先,一部俄国文学期刊史就等于一部俄国文学史。俄国文学期刊是作家的摇篮,俄国文学史上的名著几乎都是在文学期刊上首发，鲜有先出单行本者，在俄国，文学期刊永远比出版社更重要，也更有影响，可以说，几乎所有俄国大作家都起步于文学期刊。俄国文学史上最重要的几个文学时代，如19世纪的黄金时代、19—20世纪之交的白银时代、十月革命前后、解冻时期和改革时期，无一例外都是文学期刊的繁荣期，这也从另一个角度印证了俄国文学期刊与俄国文学相辅相成、“荣辱与共”的密切关系。在俄国文学期刊史的不同阶段，创办或主持主流文学期刊的大都是重要的作家、诗人和批评家，每一位俄国大作家的传记中必定有着他或她与文学期刊相关联的故事。作为文学期刊主编的文学大家如普希金、别林斯基、涅克拉索夫、陀思妥耶夫斯基、谢德林、柯罗连科、高尔基、特瓦尔多夫斯基、西蒙诺夫等，大多体现出了强烈的“主编意志”，他们就是他们所处时代的文坛盟主、作家领袖和文学生活的主人，他们主持的文学期刊往往就是一个文学流派的核心，一场文学运动的策源地，因此，大型期刊由不同的人主编，往往会导致杂志内容和风格发生巨变，比如普希金创办的《现代人》后由远离政治的普列特尼奥夫接办，成为一份安安静静的“纯文学刊物”，而在1846年涅克拉索夫接手后却迅速成为激进的革命民主派阵地，比如克拉耶夫斯基1839年创办的《祖国纪事》在别林斯基于1847年入主后也刊风大变，从《现代人》的对手变成《现代人》的战友。大型文学期刊的主编由最著名的作家出任，这也从另一个侧面表明了文学期刊在俄国文学生活中扮演的重要角色。总之，文学期刊始终是俄国文学的重要组成部分，可以毫不夸张地说，没有此起彼伏地持续了三个半世纪之久的俄国文学期刊（以及与它们相生相伴的文学报纸），就没有俄国的文学生活和文学历史。

其次，一部俄国文学期刊史也就近似一部俄国思想史。相对欧美国家，俄国的思想史传统较为薄弱，俄国文学在19世纪中期崛起之后便长期扮演社会舆论主体的角色，由此形成俄国文化中的“文学中心主义”传统，作家是社会代言人，文学是民族意识的集中体现，文学期刊于是也就自然而然地成为赫尔岑所言的“社会论坛”，成为思想交锋的战场，所谓“机关刊物”（орган）。有一个现象颇为耐人寻味，即在俄国思想史中不同观念和立场尖锐对峙的时期，总能看到不同的杂志体现出鲜明的倾向性，不同的文人志士团结在不同的杂志周围，就像在守护自己的城堡，挥舞自己的旗帜。贯穿19世纪俄国思想史的斯拉夫派和西方派的思想论争，其实往往就具体地体现为《欧洲导报》和《祖国之子》、《俄国导报》和《莫斯科公国人》等杂志的对峙。19世纪中后期相继出现的几种主要思想流派均有其期刊阵地，比如革命民主派的《现代人》和《祖国纪事》，激进“虚无党”的《俄国言论》和《事业》，温和自由派的《欧洲导报》，斯拉夫派的《莫斯科公国人》，“土壤派”的《时代》和《时世》，保守派的《俄国导报》和《观察家》，民粹派的《俄国财富》和《俄国思想》，“合法马克思主义派”的《神的世界》（*Мир божий*，1892—1906）和《当代世界》（*Современный мир*，1908—1916），以及自由民主派的《大众杂志》（*Журнала для всех*，1896—1906）等。可以说，俄国历史上的每一种文学期刊都或多或少地带有某种思想倾向和社会立场，因此，要了解俄国的思想史，阅读和研究各个年代最有代表性的文学期刊似乎就是一个绕不过去的任务。

最后，俄国文学期刊的种类、内容和功能均十分多样。俄国的文学期刊仅就种类而言就有十余种之多，除了最常见的“杂志”（журнал）、“期刊”（периодика），除了其他国家都有的依据出刊频率来划分的“年刊”（ежегодник）、“季刊”（трехмесячник）、“双月刊”（двухмесячник）、“月刊”（месячник）、“半月刊”（полумесячник）和“周刊”（еженедельник）等，还有一些富有俄国特色的定期出版物，如“辑刊”（альманах）、“集刊”（сборник）、“纪事”（записки）、“评论”（обозрение，ревю）、“通报”（бюллетень）和“导报”（вестник）等。除各类专业科学杂志外，俄国综合性期刊大都内容广泛，但每份大型杂志一定辟有文学栏目，因而它们往往标明为“文学政治期刊”（如《俄罗斯思想》）或“社会政治和文学艺术期刊”（如《星火》），而大型文学期刊则又常常自称“文学艺术和社会政治期刊”（如《旗》和《青春》），换句话说，人文类的俄国大型期刊都有文学构成，而文学期刊也都有非文学的内容和超文学的功能。这既是文学因素在俄国期刊中长期渗透的结果，也是俄国期刊源远流长的文学化传统的直观显现。

（原载《十月》2018 年第 1 期）

弗拉基米尔·索洛维约夫的思想史意义

1900年7月31日（新历8月13日），弗拉基米尔·谢尔盖耶维奇·索洛维约夫（Владимир Сергеевич Соловьёв）病逝于莫斯科郊外的乌兹科耶庄园（今莫斯科工会大街123a号），年仅47岁。这位逝于20世纪元年的俄国哲学家，其思想却构成俄国思想史上的重要分水岭之一，他因此成为一位真正意义上的20世纪思想家；他生命的最后一站乌兹科耶（Узкое）在俄语中意为“狭窄庄园”，而他的精神遗产却穿越时空，在俄国产生了持续而又广泛的影响。

一

弗拉基米尔·索洛维约夫1853年1月16日（新历1月28日）生于莫斯科一户真正的书香门第，其父是俄国最著名的历史学家之一谢尔盖·米哈伊洛维奇·索洛维约夫（1820—1879），29卷本的史学巨著《俄国通史》（*История России с древнейших времён*，1851—1879）的作者，1871—1877年间的莫斯科大学校长；其母出身大贵族，是俄罗斯和乌克兰著名哲学家斯科沃洛达（1722—1794）的后裔。弗拉基米尔·索洛维约夫的哥哥弗谢沃洛德和妹妹波里克谢娜均为作家，著名的象征派诗人小谢尔盖·索洛维约夫（1885—1942）是他侄子。

在莫斯科读完中学后，16 岁的索洛维约夫进入莫斯科大学数理系学习，两年后转入文史系。他很早便体现出对哲学和宗教问题的浓厚兴趣："我自幼年起迷恋宗教问题，我在 14—18 岁间经历了多个阶段的理论否定和实践否定。"[①] 他在大学苦读诗书，热衷哲学和历史，同时也迷恋占卜和招魂术等"玄学"。索洛维约夫 1873 年大学毕业后留校，在哲学教研室工作，同年迁居谢尔吉镇，在圣谢尔吉修道院的神学院听课一年。1874 年，索洛维约夫完成题为《西方哲学的危机（驳实证论者）》[*Кризис западной философии*（*против позитивистов*）] 的硕士论文，对西方的实证主义哲学提出质疑，指出了西方哲学中唯理论和经验论这两种认识论所具有的片面性。答辩于 1874 年 11 月 24 日在彼得堡大学举行，索洛维约夫完成答辩后获哲学副教授职称，继续在莫斯科大学授课。1875 年 6 月，索洛维约夫前往英国，在大英博物馆研究印度哲学、诺斯替哲学和中世纪哲学，其间突然在内心听闻"索菲娅[②]的神秘召唤"，于 1875 年 10 月 16 日启程前往埃及，于夜宿沙漠时分得见索菲娅显容。1876 年回国后，索洛维约夫在莫斯科大学执教逻辑学与古代哲学史课程，此时与索菲娅·彼得罗夫娜·希特罗沃（出嫁前姓巴赫梅杰娃）相识，他与后者的恋

---

① Под ред. П.А.Николаева, *Русские писатели. Биобиблиографический словарь*, Просвещение, 1990, т.2, с.244.

② 又译"索菲亚"，因这一形象源自希腊神话中的智慧女神，在索洛维约夫处又被视为"永恒温柔"之化身，故在此处译为更具阴性色彩的"索菲娅"，借此亦可有别于作为地名的"索菲亚"。

情持续很久，却未成眷属。索菲娅·希特罗沃是诗人外交官希特罗沃的夫人，彼得堡沙龙的女主人，她年长索洛维约夫五岁，在结识索洛维约夫时已是三个孩子的母亲，索洛维约夫将她视为智慧女神索菲娅的人间化身，视为能赋予他创作灵感的缪斯，终生钟情于她，矢志不渝。

由于厌倦莫斯科大学教授间的钩心斗角，索洛维约夫于 1877 年辞去教职，前往彼得堡，任国民教育部学术委员会委员，同时在彼得堡大学和高等女子学院做讲座。他的系列讲座《神人类讲座》（*Чтения о Богочеловечестве*）赢得广泛欢迎，陀思妥耶夫斯基和托尔斯泰都曾是他的听众。索洛维约夫在彼得堡与陀思妥耶夫斯基密切交往，两人曾结伴前往奥普塔修道院，陀思妥耶夫斯基夫人在她的《回忆录》中曾忆及他们两人交往的温暖场面。[①] 在彼得堡期间，索洛维约夫的世界观逐渐形成，他展开积极的政论写作和哲学著述，他两部重要哲学著作均写于这一时期，即《完整知识的哲学本原》（*Философические начала цельного знания*，1877）和《抽象原理批判》（*Критика отвлеченных начал*，1880），他借此建立起他的“万物统一”（всеединство）哲学体系。1880 年 4 月 6 日，他以《抽象原理批判》作为博士论文在彼得堡大学完成答辩。1881 年 3 月 28 日，他在公开演讲中呼吁宽恕刺杀亚历山大二世的刺客，引起当局不满，之后被迫离开大学和国民教育部，在 28 岁的年龄上宣布“退休”，从此开始他所谓的“流浪生活”时期（период «бродячей жизни»）。索洛维约夫始终

①《安娜·陀思妥耶夫斯卡娅回忆录》，倪亮译，广西师范大学出版社2013年版，第246–247页、第325页等处。

没有家庭，没有居所，大多居住在友人处，或旅行国外。但是在这一时期，他关于社会、政治和宗教的思考甚多，成果甚丰，学术影响也甚大，他提出了他的“神权政治乌托邦”（теократическая утопия）理想。他相继推出的重要著作有：《纪念陀思妥耶夫斯基的三次演讲》（*Три речи в память Достоевского*，1881—1883），《生活的精神基础》（*Духовные основы жизни*，1882—1884），《大争论与基督教政治》（*Великий спор и християнская политика*，1883），《俄国的民族问题》（*Национальный вопрос в России*，1883—1891），《神权政治的历史和未来》（*История и будущность теократии*，1885—1887），《俄国与欧洲》（*Россия и Европа*，1888），《俄罗斯理念》（*Русская идея*，1888），《俄国与普世教会》（*Россия и Вселенская церковь*，1889）等。

1891年，他应邀主编著名的《布罗克豪斯-埃夫隆百科全书》的哲学部分，撰写词条130多篇，这在一定程度上促成了他的“重返哲学”。同年，他爱上又一位名为“索菲娅”的女性，即索菲娅·米哈伊洛夫娜·马尔蒂诺娃（1858—1908，她的公公就是在决斗中杀死莱蒙托夫的军官马尔蒂诺夫），为后者写下一组情诗，据索洛维约夫称，他在马尔蒂诺娃的脸上最后一次看到智慧女神索菲娅的神采。在生命的最后十年，索洛维约夫对“神权政治的未来”颇为失望，转而关注哲学、伦理学和美学，写出大量著作，如《自然之美》（*Красота в природе*，1889）、《艺术的普遍意义》（*Общий смысл искусства*，1890）、《爱的意义》（*Смысл любви*，1892—1894）、《善的证明》（*Оправдание добра*，1894—1897）、《理论哲学》（*Теоритическая филосо-*

фия，1897—1899）和《关于战争、进步和世界历史终结的三次谈话》（*Три разговора о войне, прогрессе и конце всемирной истории*，1899—1900）等，为后人留下一笔宝贵的思想遗产。1898年，索洛维约夫再度前往埃及，或许是为重温当年目睹索菲娅显容时的感受，回国后他写下长诗《三次相会》（*Три свидания*，1898），此诗的副标题"莫斯科-伦敦-埃及，1862—1875—1876"便交代了他在不同地点（莫斯科的教堂、伦敦的大英博物馆和埃及的沙漠）、不同时间（1862年、1875年和1876年）与索菲娅女神的三次神秘相会。

索洛维约夫一直过着"流浪"生活，并长期斋戒，这影响到他的身体健康。他还喜欢无节制地使用松节油，认为松节油的气味能驱除一切病魔，他称之为"索洛维约夫香水"（Bouquet Solovieff），但松节油有毒，对肾脏尤其有害，故马科夫斯基在《白银时代的帕耳那索斯山上》（*На Парнасе Серебряного века*）一书中断言："这种'驱魔松脂'让他送了命，他用松节油慢慢地毒死了自己。"[①]1900年夏，索洛维约夫来到莫斯科，将其翻译的柏拉图著作送交出版社。7月15日，他感觉身体不适，便让人送他至友人特鲁别茨科依家的庄园乌兹科耶。两周后，索洛维约夫去世，死因是动脉粥样硬化、肝硬化和尿毒症共同导致的机体衰竭。

索洛维约夫的一生是短暂的，但他在俄国思想史上的意义却持久而又深远。在我们看来，他的影响至少体现在以下三个方面：首先，他被公认为俄国现代哲学的奠基人，他创建的万物

① С. Маковский, *На Парнасе Серебряного века*, XXI век-Согласие，2000，с. 560.

统一哲学为俄国现代哲学体系的构建奠定了基础；其次，他率先提出并思考了关于俄国历史命运和发展道路的“第三条道路”；最后，是他试图融哲学、神学和文学为一体的创作追求和创作方式也具有深刻的本体论和方法论意义。

二

“索洛维约夫是俄国第一位职业哲学家，也是第一个建立了完整哲学体系的俄国哲学家。”[①] 因此，他如今被誉为“俄国现代哲学之父”。索洛维约夫哲学的核心命题，就是他的“万物统一论”。不到五旬即离世的索洛维约夫，其创作活动持续了30年，这30年又大致可划分为三个时期，即19世纪的70、80和90年代，第一个十年主要是对西方哲学的抽象理性主义和实证主义的质疑，第二个十年主要是对其神权政治乌托邦学说的构建，在最后一个十年，索洛维约夫则返回哲学，将注意力置于历史哲学、道德哲学、美学等理论哲学领域。然而，若将索洛维约夫的哲学作为一个整体来看待，可以发现其中贯穿的主题就是“万物统一论”，索洛维约夫不同时期的思考，似乎都在自不同角度、不同范畴对这一主题进行添加和阐释。索洛维约夫提出的一系列影响深远的哲学概念，如“索菲娅”（София）、“永恒温柔”（Вечная женственность）、“神人类”（богочеловечество）、“完整知识”（цельное знание）、“有机逻辑”（органическая логика）和“神权政治”（теократия）等，均与“万物统一论”有

① 徐凤林：《索洛维约夫哲学》，商务印书馆2007年版，第1页。

着程度不等的直接关联。

索菲娅是索洛维约夫宗教哲学的核心命题之一。“索菲娅”一词在希腊语中有“母性”“知识”“智慧”等意，因此它又有“智慧女神”（Премудрость）之称，在古希腊罗马时期和中世纪的哲学中，索菲娅被理解为智慧的特殊显现或具象的智慧，亚里士多德称之为“关于实质的知识”，荷马称之为“关于创造的理性能力”。西方文字中“哲学”（философия/philosophy）一词的词根就是“索菲娅”（-софия/-sophy），“哲学”的意思也就是“爱智慧”。索菲娅以“工师”的身份出现在《圣经》中，被当作神的创造意志：“在耶和华造化的起头，在太初创造万物之先，就有了我。……那时，我在他那里为工师，日日为他所喜爱，常常在他面前踊跃，踊跃在他为人预备可住之地，也喜悦住在世人之间。”[①] 在拜占庭和古代罗斯，索菲娅作为“神的智慧”（Премудрость Божия）的观念得到发展，俄国东正教中根深蒂固的圣母崇拜亦为这一发展的体现和结果之一。索洛维约夫对这一概念和形象进行再创造，赋予其新的内涵，使其成为一个哲学概念和思想史术语。索洛维约夫将索菲娅视为“神的身体”（тело Божие）和“世界的灵魂”（душа мира），视为神的绝对统一中与逻各斯并列的另一构成：“索菲娅是神的身体，是充盈着神的统一原则的神的物质。在自身之中实现了这种统一或具有这种统一的基督，作为一个既是普遍化的又是个性化的神的完整统一有机体，它既是逻各斯也是索菲娅。”[②]“如果在神的存在物里，在

①《新旧约全书》，中国基督教会印发，1989 年，南京，第 605 页。
② В. Соловьев，*Сочинения*，Раритет，1994，с.110.

基督里，第一个被产生的统一就是神自身，是作为积极力量或逻各斯的上帝，如果在这个统一里我们拥有的基督是神的存在物自身，那么第二个被产生的统一就是人类的原则，是理想的或正常的人，我们给它一个神秘的名字——索菲亚。”[①] 在索洛维约夫一生的不同时期，他对索菲娅的理解有所不同，实际上，他的索菲娅概念是相当模糊和庞杂的，据洛谢夫归纳，索洛维约夫关于索菲娅概念的阐释竟有十种之多，从绝对的神的存在到理想的人类，从神秘的宗教象征到具体的诗歌形象。[②] 但无论如何，将索菲娅理解为神的人性构成、人性显现或人性存在，即“永恒温柔”，将索菲娅视为物质和观念的合成，是物质化的观念，或观念化的物质，是神的世界和自然世界之间的中介，这应该是索洛维约夫一个始终不渝的命题。更为重要的是，索洛维约夫还强调了这一形象的俄罗斯民族属性，他在《俄国与普世教会》一文中写道：“我们祖先的宗教艺术把‘智慧’同圣母和耶稣基督紧紧联系在一起，同时又与这两者有显著区别，把它描绘成一个特殊的神的形象。对于我们祖先来说，它是隐藏于低级尘世的可见事物背后的神圣本质，是复活的人类的光辉灿烂的灵魂，是大地的天使和保护神，是神的未来的和最终的体现。”“这样，除了把‘智慧’看作是个别的神或人——圣母和圣子而外，俄罗斯民族还喜欢把‘智慧’理解为神和普世教会的社会体现。”[③] 在索洛维约夫之后，谢·布尔加科夫、弗洛连斯基、别尔嘉耶夫、别

① [俄] 索洛维约夫：《神人类讲座》，张百春译，华夏出版社1999年版，第118页。
② 见张百春：《索洛维约夫：俄罗斯哲学传统的奠基人》，见索洛维约夫：《神人类讲座》，张百春译，华夏出版社 1999 年版，第 20 页。
③ 转引自徐凤林：《索洛维约夫哲学》，商务印书馆 2007 年版，第 221 页。

雷等人继续不断挖掘、丰富这一概念，使其成为俄国宗教哲学，乃至整个俄国文化的象征符号之一，从而构建起所谓的“索菲娅学”（софиология/sophiology，又译“智慧学”）。

关于神人、神人类和神权政治的学说，是索洛维约夫思想中的又一重要构成。索洛维约夫的哲学就其实质而言是一种宗教哲学，是一种新的基督教意识，他的学说的独特之处，就在于调和人与神之间的对立，谋求人和神的统一。索洛维约夫认为人是具有神性的，因为人是按照神的形象和样式被创造出来的特殊造物。在这里，索洛维约夫显然受到了欧洲那种始自古希腊罗马文明、经文艺复兴时期再至浪漫主义时代的“人的崇拜”之影响，但他在这一传统中注入宗教因素，从而形成了他新的基督教人道主义。就此一方面而言，索洛维约夫似乎在将世俗的人的学说神学化。另一方面，他认为神也是具有人性的，这一点的最好证明即作为神的化身的耶稣基督，作为精神的人，他身上既有神的特性，也有人的特性，是神和人的结合，亦即神人（богочеловек）。从这一方面来看，索洛维约夫似乎又在将神学世俗化，正因为如此，他的神人学说在当时遭到许多教会人士的拒绝，甚至至今仍被官方教会视为异端邪说。在《神人类讲座》中，索洛维约夫更将人类作为一个由神创造出来的、并且包含着神性原则的有机体，他在第二讲的结尾说道：“旧有的传统宗教形式的出发点是对上帝的信仰，但它未能将这一信仰贯彻到底。当今的非宗教文明的出发点是对人的信仰，但它是不彻底的，也未能将这一信仰贯彻到底。被彻底贯彻、最终实现的这两种信仰，即对上帝的信仰和对人的信仰，将在统一完整、充盈无缺的神人类真理中走向一致。”[①]这种实现了精神复兴的人类，就是神人类（богочеловечество）。索洛维约夫将神人类的学说运用于人类历史，于是发现，在基督降生之前，人类历史的具体走向就是使人获得神性；而在基督降生之后，历史进程的朝向则是神人类化；索洛维约夫将神人类学说运用于人类社会，则得出了神权政治的乌托邦模式。他认为神权政治时代将是人类社会在多神教时代和基督教时代之后的第三个阶段，亦为最后一个阶段，理想的阶段；在神权政治社会，神权、政权和先知权力构成“三种力量”，形成一种保障社会稳定、促进人类进步的平衡体系，教会、国家和地方自治会在道德、政治和经济领域各司其职，从而实现真正意义上的博爱、和平和正义。需要指出的是，晚年的索洛维约夫已逐渐意识到其神权政治说的乌托邦色彩，他虽然从未公开推翻此说，但他在《关于战争、进步和世界历史终结的三次谈话》等文中所流露出的深重的末世论情绪，则无疑构成对他雄心勃勃的神权政治蓝图的某种解构。

如何才能最终实现人的神圣化和神的人性化，并最终实现神权政治的理想社会呢？索洛维约夫因此提出了有机逻辑和完整知识的概念。索洛维约夫将存在划分为两类，即“存在”（бытие）和“实在”（сущее，又有“自在者”[②]“存在物”[③]等译法），前者是通常意义上的存在，后者在索洛维约夫处则意味着某种精神实质和意志主体，即“存在之力量”（сила бытия），

① В. Соловьев, *Сочинения*, Раритет, 1994, сс. 33-34.

② 徐凤林：《索洛维约夫哲学》，商务印书馆2007年版，第152页；徐凤林：《俄罗斯宗教哲学》，北京大学出版社2006年版，第108页。

③［俄］洛斯基：《俄国哲学史》，贾泽林等译，浙江人民出版社1999年版，第122页。

若将“实在”称为“显现”（являющееся），存在就是“现象”（явление），两者间的关系即神与世界的关系，实质与现象的关系，而在两者间起连接作用的就是“有机逻辑”。“真正的逻辑承认我们的认识的各个因素都不是独立的（正如机体的各个部分都不是独立的一样），承认我们的所有认识领域都是相对的；该逻辑把绝对原始视为真正的中心，我们认识的周边地区因而能连成一片，其各个部分和因素能够得到统一和精神联系，整个认识成了一个实实在在的机体，因此这样的逻辑理所当然地被称为有机逻辑。”[①] 借助此种逻辑，各种知识、各个领域产生关联，从而构成一种完整知识。“完整知识”的概念最早系由斯拉夫派思想家伊万·基列耶夫斯基提出，索洛维约夫对这一概念做了进一步的丰富和发展。在索洛维约夫看来，有史以来的传统哲学均为“抽象原理”，均是各自为政的，而“完整知识”则是“真正的哲学”（истинная философия），是人的认知和人类知识的集大成者。索洛维约夫提出的“完整知识”，至少包含着这样几层意思：首先，从方法论的角度看，完整知识是经验主义、理性主义和神秘主义等认知方式的统一；其次，从知识领域的角度看，它是哲学、科学和神学的统一；最后，从认知结果的角度看，它应该是感性、理性和经验的统一，是真善美的统一。索洛维约夫还将完整知识称作“自由的神智学”（свободная теософия），“神智学”一词在词源学意义上是与“哲学”相关联的，均以“索菲娅”为词根，如果说“哲学”意为“爱智慧”，那么“神智学”则意为“智

---

① [俄] 索洛维约夫：《完整知识的哲学本原》，见索洛维约夫：《西方哲学的危机》，李树柏译，浙江人民出版社 2000 年版，第 245 页。

慧之圣化”，换言之，如果说哲学是对智慧的热爱，那么神智学就是对智慧的信仰。索洛维约夫为“神智学”加上“自由的”之定语，就是为了淡化其神学意义，并进而添加上理性成分和科学精神。索洛维约夫将“自由神智学”与“完整知识”相提并论，最终在《完整知识的哲学本原》一书中如此概括他的“完整知识”：“自由的神智学是神学、哲学和经验科学的有机综合，只有这样的综合，才能囊括知识的完整真理，舍此，则科学、哲学和神学只能是知识的个别部分或方面，即被割下来的知识器官，因此和真正的完整真理毫无共同之处。很清楚，从未知的综合的任何一个成分出发，都可以求得这种综合。因为真正的科学不能没有哲学和神学，同样，真正的哲学也不能没有神学和实证科学，真正的神学也不能没有哲学和科学，所以，这些因素中的每一个臻于完满的因素，都必须获得综合的性质，变成完整的知识。”①

就这样，以索菲娅说为核心构成，以神人类说和神权政治乌托邦为理想目的，以有机逻辑和完整知识为手段和形式，索洛维约夫最终构建起了他的万物统一哲学体系。一部俄国《哲学百科全书》中的“万物统一”（Всеединство）词条这样写道：“一个哲学范畴（或理念和原则），它表达世界万物存在的有机统一，世界存在各构成部分的相互渗透和各自独立，尽管各有本质属性和个性，但它们彼此之间以及它们与整体之间仍具同一性。……万物统一作为弗·谢·索洛维约夫学说中的核心概念之一被提出，

①［俄］索洛维约夫：《完整知识的哲学本原》，见索洛维约夫：《西方哲学的危机》，李树柏译，浙江人民出版社 2000 年版，第 195 页。

索洛维约夫的学说为万物统一哲学这一独特的俄国思想流派奠定了开端。”[①] 索洛维约夫的万物统一，既指存在意义上神和人的统一，也指哲学、宗教、科学和艺术等不同学科的统一；既指认识论意义上感性和理性的统一，也指人、自然和信仰等不同范畴的统一；既是独具特色的哲学体系，也是具有实践意义的认知方式。万物统一不是指一种自然状态，与天人合一之类的说法有所不同，它指一种理想状态、终极目标和最高原则，在索洛维约夫看来，人类的目的，人类存在的最高意义，就是“肯定的万物统一理想”（идея положительного всеединства，“肯定的”又有“积极的”“正面的”等译法）之实现。将世间万物视为一个相互关联、和谐共生的有机体，这一观念由来已久，在东方的神话和宗教、在古希腊罗马的哲学中均可闻其先声，索洛维约夫在创建这一学说时，显然也对谢林的“同一哲学”、黑格尔的辩证法和斯拉夫派的“完整知识”等有所借鉴，但索洛维约夫的贡献在于，他将这一学说作为其学说总的核心，从不同的角度和范畴对其进行论证和阐释，以毕生的精力将其打造成一个哲学体系。而这一哲学体系的建立，则标志着俄国哲学的系统化、现代化之实现，标志着具有本土特色的俄国哲学学派之形成。在津科夫斯基的《俄国哲学史》（*История русской философии*）的下卷中，作者用开头两章、约占全书 1/7 的篇幅论述索洛维约夫，并将始自索洛维约夫的俄国哲学发展阶段称为“创建体系

① Под ред. М.А.Маслина，*Русская философия. Энциклопедия*，Алгоритм，2007，с.106.

的时期”[①]。更有索洛维约夫文集的一位序者断言，由于包括索洛维约夫在内的一批俄国哲学家的活动，“俄国哲学复兴”（русский философский ренессанс）得以实现，“世界哲学的中心自 19 世纪 70 年代起转移到了俄国”。[②]

三

如前所述，作为索洛维约夫万物统一哲学体系核心构成之一的完整知识说，源自 19 世纪中期形成的斯拉夫派，由此不难看出索洛维约夫的思想与斯拉夫派观点之间的密切关联。索洛维约夫思想的形成期，大致与俄国思想史中斯拉夫派和西方派的激烈对峙期同时，也就是说，索洛维约夫的生活和创作始终处于两派争论的思想史语境之中，他必然会与这两大思想派别产生联系。但是，与他那个时代的大多数思想家不同，索洛维约夫的思想立场却很难被简单地划归两大阵营的任何一方。有人认为索洛维约夫的思想历程是一个由斯拉夫派转变为西方派的过程，这一归纳显然过于简单。诚然，索洛维约夫的思想和学术活动起步于对西方哲学传统的批判，即他的《西方哲学的危机》。在恰达耶夫 1836 年发表的《哲学书简》（*Философические письма*）引发俄国知识界和思想界的分野之后，索洛维约夫在很长一段时间里无疑更亲近斯拉夫派，他从斯拉夫派的主要思想

① [俄] 津科夫斯基：《俄国哲学史》下卷，张冰译，人民出版社 2013 年版，第 1—76 页。

② А. Гулыга, Русский философский ренассанс и творческая судьба Владимира Соловьева, см. В. Соловьев, *Сочинения*, Раритет, 1994, с. 5.

家霍米亚科夫、伊万·基列耶夫斯基等人那里继承了重要的思想资源。但是，在斯拉夫派理论家达尼列夫斯基的《俄国与欧洲》（*Россия и Европа*）一书引起广泛的社会反响之后，索洛维约夫却针锋相对地亮出他关于俄罗斯民族特性和俄罗斯国家命运的理解和思考，逐渐与斯拉夫派拉开了距离。

达尼列夫斯基的《俄国与欧洲》于1869年起在杂志上连载，1871年出版单行本。作为一位曾任植物园园长的科学家，达尼列夫斯基认为人类文明的发展与动植物等生物体的生命过程相似，即由诞生至兴盛再到衰亡，世界历史的能动主体并非整个人类，而是文化历史类型，他由此提出他的“文化历史类型理论”（теория культурно-исторических типов）。达尼列夫斯基归纳出包括埃及、中国、亚述、印度、伊朗、犹太、希腊、罗马、阿拉伯、欧洲等在内十余个“类型”，并认为各个类型均有其兴衰荣枯期。达尼列夫斯基认为，自19世纪中期起，最后一个文化历史类型，即欧洲类型，开始衰落，取而代之的将是以俄国为中心的东斯拉夫文化历史类型，因为，保证文化历史类型健康发展的基础有四个，即经济、艺术、宗教和道德，以往的文化类型大多是单基础的，只有欧洲类型是双基础的，即对经济和艺术的并重，而俄罗斯国家和民族的独特属性，即它的专制政体、村社精神、东正教信仰和道德意识，使俄国注定要成为欧洲文明的拯救者，以俄国为中心建立起的斯拉夫世界，将成为一个前所未有的“四基础文化历史类型”（четырехосновный культурно-исторический тип），这便是俄国的历史使命之所在。联系到此书的副标题，即《斯拉夫世界与日耳曼－罗曼世界的文化和政治关系考》（*Взгляд на культурные и политические отношения славянского мира к германо-романскому*），便不难看出，此书的目的就在于将俄国与西欧并列，并进而论证俄国较之于西欧的优越，至少是论证俄国较之于欧洲具有更为深厚的文化潜力和更为深远的历史使命。此书面世并未立即引起反响，但在作者去世后的19世纪80年代，此书却激起很大反响，被视为泛斯拉夫主义的重要思想来源之一，斯特拉霍夫称之为“斯拉夫派的准则或法典”（катехизис или кодекс славянофильства）[①]。索洛维约夫读了此书后却不以为然，他同样以《俄国与欧洲》（*Россия и Европа*）为题写作一篇政论，公开抨击达尼列夫斯基的观点。索洛维约夫认为，达尼列夫斯基的文化历史类型试图取消人类历史发展的统一性和有机性，试图以某一类型的孤立发展取代世界历史的普遍性，而将俄罗斯民族和斯拉夫民族视为完全不同于西欧的最完善的文化历史类型，更是一种狭隘的民族主义立场。索洛维约夫认为，各种文化、各种文明之间的关系，并非相互隔绝的不同种类之间的并列关系，而是同一整体的各个部分之间的有机联系，任何一个文化历史类型均始终处于与其他类型的相互作用之中，因此某一类型的特殊优势和精选地位便无从谈起。索洛维约夫相信，“真理的太阳”会像“实在的太阳”一样，毫无差别地照耀着所有民族。包括斯特拉霍夫等人在内的许多斯拉夫派出面反驳索洛维约夫，哲学史家们大多认为，索洛维约夫与斯拉夫派的蜜月期就此终止。

① Под ред. М.А.Маслина，*Русская философия. Энциклопедия*，Алгоритм，2007，с. 472.

但令人颇为诧异的是，索洛维约夫在此前后就俄罗斯民族的特殊属性和特别使命等问题发表的许多看法，却与达尼列夫斯基在《俄国与欧洲》一书中提出的观点有诸多相似之处。在《完整知识的哲学本原》(1877)的开头，索洛维约夫这样写道：任何哲学必须回答的首要问题，即存在的目的问题，无论单个的人还是整个人类，都面临这一终极目的。接下来，索洛维约夫便将这一存在的目的问题摆到了俄罗斯民族的面前。他认为，俄罗斯民族的存在目的，即成为“神的潜力的体现者”，是除东方力量、西方力量之外的“第三种力量”(третья сила)，即斯拉夫力量的主要代表。“能够赋予人类发展以绝对内容的第三种力量，只能是崇高的神的世界的天启，而这种力量借以显现的那些人，那个民族，必定是人类和超人类现实之间的中介者，是这种超人类现实的自由和自觉的工具。这样的民族不应有任何特殊的有限使命，它的使命不是研究人类存在的形式和因素，而只能是传递活的灵魂，通过把人类和整个神圣的本原结合起来的途径，使支离破碎半死不活的人类，凝聚成一个整体。这样的民族不需要任何特殊的优点，无须任何特殊的力量和外在的天赋，因为它的行动并非出自自身，也不是在实现自我。只要求这个民族——第三种神的潜力的体现者——摆脱一切局限性和片面性，超越狭隘的特殊利益；要求它别一门心思在生活和活动的某个个别低级领域确认自己；要求它心平气和地对待这整个生命及其细小的利益，对崇高世界的肯定的现实要充分信赖，对该世界要抱着听其自然的态度。这些特性无疑专属斯拉夫民族性格，尤其是俄罗斯民族的民族性格。”[1] 在索洛维约夫看来，先后左右人类历史发展的两种力量，即“穆斯林文明”和“西方文明”已日薄西山，而以俄国为主导的第三种力量则是一种肩负使命的拯救力量，俄国介乎于东西方之间的“中间位置”不仅使她可以缓冲、调和东西方两种文明的冲突，更可以使她获得一种对两种文明进行综合并进而形成新的综合的可能性，这便是俄罗斯民族的弥赛亚使命。由此，他为俄国确立了一个新的“道德位置”，让它实现在精神上拉近、调和东西方文明的伟大使命。如果说，恰达耶夫的《哲学书简》是俄国西方派的思想宣言，意在论证俄国走西欧发展道路的必要性和必然性，达尼列夫斯基的《俄国与欧洲》是斯拉夫派学说的理论基础，旨在论证俄国发展道路的特殊性和优越性，那么，索洛维约夫在其一系列著作中所提出的方案，则显然是为了调和西方派和斯拉夫派之间的思想对峙，并在综合东西方文化和文明的基础上发现俄国和俄罗斯民族的存在意义。索洛维约夫的立场究竟是西方派还是斯拉夫派，这个问题似乎是没有意义的，我们同意这样的说法，即“他在任何时期都既非斯拉夫论者，也非西方论者”[2]，或者说，他始终都既是斯拉夫派又是西方派，是一位试图调和、糅合两派主张的思想家。在斯拉夫派和西方派激烈争论的 19 世纪中后期，索洛维约夫是为数不多超越两派营垒的大思想家，这不仅是就他对东西方文化所持的独特看法而言的，更是因为他率先对俄罗斯民族和文化的独特属性做出了归纳和界定，为俄罗斯国家和民族发展的“第三条道路”指

---

①［俄］索洛维约夫：《完整知识的哲学本原》，见索洛维约夫：《西方哲学的危机》，李树柏译，浙江人民出版社 2000 年版，第 188—189 页。

② 徐凤林：《索洛维约夫哲学》，商务印书馆 2007 年版，第 261 页。

明了方向。甚至可以说，索洛维约夫在当时俄国社会语境中所作的思考和表达，使得斯拉夫派和西方派两者间的对立有所消解，使得欧亚主义学说的萌芽在思想史的层面得以确立，俄国的“第三条道路”由此成为斯拉夫化和西化之外的又一选项。

索洛维约夫面对东西方宗教，亦即东正教和天主教的态度，也同样体现出某种矛盾性、双重性，或曰兼容性。索洛维约夫在家中12个孩子中排行第四，他因为早产身体虚弱，出生两月后才去东正教堂接受洗礼。索洛维约夫的爷爷是神父，受虔诚信教的家庭氛围影响，索洛维约夫自幼充满宗教情感。但13岁时，索洛维约夫却经历一场“宗教危机”，他在自传中写道：“我不仅开始冷淡我先前一向热衷的教堂礼拜，甚至真的着手破坏圣像，把我房间里的几幅圣像扔进了窗外的泔水坑。”[①] 大学毕业前后，他转而认真面对宗教问题，前往神学院旁听一年。与斯拉夫派接近的那段时间，也是索洛维约夫东正教信仰体现得最为显明的时期，如同他对西方哲学所持的批评态度，他认为以天主教为代表的西方宗教是反基督传统的体现者。19世纪80年代，为实现自己的神权政治主张，索洛维约夫主张东方和西方教会的重新联合，他转而接近天主教，亲往萨格勒布会见天主教主教施特罗斯迈尔，并在萨格勒布和巴黎先后出版《神权政治的历史和未来》《俄国与普世教会》等书，将神权政治的使命完全寄托于西方天主教，并称俄国东正教会为“僵死的教会”（мертвая церковь）[②]，这使得俄国内外的人士普遍认为，索洛维约夫的宗教信仰已由东

① В. Соловьев，*Сочинения*，Раритет，1994，с. 8.
② В. Соловьев，*Сочинения в двух томах*，Мысль，1988，т. 1，с. 16.

正教转向天主教，还有传闻说，他曾在天主教堂重新受洗。在索洛维约夫与东正教会关系最为紧张的时期，他的作品甚至被认为是亵渎东正教的，他的《俄国和普世教会》一书出版后，索洛维约夫更被禁止在俄国发表任何与宗教相关的文字。然而，洛斯基在《俄国哲学史》(*История русской философии*) 中写到索洛维约夫的时候，却花费不少篇幅来“证明索洛维约夫是一个笃信东正教的人”，比如，1886 年，索洛维约夫自萨格勒布回国后曾致信大司祭安东尼，称“我回到俄国时要比离开它时更为信奉东正教了”；再比如，索洛维约夫临终时坚持让一位东正教神父为他举行圣餐仪式。在肯定索洛维约夫“从生到死都是一个东正教徒”的同时，洛斯基也言及，索洛维约夫提出的神权政治乌托邦理想，是“迈出了既得不到东正教教会也得不到天主教教会首肯的一步”[①]。如果说，索洛维约夫在东正教和天主教之间的确有过左右摇摆和举棋不定，或者如果说，索洛维约夫究竟是一位天主教徒还是东正教徒，这尚为一个存在争议的问题，那么，其原委其实倒不难理解，即索洛维约夫试图在东方和西方两种基督教之间谋求平衡，寻找关联，并最终实现两者的结合；而他的普世教会和神权政治的理想，说到底，其实也是试图为俄国和俄国教会谋得更大的施展空间和更高的精神地位。

索洛维约夫的“三种力量说”提出之日，正是俄土战争激烈进行之时，当时的俄国社会弥漫着浓烈的爱国主义甚或民族主义情绪，索洛维约夫认为俄罗斯民族肩负着特殊的历史使命，

① [俄] 洛斯基:《俄国哲学史》，贾泽林等译，浙江人民出版社 1999 年版，第 109—110 页。

这一看法的提出与当时俄国的社会语境或许不无关系，他当时曾以《三种力量》（*Три силы*）为题做过一次公开演讲。但是，“关于俄国在世界历史中的存在意义问题”，却始终是索洛维约夫思考的中心问题之一，而索洛维约夫的思考路径，就是俄国在基督教世界的地位、价值和意义。在1888年用法文在法国发表的《俄罗斯理念》一文中，索洛维约夫认为，俄罗斯民族的存在意义就在于其肩负的宗教使命。从俄国的历史看，弗拉基米尔大公接受基督教，俄罗斯人主动邀约瓦兰人入主罗斯，均体现出了其宽宏大量的民族天性；从俄罗斯人的生活态度看，他们淡泊物质利益，注重静观和内省，是真正的“基督教民族”；从国家体制上看，以集体向心力为基础的专制制度则为东西方教会的统一和普世教会的建立奠定了社会基础。因此，“俄罗斯理念，俄罗斯的历史义务要求我们承认我们与普世的基督大家庭的不可分割的联系，要求把我们所有的民族天赋，我们帝国的所有能力，都用在对社会三位一体的彻底实现上……在人间恢复神的三位一体的真正形象，这就是俄罗斯的理念。这个理念自身没有任何片面的和分裂的东西，它只是基督教理念的新侧面，要实现这个民族使命，我们不需要反对其他民族，而应该与它们一起，为了它们，俄罗斯理念是正确的，其伟大证明就在这里”。[①] 斯拉夫派通常将虔诚的宗教感视为俄罗斯民族最突出的精神属性之一，即所谓“聚合性”（соборность），东正教在俄罗斯民族和国家发展过程中的强大作用因而得到强调，“东正教、专制政体和民族性”

① 索洛维约夫：《俄罗斯理念》，见索洛维约夫：《神人类讲座》，张百春译，华夏出版社1999年版，第206页。

的三位一体学说在提出之后始终影响深远。索洛维约夫却认为，在俄国近代以来的历史中，教会其实始终处在国家的控制之下，即政权大于神权，俄国教会的影响力和凝聚力其实呈逐渐下降之趋势，而俄国所处的独特地理位置，后起的俄国在不断扩张的过程中所遭遇的强大对抗，以及俄国为捍卫国家的完整和统一所必须付出的巨大代价，这一切都在不断地强化俄国的国家性，国家性因此取代宗教性成为俄罗斯社会和历史中的最重要因素。一方面，是俄国国家政权的强大和东正教会的相对附属地位，另一方面，是西方教会的强大影响力和西方社会中人的信仰对神的信仰构成的威胁，这使得索洛维约夫意识到，理想的社会模式，就应该是由俄国君主制与天主教教皇的联盟形式，即"自由的神权政体"。

"力求对作为一个整体的现实做出彻底的认识和形而上学学说的具体性，这些乃是俄国哲学思想的特殊特征。这些特征又为索洛维约夫的哲学体系所特有。"[①]将俄国和欧洲的关系置入作为整体的世界历史进程，从形而上学的角度考察俄国的命运，强调俄罗斯民族的神性特质及其因此而具有的包容性和合成性，索洛维约夫因此论证了俄罗斯国家和民族的存在意义。索洛维约夫的这一观点，既是俄罗斯民族传统的弥赛亚意识在新的历史阶段的再度显现，反过来，它在特殊的历史阶段又空前地确立、强化了俄罗斯民族的弥赛亚意识。应该说，这是在哲学层面、思想史层面关于俄罗斯民族特殊使命的最早表述之一。从人类存在终极意

①［俄］洛斯基:《俄国哲学史》，贾泽林等译，浙江人民出版社 1999 年版，第 120 页。

义的角度来探讨俄罗斯民族的特殊属性和精神潜力，并进而对俄罗斯国家的命运和俄罗斯民族的使命做出归纳和界定，索洛维约夫的这一举动，既是他作为俄罗斯民族的精神先知发出的殷切召唤和热烈希冀，同时也是俄罗斯民族自我意识觉醒的标志之一，是俄罗斯思想欲获得自我确立和释放的具有转折意义的举动之一。索洛维约夫对俄罗斯民族特殊使命、俄罗斯国家特殊道路的探索，他试图在东西方文化间谋求平衡并进而为俄罗斯文化谋得独立存在意义的尝试，对后世的俄国思想家产生了深远影响，别尔嘉耶夫的俄国文化的“东西方构成说”（Восток-Запад），20 世纪 20 年代的“路标转换派”（Сменовеховство），尼古拉·特鲁别茨科依、萨维茨基等人提出的“欧亚论”（Евразийство），以及列夫·古米廖夫的“新欧亚论”（Неоевразийство），乃至利哈乔夫的俄国文化的“斯堪的纳斯拉夫”结构（Скандославия）等，或许均从索洛维约夫的这一思想文化立场汲取了资源和启迪。

四

索洛维约夫思想的最大特征，或许就是其综合性。徐凤林指出：“思想家索洛维约夫区别于同时代哲学家的显著特点是实现了广泛的综合，在这种综合中创造出了一种别具一格的哲学学说。”[①]“综合”（синтез）是索洛维约夫作品中出现频率极高的一个词，他的哲学被人称为“综合哲学”（философия синтеза），

① 徐凤林：《索洛维约夫哲学》，商务印书馆 2007 年版，第 19 页。

他也自称他的学术理想就是实现“大综合”（Великий синтез），津科夫斯基在其《俄国哲学史》中还注意到索洛维约夫使用的另一术语，即“有机体结合”（сизигия，又译“生动的结合”[①]）[②]。索洛维约夫喜欢在他的诸多重要概念前添加定语，如“自由的神智学”（свободная теократия）、“有机的逻辑”（органическая логика）、“绝对的实在”（абсолютное сущее）、“肯定的万物统一”（положительное всеединство）等等，这样的表达方式是一种确定和限定，更是某种内在的综合企图之外在显现。谢尔盖·布尔加科夫曾说：“索洛维约夫的体系是哲学史上所曾奏响的音色最为饱满的一组和弦。”[③]

“音色最为饱满的和弦”（самый полнозвучный аккорд），这既是就索洛维约夫哲学体系的来源和内涵而言，亦指其结构和表达方式。津科夫斯基在其《俄国哲学史》中对这组“和弦”的构成细针密缕，从中分辨出六大旋律，即：1）19世纪60年代俄国社会“对于进步的信仰”；2）索洛维约夫本人用哲学“改造”基督教神学的强烈愿望；3）斯拉夫派的“完整知识”理念；4）对历史的非凡敏锐的感受（津科夫斯基就此感慨：“索洛维约夫是历史学家的儿子这一点绝非偶然。”[④]）；5）神人类概念；6）作为其哲学灵感来源之一的索菲娅理念。津科夫斯基总结道：“索洛维

① [俄] 索洛维约夫：《爱拯救个性》，方珊、何强、王利刚选编，董友、杨朗译，山东友谊出版社2005年版，第62页。

② [俄] 津科夫斯基：《俄国哲学史》下卷，张冰译，人民出版社2013年版，第49页。

③ 转引自[俄] 津科夫斯基：《俄国哲学史》下卷，张冰译，人民出版社2013年版，第15页。译文有改动。

④ [俄] 津科夫斯基：《俄国哲学史》下卷，张冰译，人民出版社2013年版，第17页。

约夫的体系的确是对其种种理念加以有机综合的一次尝试。”[①]接下来，这位哲学史家又对索洛维约夫所受影响的来源进行梳理，列出长长一串名单：外来的影响有斯宾诺莎（索洛维约夫称之为他的“哲学初恋”）、康德、费希特、叔本华、哈特曼、谢林、黑格尔，还有卡巴拉学说和神秘主义；俄国本土的影响则为斯拉夫派（尤其是霍米亚科夫和基列耶夫斯基）、恰达耶夫、费奥多罗夫、尤尔凯维奇和库德里亚夫采夫等。洛斯基在他的《俄国哲学史》中则写道：“索洛维约夫哲学主要是在以下一些学说的影响下形成的，这些学说有：他老师尤尔凯维奇教授（莫斯科大学）的基督教柏拉图主义，谢林在他的《神话和启示哲学》中所阐发的有关绝对物与世界的联系的学说，以及他的有关自然界朝创造绝对机体方向发展的自然哲学学说。索洛维约夫对完整知识的具体原则和条件的研究，无疑是与斯拉夫主义者基列耶夫斯基和霍米亚科夫的思想相联系的。”[②]徐凤林在梳理索洛维约夫万物统一论的哲学史源头时也写道：“从古希腊开始，哲学思维就在探求多样性世界的统一本原，或认识存在的共同的形而上学原则。在一定意义上可以说，柏拉图的‘理念世界’、普罗提诺的‘太一’、斯宾诺莎的‘实体－神’、神秘主义者的‘世界灵魂’、谢林的‘同一哲学’等等，都是‘万物统一’思想的不同表达。”[③]可以说，索洛维约夫的哲学体系，本身就是俄国和世界相关理论和学说的集大成者。

---

① [俄]津科夫斯基：《俄国哲学史》下卷，张冰译，人民出版社2013年版，第19页。

② 洛斯基：《俄国哲学史》，贾泽林等译，浙江人民出版社1999年版，第158—159页。

③ 徐凤林：《俄罗斯宗教哲学》，北京大学出版社2006年版，第111页。

索洛维约夫一生的思想探索过程也是充满起伏和变化的。洛谢夫为索洛维约夫一套文集写作了题为《弗拉基米尔·索洛维约夫的创作道路》(*Творческий путь Владимир а Соловьева*)的序言，他在这篇序言的结尾写道："弗·索洛维约夫的哲学发展经历了这样一条道路，即始自心平气和的理论思考，经历躁动不安的教会和政治探索，再经浪漫的自然主义乌托邦及其对进步的信念和之后的完全失望，直至关于整个文明即将谢幕和死亡的惊人预言。"① 这些"多变"，既体现了索洛维约夫思想探索过程之艰难和深刻，同时也是其思想的多元构成之表露。他的思考涵盖哲学、神学、史学、美学、政治学、社会学、伦理学、文艺学等多个领域，他同时用哲学著作、政论、对话、诗歌等不同体裁进行创作，他的关注对象既有现实问题也有宇宙意识，既有教会合并运动也有上帝的绝对存在，既有"爱的意义"也有"自然之美"，他的思想内涵和表达方式均体现出罕见的综合性。索洛维约夫用哲学的手段来解决神学和美学问题，反过来，他又为哲学和艺术注入了宗教内涵，他的终极关怀和综合思维是目的也是手段，是世界观也是方法论。"像索洛维约夫哲学这样的哲学体系有很大的优点。即使这些理论并没有最终解决宇宙之谜，但它们起码明白而简单地指出：人类理性拥有成功解决把有关世界的高级方面和低级方面的诸学说结合为一个统一整体这样问题的方法和手段。"② 徐凤林曾用一段热情洋溢的排比句式来归纳索洛维

① А. Лосев，Творческий путь Владимиа Соловьева，см. В. Соловьев，*Сочинения в двух томах*，Мысль，1988，т. 1，с. 32.

② [俄]洛斯基：《俄国哲学史》，贾泽林等译，浙江人民出版社 1999 年版，第 135 页。

约夫及其思想的特色："除了索洛维约夫之外，似乎没有哪一位哲学家提到了绝对者的身体或永恒的身体；没有哪一位基督徒能说出，人之所以高于无形体的天神是因为人有肉体、有身躯，能够为自己和为他人而斗争，拥有选择的自由；没有哪一位宗教哲学家或非宗教哲学家能够教导说，神性不仅在个体，也在社会结构；没有哪一位神秘主义者相信社会政治进步是必然的和受神性制约的；也没有哪一位当时的哲学家因对自由资本主义的进步观如此失望以至于以末世论来结束自己的体系；没有哪一位神秘主义哲学家能够如此明确地认识到，观念不能离开事物而存在，无论它有多么高尚，哪怕它是上帝本身；没有哪一位社会政治思想家能够把自己的社会思想追溯到古代俄罗斯民族的'智慧'象征；在20世纪世界灾难的前夜，没有哪一位思想家、作家、诗人和社会政治活动家能够为当代文明的瓦解和预感到人类的空前分裂而惶恐不安。当然，如果利用历史的显微镜和放大镜，也许可以在某些其他思想家那里找到上述成分，但这并不影响索洛维约夫整个哲学的独有特色。"① 索洛维约夫思想所具有的这一"独有特色"，既是就其思想的内容构成而言的，无疑也是就其方法论特征而言的。索洛维约夫的哲学体系和它的建构方式，他的思想内涵和它的表达方式，这两者高度契合，即两者均呈现出高度的概括性和综合性。

索洛维约夫的理论建构方式有一个显著的特征，即他十分热衷"三"的组合，比如：他在《善的证明》中将人的道德本性归结为人的三种内在感受，即"羞耻、怜悯和崇敬"（стыд，жа-

① 徐凤林：《索洛维约夫哲学》，商务印书馆2007年版，第223页。

лость и благоговение)[①]；他在《爱的意义》中依据索取和奉献在爱中所占的不同比例将爱划分为三种，即“奉献的爱、索取的爱和平等的爱”；他心目中的自由神智学即神学、哲学和科学的有机综合；他将神权政治的理想社会结构设计为教会、国家和社会的三足鼎立；他的伦理学巨著《善的证明》更被认为有着“贯穿全书的三段式”[②]。在《完整知识的哲学本原》一书中，他认为“自在的人之本性呈现出三种基本存在形式，即感觉、思维和能动的意志”(чувство，мышление，деятельная воля)[③]；他将哲学划分为三大类型，即“经验主义、理性主义和神秘主义”(эмпиризм，рационализм，мистицизм)；他在此书中还给出这样一份图表[④]：

	创造领域	知识领域	实践活动领域
	主观基础：感觉	主观基础：思维	主观基础：意志
	客观原则：美	客观原则：真	客观原则：一般的善
1. 绝对层面	神秘	神学	精神社会（教会）
2. 形式层面	高雅艺术	抽象哲学	政治社会（国家）
3. 物质层面	技术工艺	实证科学	经济社会（自治会）

这份图表是索洛维约夫的完整知识的结构图，也是他以三段式、三分法等方式谋求综合的方法论之最为典型的体现之一。此外，我们还发现，索洛维约夫的多部作品均以“三”

① Под ред. М. Маслина，*Русская философия. Энциклопедия*，Алгоритм，2007，с.520.

② 徐凤林：《索洛维约夫哲学》，商务印书馆 2007 年版，第 281 页。

③ В. Соловьев，*Сочинения в двух томах*，Мысль，1988，т. 2，с. 146.

④ В. Соловьев，*Сочинения в двух томах*，Мысль，1988，т. 2，с. 153.

为题，如《关于陀思妥耶夫斯基的三次演讲》《三种力量》《三次相会》《关于战争、进步和世界历史终结的三次谈话》等，甚至连他的一生创作也能被较为清晰地划分为三个分期。索洛维约夫对“三”的热衷，显然是受黑格尔三段论的影响，与基督徒意识中根深蒂固的“三位一体说”恐怕也有关联，但这样一种“正反合”的思维结构和相应的表达，也同样是一种趋向综合的愿望之体现。

索洛维约夫接受了多方面的影响，而他的综合哲学自身所产生的影响也是多面的，广泛的。作为一位杰出思想家，他的讲座和政论对他所处时代和社会的政治、宗教和文化等领域均产生了重大影响，他的思考和著述也成为他身后俄国哲学、神学和艺术范畴的珍贵文献。索洛维约夫的综合性影响，首先就体现在他思想的跨领域、跨时代辐射上。如今回首梳理19世纪末、20世纪初的俄国白银时代文化运动，我们发现，俄国现代哲学体系的形成和俄国现代主义文学的勃兴是其中最重要的两大构成，而我们又不无惊讶地意识到，索洛维约夫竟同时成为这两大文化构成之最为重要的思想源泉。作为万物统一哲学体系的奠基者，索洛维约夫对他同时代和稍后的一大批俄国哲学家，如谢·布尔加科夫、别尔嘉耶夫、特鲁别茨科依兄弟、弗洛连斯基、舍斯托夫、弗兰克、斯捷蓬、洛斯基、洛谢夫等，均产生了程度不等的影响，使得俄国宗教哲学（русская религиозная философия）得以自立于世界哲学之林；索洛维约夫的美学和艺术思想，他对艺术的宗教感、神秘性和纯美化的鼓吹，尤其是他对于索菲娅形象的理论建构和具体描绘，为作为俄国白银时代现代主义文学之先声的象征主义诗歌提供了源源不断的灵感源泉，勃洛克、别雷等象征派大诗人均将索洛维约夫视为精神导师，而索洛维约夫本人包括《三次相会》在内的诗作和其他体裁的文学作品，更被视为俄国现代主义文学史中的佳作。在索洛维约夫离世百年之后，随着白银时代的文学和文化价值重新得到发掘和研究，索洛维约夫作为白银时代精神领袖的形象也越来越清晰地呈现了出来。

索洛维约夫也是俄国思想的方法论传统的奠基者之一，在他之前，罗蒙诺索夫、恰达耶夫、赫尔岑、别林斯基、车尔尼雪夫斯基、陀思妥耶夫斯基、费奥多罗夫等人已经以他们广博深邃的思考方式为俄国思想传统奠定了基础。将思想的视野投向整个世界乃至整个宇宙，把针对现实的批判意识与关于未来的乌托邦理想融为一体，对人的生活进行形而上学的拷问，将人类的存在价值和意义当作终极关怀，这便是俄国思想的总体特征。索洛维约夫大学毕业时立下的学术志向，便是“借助基督教学说积极促进世界之改造，将基督教的‘绝对’真理带入人们的意识”[①]。这一思想传统的形成，首先自然与俄国所处的地理位置相关，一方面，世界上最为广袤的国土使其居民更具大空间意识，他们关于自然和宇宙的认识相对而言或许就更具概括性和总体性；另一方面，地处东方和西方文化的接壤处，两种文化传统和思维方式的碰撞和交融也在片刻不停地强化俄罗斯民族的综合意识。其次，作为欧亚大陆上的后起民族，俄罗斯文化在诞生之初便已面对东方和西欧诸多业已发达的强势文明，一方面，这

① Под ред. П. Николаева, *Русские писатели. Биобиблиографический словарь*, Просвещение, 1990, т. 2, с. 244.

使得它有十分丰富的成熟文化可供借鉴，有现成的不同传统可资综合；另一方面，后起民族的文化心态也始终在刺激、促使俄罗斯民族的文化人殚精竭虑，发愤图强，以便尽快融入世界的思想大家庭。最后，自公元988年接受基督教起，俄罗斯国家和教会一直致力于向其国民灌输“正教”精神和弥赛亚意识，一方面，这种意识理所当然地成为有助于俄罗斯帝国不断扩张的官方意识形态；另一方面，俄国越来越大的疆土以及因为要捍卫这片疆土而产生的不安、焦虑和紧张，也成了俄罗斯民族集体无意识的重要构成之一。这些因素交叉作用，对俄罗斯思维范式和思想传统的形成和流布产生深远影响，而这一范式和传统则是造就“宇宙主义的”“帝国规模的”思想大家的重要前提之一。在索洛维约夫之后的20世纪，俄国又涌现出了齐奥尔科夫斯基、维尔纳茨基、巴赫金、利哈乔夫、洛特曼、萨哈罗夫和索尔仁尼琴等“索洛维约夫式”的大思想家。

索洛维约夫出现在俄国思想发展过程中的一个关键时段。索洛维约夫生在一个伟大的历史学家之家，他那位历史学家父亲终日不懈撰史，每年出版一卷，最终出齐了29卷本《俄国通史》，这一举动即已表明，俄国的学术传统当时已十分深厚，俄罗斯民族的历史意识已经成熟。索洛维约夫的硕博士论文分别以《西方哲学的危机（驳实证论者）》和《抽象原理批判》为题，这两个命题的提出本身即已具有重大意义，标志着俄国哲学人和思想界的觉醒，索洛维约夫这位初出茅庐的哲学家身上无疑已经体现出了年轻的俄国哲学的冲击力。索洛维约夫从对西方哲学的批判开始其学术生涯并赢得广泛赞誉，这至少表明：第一，他以及他同时代的俄国知识分子对西方哲学和西方学术传统已有深入细致的了解；第二，他和他们已经具有强烈的学术自信心，甚至已经具有自觉的文化独立意识，力图建立独立的民族学术人格。索洛维约夫从批评西方哲学的抽象主义和唯理论起步，这恰恰表明他和他的哲学汲取了西方哲学所具有的怀疑精神、理性取向和批判传统，他其实是在用西方的哲学方式构建他的"俄国化"或"东方化"的哲学体系；他对西方哲学的质疑出现在西方哲学在俄国广泛传播、开始结出硕果的时候，恰恰表明了俄国自身哲学精神和思想能力的觉醒和成熟；索洛维约夫虽然以质疑、批判西方哲学的唯理论和经验论起家，可他的思考过程和思想结果却是充满理性精神的，"索洛维约夫现象"的出现，实为俄罗斯民族意识觉醒、俄国知识分子智性成熟的标志之一。索洛维约夫哲学和思想最为突出的方法论意义就在于，他试图在西方的分析传统和东方的综合传统之间谋得某种调和，实现客观和主观、理性和感性、物质和精神、抽象与具体、真理和信仰、推理和艺术等的统一，更确切地说，他注重的是这诸多"两者"之间的关系和连接。就这样，在思维方式和方法论上，索洛维约夫试图为处于东方和西方两种文化传统的俄国另辟蹊径，在西方的分析传统、实证方法和东方的综合传统、经验方法之外再寻觅一个出路，以彰显俄国文化和思想的独特性和自在意义。索洛维约夫既源于俄国特定的历史阶段，又成为该历史阶段的典型显现，他既是俄罗斯民族意识发展到一定阶段的自然结果，反过来，他的出现也凸显、强化了俄罗斯民族融东西文化属性为一体的文化合成特性。

有人曾将普希金誉为俄国文学和文化中的彼得大帝，因为普希金完成了创建俄国文学语言、奠定俄国文学传统的基业；同样，我们也可将索洛维约夫视为哲学和思想领域的普希金，因为索洛维约夫完成了俄国现代哲学的奠基性工作，他的思考及其表达方式，标志着俄国知识分子理性精神的成熟、俄罗斯民族现代意识的觉醒，以及俄罗斯民族“帝国规模”思维传统的形成。

索洛维约夫的好友叶夫盖尼·特鲁别茨科依（索洛维约夫就是在他哥哥家的庄园去世的）在回忆索洛维约夫的时候深情地写道：“他近视到所有人都能看到的东西他却看不到的程度。浓眉下眯缝着的双眼，看近处的东西都很困难。然而当他向远处张望时，他却好像能够洞穿外在感觉所感知的事物的外表，并看到某种视界之外的东西，而这种东西对所有人都是隐蔽着的。他的双眼闪着某种内在之光，并直指精神深处。”[1] 我们也可以模仿叶·特鲁别茨科依的句式写道：终身未娶的索洛维约夫，最终迎娶了俄国哲学中的“智慧女神”索菲娅；一直居无定所的索洛维约夫，最终在俄国思想史中觅得一处高悬“万物统一”牌匾的永久居所。

（原载《俄罗斯研究》2014 年第 4 期）

---

① ［俄］洛斯基：《俄国哲学史》，贾泽林等译，浙江人民出版社 1999 年版，第 111 页。

日瓦戈何许人也

一

小说《日瓦戈医生》主人公日瓦戈的原型据说是德米特里·阿夫杰耶夫（Дмитрий Авдеев），他是一位出身商人家庭的医生，帕斯捷尔纳克1941—1943年间在战时的疏散地奇斯托波尔与阿夫杰耶夫相识，回到莫斯科后与医生一家仍保持联系。可是后来，作家因何又为他的主人公取名“日瓦戈”（Живаго）呢？

帕斯捷尔纳克晚年的女伴奥尔迦·伊文斯卡娅在其回忆录《与鲍里斯·帕斯捷尔纳克共度的岁月：时间的俘虏》中这样谈到“日瓦戈”这个名字的来历：已开始这部长篇小说写作的帕斯捷尔纳克，为自己小说的主人公究竟该叫什么名字而举棋不定，一天他走在大街上，“突然看到一块圆形铸铁块，上面铸有制造者的名字‘日瓦戈’……于是他决定，就用这个陌生人的姓氏吧，他或许属于商人阶层，或许属于半知识分子阶层，此人将成为他的文学主人公”。

在帕斯捷尔纳克的小说手稿中，男主人公曾先后名为“普尔维特”（Пурвит）和“日伍尔特”（Живульт），最后才定名为“日瓦戈”。第一个名字据说源于法文 pour vie，即“为了生活”，第二个名字的词根在俄语中意为“生活”，而最终被作家采纳的“日瓦戈”则是一个古老的教会斯拉夫语单词，意为“富有活力的”。“在这实为同一名字的三种表达方式中，包含着帕斯捷尔纳克整个创作的一个中心取向，即永恒感，即生活之不朽。”[①]“日瓦戈和日伍尔特这两个名字，再加上在20世纪最初十年的手稿里发现的第三个名字列里克维米尼·普尔维特，它们或多或少均与‘生活’这一共同概念有关联。”[②]

也就是说，在《日瓦戈医生》作者的心目中，日瓦戈首先是“生活”的象征。

帕斯捷尔纳克的儿子叶夫盖尼在谈到父亲早年的“职业选择”过程时曾感慨道：“鲍里斯·帕斯捷尔纳克的青年时代由一连串成功的尝试构成，其中伴有令人意外的获得以及对所获得一切的近乎匪夷所思的放弃。”[③]帕斯捷尔纳克的父亲是著名画家，母亲是著名钢琴家，他自幼便在绘画和音乐方面表现出很高天赋，但他上大学时却选择了莫斯科大学法律系，后转入文史系。1912年，帕斯捷尔纳克去德国马堡大学学习哲学，在他获得诺贝尔奖之后，这座大学城中帕斯捷尔纳克当年宿舍所在的街道被命名为“帕斯捷尔纳克街”，他住过的那幢楼上也挂了一块纪念牌，可这纪念牌上却刻有帕斯捷尔纳克这样一句话：“别了，哲学！”（Прощай，философия.）这句话摘自帕斯捷尔纳克的自传《安全

---

① В. Борисов，Послесловие，см. Б. Пастернак，*Доктор Живаго*，Советский писатель，1989，с. 718.

② Под ред. С. Страхорского，*Энциклопедия литературных произведений*，Вагриус，1998，с. 146.

③ Е. Пастернак，*Борис Растернак*：*Материалы для биографии*，М.，1989，с. 64.

证书》(1931)，帕斯捷尔纳克在这部自传中谈到他“告别哲学”转向诗歌的动机时称，他觉得诗歌甚至比哲学更易贴近并揭示生活的秘密。他第一部引起广泛影响的诗集，书名就是《生活是我的姐妹》(*Жизнь — моя сестра*，1922)。而在《日瓦戈医生》中，帕斯捷尔纳克借助“日瓦戈”这个主人公姓氏给人们以这样的暗示，即“生活”也是他的“兄弟”(брат)，是他小说的男主人公。

二

小说的题目告诉我们，日瓦戈是一位医生。

日瓦戈的医生身份或许源自其原型阿夫杰耶夫，但通过小说的书名来醒目地突出主人公的这一身份，作家或许至少还有这么几个考量：

首先，无论在帕斯捷尔纳克写作《日瓦戈医生》的20世纪四五十年代的苏联，还是在小说前半部分情节展开的十月革命前后的俄国，医生均被视为典型的知识分子。写作伊始，作家就决定其主人公应为一位“知识分子”或“半知识分子”，医生的职业无疑是与其预设主人公的身份相吻合的。

其次，以数十年间始终有敌对政治力量相互角力的俄国社会为小说场景，作家选取一位医生作为主人公，让他在两大阵营间穿梭往来，时而前线时而后方，时而城市时而乡间，这便给了作家以更为阔大的描写空间和更为自如的叙事转换。更为重要的是，对于小说叙述调性的确定而言，对于主人公性格特征的塑造而言，乃至对于作者创作思想的表达而言，“医生”这一“中间角色”无疑都是至关重要的。利哈乔夫就曾指出：“尤·安·日瓦戈在国内战争中的中立立场是由他的职业所宣示的：他是一位军医，也就是说，他是受国际条约保护的正式的中立人士。”[①]

最后，日瓦戈的医生身份也构成一种隐喻，即日瓦戈的精神追求和生活态度，对于他所处的时代和社会而言也具有某种医治作用。作为医生的日瓦戈，最终未能治愈自己肉体上的疾病，人到中年时便因中风死在莫斯科街头；但是，置身于满目疮痍的社会和瘟疫流行的时代，日瓦戈却始终在进行精神上的自我医治，以其相对健康的精神与病入膏肓的环境构成一种对峙，这才是日瓦戈的“医生”职业的隐含意义所在。

三

《日瓦戈医生》的主人公像它的作者一样，也是一位诗人。

在1947年3月写给一位记者的信中，帕斯捷尔纳克这样写道：“我此时在写作一部大部头小说，其主人公有点像勃洛克和我（或许还有马雅可夫斯基，还有叶赛宁）的合成。他将死于1929年。他留有一部诗集，这部诗集将构成小说第二部中的一章。”他在另一个地方也重复了这一说法：“这个主人公应该是我、勃洛克、叶赛宁和马雅可夫斯基之间的某个平均数。”[②] 也就是说，帕斯捷尔纳克在写作这部长篇小说伊始便决意选取一位诗人来做主人公。

① Д. Лихачев：Размышления над романом Б. Л. Пастернака “Доктор Живаго”，см. Б. Пастернак，*Доктор Живаго*，Советский писатель，1989，с. 13.

② Б. Пастернак，*Стихотворения и поэмы в 2 т.*，Л.，1990，т. 2，с. 320.

帕斯捷尔纳克开始进行文学创作时，恰逢俄国文学的白银时代，诗人们独领文坛之风骚，他们激扬文字，放声歌唱，是真正的“当代英雄”。当帕斯捷尔纳克开始写作这部长篇小说，诗人们却风光不再，许多著名诗人或英年早逝，如勃洛克；或遭镇压，如古米廖夫和曼德尔施塔姆；或自杀，如马雅可夫斯基、叶赛宁和茨维塔耶娃；或被批判，如阿赫马托娃。20 世纪俄国知识分子的不幸遭遇似乎在诗人这个群体中得到了最集中、最充分的体现。作为这一群体之成员，在为其所处时代写作“编年史”时，帕斯捷尔纳克自然更愿选取一位“同行”作为描写对象，更何况，诗人写诗人，在性格塑造、心理刻画等方面当然也更加得心应手，游刃有余。

正是由于主人公日瓦戈的诗人身份，小说《日瓦戈医生》便带有了明显的“自传”色彩。在《日瓦戈医生》之前，帕斯捷尔纳克即已发表自传《安全证书》，在此之后，他还写作了另一部自传《人与事》(1956)，但包括他自己在内的许多人却一直认为《日瓦戈医生》才是他个人生活的“总结之书”。利哈乔夫认为，《日瓦戈医生》甚至不是一部小说，而是“一种特殊的自传”(род автобиографии)。日瓦戈面对生活的不懈思索，日瓦戈的文学写作方式，日瓦戈面对革命的态度，甚至日瓦戈优柔寡断的性格和移情别恋的婚姻，都与日瓦戈的诗人身份一样，是帕斯捷尔纳克的自我写照。但日瓦戈这一“自传”形象的特殊性却在于，作者之写自己像是在写一个他者，于是，小说的这个主人公便像是诗歌中的抒情主人公。诗歌中的抒情主人公往往是杜撰的，是陌生化的，可他却总是诗人最等值、最鲜明的自我表达。诗人笔下的“我”并不永远仅仅是他自己，同样，诗人笔下的“他”也往往带有诗人自己的情感体验和精神投射。利哈乔夫因此断言：“尤里·安德烈耶维奇·日瓦戈就是帕斯捷尔纳克的抒情主人公，后者在小说中也依然是一位抒情诗人。”而这部小说，其实就是帕斯捷尔纳克本人的“抒情自白”（лирическая исповедь）。[1]换言之，日瓦戈的形象就是帕斯捷尔纳克的个性之投射（эманация），就是帕斯捷尔纳克的一种发展了的自我，一种更具典型性和概括性的自我。正是就这一意义而言，有人索性将日瓦戈与帕斯捷尔纳克并列，合称为“作者主人公”（автор-герой）[2]。

《日瓦戈医生》被视为帕斯捷尔纳克艺术观和世界观的集大成者，而主人公的诗人身份，使同样作为诗人的帕斯捷尔纳克可以更为直接、更为便利地表达自己的感受和思考。帕斯捷尔纳克说：“我不能说这部小说很出色，是天才之作，是成功之作。但这是一个转折，是问题的解决，是一种欲把一切一吐为快的愿望，即以历史绝对性的态度对生活及其最广阔的基础做出评判，如果说先前吸引我的是各种音步的抑扬格格律，那么在开始写作这部长篇小说时，我试图采用的却是一种世界性的格律。”[3]

日瓦戈的诗人身份也对《日瓦戈医生》这部“抒情史诗”（лирическая эпопея）的结构和调性起到了某种决定性作用。《日

① Д. Лихачев：Размышления над романом Б. Л. Пастернака “Доктор Живаго”，см. Б. Пастернак，*Доктор Живаго*，Советский писатель，1989，сс. 6-7.

② Под ред. С. Страхорского，*Энциклопедия литературных произведений*，Вагриус，1998，с. 146.

③ В. Борисов：Послесловие，см. Б. Пастернак，*Доктор Живаго*，Советский писатель，1989，с. 722.

瓦戈医生》与传统的长篇小说不同，它采用的是充满跳跃的诗体结构，用的是布满比喻的诗化语言，情节的主线也是主人公的诗性感受，这一切营造出一种浓郁的诗意氛围。结尾一章《尤里·日瓦戈的诗作》更是在提醒读者，这部作品是诗与散文的合成，是抒情诗与长篇小说的合成。俄国诗人沃兹涅先斯基曾将《日瓦戈医生》定义为"诗小说"（поэтический роман），他的主要理由之一也正在于"诗人主人公"在这部小说中所占据的中心位置，所发挥的结构功能。

作为诗人的日瓦戈的死亡，自身也构成一个颇具互文含义的隐喻。日瓦戈死于37岁，这是普希金离世的年纪。日瓦戈死于中风引起的"呼吸困难"，而勃洛克在1921年一篇纪念普希金的文章中曾这样写道："诗人死去了，因为他缺乏可供呼吸的空气。"日瓦戈死在一辆电车上，而古米廖夫曾写有《迷途的电车》，将因革命而失去控制的时代形容为一辆脱轨的电车。

四

赫尔岑曾说，他写作回忆录《往事与沉思》是为了揭示"历史在一个人身上的反映"（отражение истории в человеке），而帕斯捷尔纳克在1926年写给茨维塔耶娃的一封信中则说，他要把"你我同属的、显然脱离了历史的这一代人再还给历史"（вернуть истории поколение，видимо，от нее отпавшее，к которому пренадлежим ты и я）。在1945年11—12月间，帕斯捷尔纳克正式开始了小说《日瓦戈医生》的创作。1946 年 10 月 13 日，帕斯捷尔纳克致信表妹奥尔迦·弗莱登伯格："我对你说过，我开始写作一部大部头小说。说实话，这是我的第一部真正的作品（первая настоящая моя работа）。我想在其中给出俄国近四十五年的历史形象，同时也要从各方面展现一个沉重、悲哀的主题，这类主题曾在狄更斯和陀思妥耶夫斯基处获得完美的详尽处理，这部作品将体现我对艺术、《福音书》、人在历史中的生活（взгляд на жизнь человека в истории）等其他许多问题的看法。"[①]

"因此可以说'人与历史'成了这部小说的主题，只不过作者对人的历史存在本身有着自己的理解。"[②]但是，如果说赫尔岑要写"历史在一个人身上的反映"，决意把"这一代人再还给历史"的帕斯捷尔纳克，注重的却是"人在历史中的生活"（жизнь человека в истории），亦即历史中的个人，或曰个人的历史，他所要体现的与其说是人在历史中的发展和成长，亦即历史对人的作用，不如说是人与历史的冲突，人对历史的抗衡，亦即人对历史的反作用力。

日瓦戈的舅舅，也是他的精神导师尼古拉·尼古拉耶维奇·韦杰尼亚平在小说的一开始就问道："什么是历史？历史就是不懈破解死亡之谜并进而战胜死亡的各种自古就有的工作之总和。"在帕斯捷尔纳克看来，人类文明的整个过程，亦即"历史"，其

① Н. Лейдерман，М. Липовецкий，*Русская литература XX века*，5-е издание，Академия，2010，с. 52.

② 阿格诺索夫：《20 世纪俄罗斯文学》，凌建侯等译，中国人民大学出版社 2001 年版，第 464 页。

意义就在于赞叹“生之奇迹”（чудо жизни），破解“死之谜语”（загадка смерти），就在于确定“个性之现象”（феномен личности），论证“存在之不朽”（бессмертие бытия），个人就是造物主的创造之桂冠，是自然界中唯一具有精神意义的实体存在，因此，人的存在之价值并不亚于任何历史的存在。历史的存在意义在于创造人，在于个性的实现，而不是相反，即人的存在意义在于创造历史，在于改造历史。正是在这个意义上，帕斯捷尔纳克坚决反对任何假借“历史”的名义对“个人”的强加和凌驾。《日瓦戈医生》并不简单地是写20世纪俄国知识分子的悲剧命运，更不仅仅是对俄国十月革命的谴责和声讨，作者其实有着更深刻、更概括的思索：历史的发展与个人的发展、国家的命运与个人的命运之间或许是充满矛盾的，历史进步的目的与达到目的的手段这两者之间或许是构成冲突的。

十月革命爆发时，日瓦戈的舅舅对他说：“这值得一看。这就是历史。这种事情一生只能遇上一回。”日瓦戈果然“看见了”历史，体验了历史。小说中的日瓦戈除了写诗外也写札记，他的札记题为《以人为对象的游戏》（*Игра в людей*）。从20世纪初起到帕斯捷尔纳克开始写作这部小说的20世纪40年代，俄国大地上一直在上演残酷的“以人为对象的游戏”，也就是“把玩人”“玩弄人”，个体的人纷纷成了历史巨掌上的玩偶，命运皮鞭下的羔羊，其结果就是无谓的争斗和牺牲，无辜的流血和死亡。于是，一代试图把玩历史的人却被历史把玩，一代试图操控命运的人却被命运操控，甚至连加害于人的人自己最后也纷纷成了受害者，小说中的斯特列尼科夫就是一个例证。“因此，小说中一直在持续进行一场关于历史的争论（спор об истории），即：‘改造世界’是否可能，即便拥有最善意的设计？对于生活之自然进程的强暴能否被允许，即便以最壮丽的理想为名？将当下生活仅仅理解为‘光明未来’之前提，这样的观点是否有意义？”[①]而日瓦戈给出的答案，就是“仿佛退出了游戏”[②]。在拉拉被科马罗夫斯基带走之后，独自留在瓦雷金诺的日瓦戈，“除了写作痛失拉里萨的诗作外，还把各个时期所写的关于自然、日常生活等各种题材的诗作都完成了。和过去一样，在写作时，许多有关个人生活和社会生活的念头不断向他袭来，”“他再次想到，他对历史以及所谓历史进程的看法与众不同，在他看来，历史的景象就像植物王国的生命，”“历史不是由哪一个人创造的，历史的发展正像野草的生长一样，是看不见的”。而他身边的“历史”，却是反自然的，因而也是反人性的。

不是人在服务历史，而是历史应该服务于人，让人实现其自由和价值。所谓“改造世界”（переделка мира）、“创造历史”（создание истории）之类的豪言壮举，都是与日瓦戈探究“生活之秘密”和“存在之不朽”的取向格格不入的。面对历史，日瓦戈既置身其中，又置身事外，他从侧面，甚至从对面打量自己所处的历史，通过他的思考和写作，更多的是通过他的行为和存在本身，来表达他对历史的对峙和抗拒。

---

① Н. Лейдерман，М. Липовецкий，*Русская литература XX века*，5-е издание，Академия，2010，с. 57.

② 阿格诺索夫：《20世纪俄罗斯文学》，凌建侯等译，中国人民大学出版社2001年版，第465页。

五

帕斯捷尔纳克正式动笔写作《日瓦戈医生》，是在他完成对莎士比亚《哈姆雷特》一剧的翻译之后。《哈姆雷特》的翻译无疑也影响到了《日瓦戈医生》的写作，其痕迹之一便是日瓦戈身上浓厚的哈姆雷特气质。

作为小说最后一章（第十七章）的日瓦戈的25首诗，其第一首便以《哈姆雷特》为题：

喧闹静了。我走上舞台。
我倚着木头门框，
在遥远的回声中捕捉
我的世纪的未来声响。

夜色盯着我看，
像一千个聚焦的镜头。
我父亚伯，若有可能，
请免去这杯苦酒。

我喜爱你固执的意图，
也同意扮演这个角色。
此时却上演另一出戏，
请你这一回放过我。

可剧情已经设定，

结局也无法更替。

我孤身一人沉入虚伪。

度过一生，绝非走过一片田地。

在这里，日瓦戈以哈姆雷特自比，不，更确切地说是帕斯捷尔纳克在将日瓦戈比作哈姆雷特。这是一个悲剧英雄，因为他要在“另一出戏”中扮演他本不愿扮演的角色，他要违背自己的意志“沉入虚伪”。

在小说中，哈姆雷特的犹豫不决，哈姆雷特的无所适从，哈姆雷特的别无选择，都在日瓦戈身上有所体现。日瓦戈在两个阵营间来回摇摆，或曰不偏不倚；他在两个女人间举棋不定，或曰同时深爱着两个女人，而且，他也很爱他的最后一任妻子玛丽娜；他似乎一贯缺乏果敢的行动、坚强的意志和明确的目标；作为女婿、丈夫和父亲，他在动荡的岁月里未能给家人和亲人提供足够的庇护，最终妻女被迫移居国外，情人也被自己的情敌带走。在小说中，日瓦戈的妻子托尼娅曾在给丈夫的告别信中这样谈到日瓦戈的“缺乏意志”：“而我是爱你的。唉，我是多么的爱你，你简直无法想象！我爱你身上的一切特别之处，一切好的和不好的特点，你那些一切平平常常的方面，可它们却非同寻常地合为一体，因此显得珍贵，我爱你的因为内在涵养而变得高尚的脸庞，若没有那内涵你的脸庞或许并不显得英俊，我爱你的天赋和智慧，它们弥补了你完全欠缺的意志（начисто отсутствующая воля）。”在描述日瓦戈的性格时，人们常常会用到三个俄语单词，即 безволие（优柔寡断），бессилие（无能为力）和 бездействие（无所作为），这似乎是一个被动的、消极的人物，也有人将他与高尔基笔下的萨姆金等形象并列，称他为“20 世纪的多余人”。

然而，把日瓦戈的哈姆雷特性格置入他所处的那个动荡、激进的时代，这个形象的“积极”意义便凸显了出来。利哈乔夫指出：“这些摇摆不定所体现的并非日瓦戈的软弱，而是他的智性力量和道德力量。他的确缺乏意志，如果这意志指的就是那种毫不动摇地接受那些单一决定的能力，可他身上却有着一种精神上的决然，即不屈从于那些能够摆脱犹豫的单一决定之诱惑。”[①]不随波逐流，不左右逢迎，更不助虐为纣，这就是日瓦戈在革命时代始终如一的姿态，于是，哈姆雷特提出的“做还是不做”的问题，在日瓦戈这里反倒有了答案，即“不做就是做”。

值得注意的是，帕斯捷尔纳克在译完《哈姆雷特》后所写的《莎士比亚翻译札记》（1946）一文中曾这样说道：“《哈姆雷特》不是一部表现优柔寡断的戏剧，而是一部表现责任和弃绝自我的戏剧。”（*Гамлет* не драма бесхарактерности，но драма долга и самоотречения.）“哈姆雷特是其时代的判官，是为确立生活的真理和不朽而肩负的牺牲义务之体现。”日瓦戈的犹豫，像哈姆雷特一样，其实是一种尊崇使命、忠于责任的态度之体现；日瓦戈的无为，背衬着疯狂、残忍的时代，反倒显示出了比哈姆雷特更大的勇气，更多的人道主义力量。日瓦戈作为 20 世纪俄

① Д. Лихачев：Размышления над романом Б. Л. Пастернака “Доктор Живаго”，см. Б. Пастернак，*Доктор Живаго*，Советский писатель，1989，с. 9.

国的哈姆雷特，其立场和姿态或许就构成一种更加理智、更为合理的抗拒命运的方式。

六

在1946年10月13日写给表妹弗莱登伯格的一封信中，帕斯捷尔纳克曾将《日瓦戈医生》称作“我的基督教”（мое христианство），这当然是一种比喻说法，指这部小说是他的思想和信仰的集大成者。但与此同时，他的这一表述无疑也能帮助我们更充分地意识到《日瓦戈医生》浓厚的宗教色彩，比如，小说在内容和形式上与俄国文学中传统的“使徒传”（житие）体裁的相似，小说中的年代和日期多采用宗教日历上的说法，小说中大量采用宗教词汇和《圣经》引文等等，这些成分在苏联时期的小说中极为罕见，在后来小说受到批判时，这些特征也均被当成重要罪证。

在苏联解体后的俄国学界，《日瓦戈医生》的宗教内涵得到了越来越多的关注。在由莱德尔曼和利波维茨基父子合著的两卷本《20世纪俄国文学》一书中，关于《日瓦戈医生》的分析由三小节构成，其中两节的题目分别为《尤里·日瓦戈和基督耶稣之相似》和《尤里·日瓦戈的〈福音书〉》[1]。书中关于日瓦戈形象之宗教意义的阐释，其结论之一即日瓦戈就是另一个耶稣：“对小说《日瓦戈医生》最初的一些评论即已发现了尤里·日瓦戈形

---

① Н. Лейдерман，М. Липовецкий，*Русская литература XX века*，5-е издание，Академия，2010，сс. 51-75.

象与基督耶稣的相似。但是，可以进行讨论的不仅有这两个形象的相似，而且还有另一种相似，即尤里·日瓦戈的整个历史、其命运的全部故事与《圣经》中耶稣基督的历史、与《新约》故事之间的相似。这种相似在小说中发挥着某种结构轴心的作用（роль структурной оси）。”也就是说，无论是就性格和形象而言，还是就经历和命运而言，日瓦戈都是一位20世纪的俄罗斯耶稣。

从身世和经历上看，和耶稣一样，日瓦戈也是一位受难者。小说从日瓦戈母亲的葬礼写起，十岁的尤拉爬上母亲的新坟，“小男孩两手捂着脸，痛哭起来。一片云迎面飘来，将冰冷的雨点砸在他的手上和脸上”。在此之前，他的百万富翁父亲早已跳下火车自杀。他后来寄居在莫斯科一位亲戚格罗缅科家里，在医学院接受教育，还与格罗缅科的女儿托尼娅相爱成婚，但这宁静的生活却始终被周围环境所侵扰，日瓦戈目睹了1905年革命的街头屠杀和第一次世界大战的血腥战场，在十月革命和内战期间，他流离失所，妻离子散，像一颗谷粒被夹在红白两大阵营的磨盘间，甚至连他的爱情都是凄婉的、不幸的，他最终倒毙街头。在小说结尾，拉拉坐在日瓦戈的棺材旁哭诉，然后，“几个男人走到棺材旁，用三条麻披抬起棺材。开始出殡了”。就这样，日瓦戈的故事被镶嵌在他母亲的葬礼和他自己的葬礼之间，构成一位受难者的悲剧一生。

从性格和行为上看，和耶稣一样，日瓦戈也是一个纯洁安详的天使般的人物。他善良谦和，与世无争，不谙世故，但是，“至于主人公具体行为上的‘无为’，却多次因为其道德上的献身精神而得到补偿。就像陀思妥耶夫斯基的小说《白痴》中的梅什金公爵一样，这位主人公也成了基督之个性的独特‘投射’，成为其精神功绩之体现，其救赎式牺牲的福音书理想之体现。”[①]

从性格塑造的角度看，和耶稣一样，日瓦戈也是一个给定的性格。《日瓦戈医生》写到了日瓦戈的“思想转变”，比如，在革命发生的初始阶段，他像勃洛克等俄国知识分子一样曾感觉到一种莫名的激动或曰兴奋：“多么了不起的外科手术！巧妙的一刀，一下子就把多少年发愁的烂疮切除了！痛痛快快，干脆利索，一下子就把千百年来人们顶礼膜拜、奉若神明的不合理制度判了死刑。”但革命中发生的与人和人性相悖的事情却使他迅速改变了立场，更确切地说，他并未改变立场，因为他的立场自始至终都是固定的，即人道主义的立场。他的性格其实是没有变化的，自始至终都像基督一样全知全能，不偏不倚，谦恭宽容，自我牺牲，直到他在他那组诗的最后一首中重复主的话语：“人，收起你的剑。争执不该用刀剑解决。”这像耶稣一样“事先给定的命运和性格”（судьба и характер заданы изначально），与始自19世纪中期的俄国小说人物塑造手法大相径庭，无论是托尔斯泰在《战争与和平》中采用的“心灵辩证法”，还是阿·托尔斯泰揭示的“苦难的历程”，均在帕斯捷尔纳克这里遭到了解构和颠覆。

---

① Под ред. С. Страхорского，*Энциклопедия литературных произведений*，Вагриус，1998，сс. 148-149.

七

关于《日瓦戈医生》是20世纪俄国知识分子命运之艺术再现的说法，早已成为一种文学史论断，但关于日瓦戈的俄国知识分子属性之独特性的论述尚为数不多。说到日瓦戈，人们大多将其视为俄国知识分子阶层的殉道者之一，认同其悲剧命运的普遍意义。但是我们也要注意到，在日瓦戈所处时代，俄国知识分子的构成自身就是复杂多元的。十月革命之后，自别林斯基、车尔尼雪夫斯基始的俄国激进派知识分子的思想传统占据上风，以流亡知识分子和所谓“国内侨民”为主体的“反革命”知识分子则在与新现实做殊死的搏战，而在这两大知识阵营之间，其实还有着大量“中间”知识分子，或曰20世纪俄国知识分子的“第三类型”，日瓦戈应该就是他们的典型代表之一。

作为这一类型的俄国知识分子，日瓦戈身上至少体现出了这么几种独特的俄国知识分子属性：

首先，是以做旁观者的不作为方式自觉地维护自我和社会的道德纯洁和精神健康。在革命的疾风暴雨时期，在两派无谓争斗的历史阶段，他们保持中立，与两个阵营都同时拉开距离，不随波逐流，也不以牙还牙，他们认为这才可能是最为恰当的消弭社会矛盾的方式方法，这才是真正的人道主义。更为重要的是，俄国知识分子的这种自觉的道德感和责任感，又总是与他们的宗教感联系在一起的，在俄国当代作家、畅销书《帕斯捷尔纳克传》的作者德米特里·贝科夫看来，日瓦戈的形象就是俄国基督教的化身，帕斯捷尔纳克通过这一形象体现的就是东正教所弘扬的牺牲和慷慨（жертвенность и щедрость）。

其次，是对文化和艺术的眷念。小说中的日瓦戈，虽然生活动荡，虽然身为医生，却始终没有停止关于俄国历史和现实的哲学思考，始终没有停止自己的文学写作，尽管他的思考和写作未必“合乎时宜”，他似乎在用自己的举止图解白银时代俄国知识分子一项不约而同的使命，用曼德尔施塔姆的话来说就是“对世界文化的眷恋”（тоска по мировой культуре）。日瓦戈在小说中曾对艺术创作之意义有过很多说法，主题即帕斯捷尔纳克自己的创作信条，即“艺术就是战胜死亡、赢得不朽的唯一途径”。主人公同父异母的弟弟叶夫格拉夫后来成为苏联将军，可他却喜爱哥哥的诗歌，不懈地搜集整理日瓦戈的手稿，这个情节似乎也构成一种关于艺术创作之不朽意义的隐喻。

最后，是对大自然的亲近。小说中的日瓦戈颠沛流离，却自始至终都处在俄国大自然的怀抱中，他对自然具有诗人般的敏感和情人般的深情。茨维塔耶娃在评论帕斯捷尔纳克笔下的自然时曾说：“在帕斯捷尔纳克以前，自然界是通过人描写出来的。帕斯捷尔纳克诗里的自然界却没有人。人参与其中仅仅是由于，它是通过人的话语表达出来的。可以说，任何诗人都可以把自己比成一棵树。帕斯捷尔纳克则感到自己就是一棵树。仿佛是大自然把他变成了一棵树，为的是让他迷人的‘躯干’和着自然界的节拍瑟瑟作响。”[①] 这段话也可以用在日瓦戈身上。日瓦戈在瓦雷金诺的爱情和写作，其实构成一种象征，即大自然才是他的思想摇

① 转引自［俄］阿格诺索夫：《20世纪俄罗斯文学》，凌建侯等译，中国人民大学出版社 2001 年版，第 453 页。

篮和情感归宿。德米特里·贝科夫在《帕斯捷尔纳克传》中指出，拉拉其实就是俄国的象征，这个国家始终厄运缠身，不善于面对生活，却又能顽强而又美丽地存在下去。五位男人，即日瓦戈、安季波夫、科马罗夫斯基、加利乌林和萨姆杰维亚托夫对拉拉的爱慕和追求，就象征着不同社会力量对俄国的觊觎和掌控；而拉拉就像是母亲大地，是俄国的大自然，她海纳百川，永远能恢复贞洁，像古希腊的女神。

日瓦戈是一位既独特又典型的20世纪俄国知识分子，道德、文化和自然这三种因素既是他的坚守对象，反过来也构成了他的性格基因。

日瓦戈是医生，也是诗人；是哈姆雷特，也是耶稣；是生活的象征，也是与历史的对峙；是帕斯捷尔纳克的"抒情主人公"，也是20世纪俄国知识分子的"第三类型"……具有如此多元身份的日瓦戈形象，注定是一个内涵复杂而又深刻的文学主人公。对于一部长篇小说的解读，往往就是对于其中人物，尤其是其中主人公的解读。理解了日瓦戈这个形象，也就有可能理解《日瓦戈医生》这样一部20世纪俄国文学中的"秘密之书"（роман тайн）[①]和"文化之书"（роман культуры）[②]的深刻内涵和深远意义。

（原载《世界文学》2015年第3期）

① И. Смирнов，Роман тайн *Доктор Живаго*，М.，1996.

② И. Кондаков，Роман *Доктор Живаго* в свете традиций русской культуры//Известия АН СССР. Серия литературы и языка，1990，т. 49，№ 6.

茨维塔耶娃和她的诗歌

一

茨维塔耶娃是俄国白银时代最重要的诗人之一，也被布罗茨基称为“20 世纪的第一诗人”[①]。

玛丽娜·茨维塔耶娃（Марина Цветаева，1892—1941）生于莫斯科，她的父亲伊万·茨维塔耶夫是莫斯科大学艺术学教授，是莫斯科美术博物馆（今莫斯科普希金造型艺术博物馆）的创建人；她的母亲玛丽娅·梅因具有波兰、德国和捷克血统，曾随著名钢琴家鲁宾施坦学习钢琴演奏。茨维塔耶娃后来在自传中写道：“我对诗的激情源自母亲，对工作的激情源自父亲，对自然的激情则源自父母双方……”[②]由于身患肺结核病的母亲需出国治疗，童年的玛丽娜和妹妹曾随母亲到过德、法、意等国，并在那里的寄宿学校就读，这使玛丽娜·茨维塔耶娃自幼便熟练掌握了德语和法语。1906 年母亲去世后，姐妹俩回莫斯科上学。1910 年，刚满 18 岁的玛丽娜·茨维塔耶娃出版了她的第一部

① [美] 布罗茨基、[俄] 沃尔科夫：《布罗茨基谈话录》，马海甸、刘文飞、陈方译，东方出版社 2008 年版，第 47 页。

② М. Цветаева，*Стихотворения и поэмы*，Л.，1979，с. 34.

诗集《黄昏纪念册》(*Вечерний альбом*)，诗集得到勃留索夫、古米廖夫、沃罗申等当时著名诗人的肯定，茨维塔耶娃从此走上诗坛。1911 年，茨维塔耶娃应沃罗申之邀前往后者位于克里米亚科克捷别里的“诗人之家”(Дом поэтов)别墅，在那里与谢尔盖·埃夫隆（Сергей Эфрон）相识并相恋，1912 年 1 月，两人在莫斯科结婚。同年，茨维塔耶娃出版第二部诗集《神灯集》(*Волшебный фонарь*)，这部诗集由于较多的“自我重复”而遭冷遇。主要由头两部诗集中的诗作构成的第三部诗集《两书集》(*Из двух книг*，1913)出版后，其影响也远逊于《黄昏纪念册》。此后数年，茨维塔耶娃紧张写诗，佳作频出，但没有诗集面世，编成的诗集《青春诗抄（1913—1915）》(*Юношеские стихи.* 1913—1915)并未正式出版。抒情女主人公的不羁个性及其真诚诉说，躁动感受及其复杂呈现，构成了茨维塔耶娃早期诗作的主题和基调。

1916 年标志着茨维塔耶娃诗歌创作中一个新阶段的开始，此年编成、直到 1921 年方才出版的诗集《里程碑》(*Версты*)，就是标志她的诗歌成熟的一座“里程碑”。从诗歌主题上看，一方面，诗人的极端情绪化有所冷静，转向固执的自我中心主义，这一时期的抒情诗成了她“灵魂的日记”(дневник души)；另一方面，作者所处的时代和社会开始发生剧烈动荡，第一次世界大战、十月革命、国内战争等社会事件相继爆发，与近乎坐以待毙的家庭生活一同，都在日复一日地强化诗人紧张的内心感受，她因此写出《天鹅营》(*Лебединый стан*)等“现实题材”诗作，尽管茨维塔耶娃从来都不是一个关注现实的政治诗人。从调性上看，茨维塔耶娃的诗歌在这一时期出现一个转向，即歌唱性和民间性的强化。她描写莫斯科和塔鲁萨的抒情诗作，她在这一时期因接近莫斯科戏剧界而创作的一些诗体剧作和长诗等“大型体裁”，都具有较强的民间文学特征。关于茨维塔耶娃诗歌创作“民间性”的来历，后来的研究者们大惑不解，因为茨维塔耶娃之前从未生活在俄国乡间（除了在父母的别墅所在地塔鲁萨小住，除了在沃罗申的别墅所在地科克捷别里做客），她也没有熟悉俄罗斯童话的奶娘和外婆，但对俄语诗歌中“俄罗斯性”的探寻，却使她掌握了“歌唱性”这一典型的诗歌手法。俄文版七卷本《茨维塔耶娃作品集》的编者在题为《诗人玛丽娜·茨维塔耶娃》的后记中写道：“她 1916 年的诗就实质而言大多为歌。其女主人公其实是在歌唱自我，歌唱自己的忧伤、大胆和痛苦，当然，也在歌唱自己的爱情……”①

1922 年夏，获悉丈夫流亡国外，在布拉格上大学，茨维塔耶娃带着大女儿阿丽娅（Аля）经柏林前往布拉格。在逗留柏林期间，茨维塔耶娃出版两部诗集，即《致勃洛克》（*Стихи к Блоку*）和《离别集》（*Разлука*）。在柏林的两个多月时间里，茨维塔耶娃写了 20 多首诗，这些诗作后多收入诗集《手艺集》（*Ремесло*），它们体现出了茨维塔耶娃诗风的又一次“微调”，即转向隐秘的内心感受以及与之相关联的更为隐晦的诗歌形象和诗歌语言，茨维塔耶娃自己所说的“我了解了手艺”这句话，自身也似乎具有某种隐喻成分。1922 年 8 月，茨维塔耶娃来到捷克，在

① А. Саакянц，Л. Мнухин，*Поэт Марина Цветаева*，см. М. Цветаева：*Собрание сочинений в семи томах*，Элис Лак，1994，т. 1，с. 579.

布拉格及其郊外生活了三年多。茨维塔耶娃在捷克时期的生活是颠沛流离、捉襟见肘的，但她在不断搬家和操持家务的同时，在恋爱和生子之余，却一刻也不曾停止写诗，三年三个月时间里共写下139首长短诗作，平均每周一首，显示出旺盛的文学创造力。在布拉格，茨维塔耶娃与她丈夫在查理大学的同学罗德泽维奇热情相恋，留下许多诗歌杰作，其中最著名的要数长诗《山之诗》（*Поэма Горы*，1924）和《终结之诗》（*Поэма Конца*，1924）。1923年，她还出版了两部抒情诗集，即《普叙赫》（*Псuхея*）和前面提到的《手艺集》。流亡捷克时期，外在生活的沉重压力和内心生活的极度紧张构成呼应，被迫的孤独处境和主动的深刻内省相互促进，使得茨维塔耶娃诗歌中关于“生活和存在”（быт и бытие）的主题不断扩展和深化。流亡捷克的三年，是茨维塔耶娃诗歌创作的巅峰期之一，“在捷克，玛丽娜·茨维塔耶娃成长为这样一位诗人，我们如今可以公正地把她列入伟大诗人的行列”[①]。

1925年10月，仍旧是出于物质生活方面的考虑，茨维塔耶娃全家迁居巴黎，但是在法国，他们仍旧生活在贫困之中。由于茨维塔耶娃的桀骜个性，由于她丈夫与苏联情报机构的合作，也由于她对马雅可夫斯基等苏维埃诗人的公开推崇，她与俄国侨民界的关系相当紧张，几乎丧失发表作品的机会。在这一时期，茨维塔耶娃也将大部精力投入散文创作，写下许多回忆录和评论性质的文字，但在流亡法国的近14年时间里，她却只写了不到一百首诗作，她曾在给捷克友人捷斯科娃的信中感慨：“流亡生

① А. Саакянц，Л. Мнухин，*Поэт Марина Цветаева*，см. М. Цветаева：*Собрание сочинений в семи томах*，Элис Лак，1994，т. 1，с. 585.

活将我变成了一位散文作家。”（Эмиграция делает меня прозаиком.）但是，1928 年面世的《俄罗斯之后》（*После России*）作为茨维塔耶娃生前出版的最后一部诗集，作为她流亡时期诗歌创作的集大成者，其中也收有她“法国时期”的最初诗作。除抒情诗外，茨维塔耶娃在流亡期间还写作了大量长诗，除前面提到的《山之诗》和《终结之诗》外，还有《美少年》（*Мóлодец*，1922）、《捕鼠者》（*Крысолов*，1925）、《自大海》（*С моря*，1926）、《房间的尝试》（*Попытка комнаты*，1926）、《阶梯之诗》（Поэма Лестницы，1926）、《新年书信》（*Новогоднее*，1927）、《空气之诗》（*Поэма Воздуха*，1927）等。在茨维塔耶娃流亡法国时期的诗歌中，怀旧的主题越来越突出，悲剧的情绪越来越浓烈，但怀旧中也不时闪现出片刻的欢乐，悲剧中往往也体现着宁静和超然，比如她在《接骨木》（*Бузина*）中用顽强绽放、死而复生的接骨木作为自我之投射，在《故乡的思念》（*Тоска по родине...*）等诗中将花楸树当作故土的象征，在《致书桌》（*Стол*）中将书桌当作毕生最忠诚的告白对象（其实她在很多租住地甚至连一张书桌都没有）。1938 年 9 月，纳粹德国吞并捷克斯洛伐克，茨维塔耶娃写下激越昂扬的组诗《致捷克》（*К Чехии*），这组诗构成了她诗歌创作的“天鹅之歌”。

1937 年，茨维塔耶娃的丈夫埃夫隆因卷入一场由苏联情报机构组织的暗杀行动而秘密逃回苏联，他们的女儿在稍早前也已返回莫斯科。两年之后，生活拮据、又置身非议和敌意的茨维塔耶娃被迫带着儿子格奥尔基（Георгий，小名穆尔 Мур）返回祖国，可迎接茨维塔耶娃的却是更加严酷的厄运：女儿和丈夫相继被苏联内务部逮捕，女儿坐牢15年，丈夫最终被枪毙。回到苏联之后，茨维塔耶娃更无发表作品的可能，只能搞一点文学翻译，但她还是有一些零星诗作存世，我们所知的她的最后一首诗《我一直在重复第一行诗句》(*Всё повторяю первый стих...*)写于1941年3月6日，此时距她离世尚有五个多月，而在这五个多月时间里，作为一位伟大诗人的茨维塔耶娃却很有可能始终不曾动笔写诗。1941年8月31日，因为战争被从莫斯科疏散至鞑靼斯坦小城叶拉布加的茨维塔耶娃，在申请担任作家协会食堂洗碗工的申请也被拒绝之后，在与儿子发生了一场争吵之后，在租住的木屋中自缢。1945年，她的儿子也牺牲在卫国战争的战场上。

二

无论在生活中还是在诗歌创作中，茨维塔耶娃都体现出了十分鲜明的个性。在她刚刚登上诗坛后不久，当时的诗界首领勃留索夫在肯定她的第一部诗集之后却对她的第二部诗集有所微词，茨维塔耶娃立即连续写出两首以《致勃留索夫》(*В. Я. Брюсову*)为题的诗作，予以反驳和讥讽；1921年2月，她曾在莫斯科一场诗歌晚会上公开朗诵她的组诗《顿河》(*Дон*)，歌颂“像白色的鸟群飞向断头台”的白军，而台下的听众主要是红军士兵，当时国内战争已基本结束，苏维埃政权得到巩固，在这样的背景下，身为失踪白军军官之妻的茨维塔耶娃居然敢在大庭广众之下朗读她的白军“颂歌”；1928年，马雅可夫斯基访问巴黎时遭到俄国侨民界的冷遇和敌意，茨维塔耶娃却出面接待马雅可夫斯基，并在报上发表题为《致马雅可夫斯基》（*К Маяковскому*）的文章，称“真理”（правда）和“力量”（сила）都在马雅可夫斯基那一边，在茨维塔耶娃保留下来的这张报纸上有她的一行批注：“为此我立即被赶出了《最新消息报》。”《最新消息报》是巴黎最重要的俄侨报纸，茨维塔耶娃因此基本丧失了在俄侨报刊上发表诗文的机会。这就是茨维塔耶娃的个性，无论何时何地，她总是显得“不合时宜”。这种个性或许是家族的遗传，是天生的性格，也或许是颠沛流离的童年生活、父母的早亡等生活经历所导致的后果，但更可能的是，她的个性和她的诗歌是互为因果的，是相互放大的。独树一帜的个性是成为一位优秀诗人的必要前提之一，而诗歌作品、尤其是一首抒情诗作，也可能成为个性的最佳表达方式，成为个性的塑造手段。

在茨维塔耶娃自由、孤傲的个性中，积淀着这样两个基本的性格因素，即真诚和不安。诗贵在真诚，一个好的诗人首先必须是一个真诚的人。真正的诗容不下、也藏不住虚假，因此，认真的诗人们在现实生活中往往表现得像个大孩子。茨维塔耶娃的为人和作诗都体现着真诚，她仿佛不想隐瞒什么，不想装扮自己，只求把原本的个性真实地表现出来。茨维塔耶娃对爱情主题的诉诸就颇具典型意义，布罗茨基因此称茨维塔耶娃是“最真诚的俄罗斯人”①。1908年，勃洛克曾在《库利科沃战场》（*На поле Куликовом*）一诗中写道：“我们在梦境里才有安宁。”（Покой нам только снится.）这一名句几乎成了大多数诗人的谶语，尤其是

①［美］布罗茨基、［俄］沃尔科夫：《布罗茨基谈话录》，马海甸、刘文飞、陈方译，东方出版社2008年版，第46页。

对于白银时代的俄语诗人而言，尤其是对于白银时代最为“不安”的诗人茨维塔耶娃而言。她将“生活与存在”当成她的主要诗歌命题，或者说，当成她诗歌创作中主要的思索对象，在这一总的命题之下，她思索苦难以及对于苦难的态度，思索诗人以及诗人的身份认同问题，思索爱以及爱的本质和意义。或是由于内心激情的涌动和生存状态的刺激，或是关于个人命运和文化命运的担忧，她的诗始终贯穿着一种不安的情绪主线。这种焦虑感的真诚表露，构成了她诗歌的主要风格特征之一。茨维塔耶娃的诗像是一种“独白的诗”，这分明是一个个体在吐露心曲，但这一个体是一个深刻体验过多种生活的天才演员，因此她的诉说就不再仅仅是一个个体的声音；她分明是在面向众人诉说，却又像是在自言自语，并不关心听众的反应。茨维塔耶娃的长诗情节性不强，但她的抒情诗却因充满细节和情节而具有戏剧性；诗人真诚的天性，使她不能不吐出内心的一切，而焦虑的人生态度，又让她难以以表现自我为满足。于是，才有了这种充满内心冲突的抒情主人公以及她时而为自我忏悔、时而为醒世之言、时而是激动的、时而是苦闷的独白。布罗茨基在茨维塔耶娃的诗中听出了这种独特的调性：“在她的诗歌和散文中，我们经常听到一个独白；但是这不是女主人公的独白，而是由于无人可以交谈而作的独自。这一说话方式的特征，就是说话人同时也是听话人。民间文学——牧羊人的歌——就是说给自己听的话：自己的耳朵倾听自己的嘴。这样，语言通过自我倾听实现了自我认知。”[①] 茨维塔

① [美] 布罗茨基：《文明的孩子》，刘文飞译，中央编译出版社1999年版，第151—152页。

耶娃本人在《终结之诗》中也有过相似的表达，即“生活全在肋骨！/它是耳朵，也是回音。”“耳朵”（ухо）和“回音”（эхо）构成一对意味深长的韵脚。

三

茨维塔耶娃诗歌个性的首要表达方式，就是其独特的诗歌语言。茨维塔耶娃的诗中充满隐喻，而且，她的一首诗，甚至是一部长诗，往往就是建立在一个大隐喻之上的，自身就是一个拉长的隐喻，组合的隐喻。比如《接骨木》一诗，从春天里淹没花园的绿色波浪写起，写到接骨木花朵像火焰、像麻疹的盛开，然后是冬季，它的浆果像珊瑚，像鲜血，这意味着接骨木的被处决，意味着“一切血中最欢乐的血：/心脏的血，你的血，我的血……”“一丛孤独的接骨木，”“能代替我的艺术宫，”“我想把世纪的疾病称作/接骨木……”窗外历经一年四季的接骨木树丛，由此成为“我”的生活和人类存在的象征物。在《山之诗》中，茨维塔耶娃将布拉格的佩伦山文学化，用来象征她与罗德泽维奇那场刻骨铭心的爱情。在茨维塔耶娃与罗德泽维奇热恋的这段时间，茨维塔耶娃租住在佩伦山坡上的一户人家，他们两人经常一起爬山，佩伦山于是成了他俩热烈爱情的见证人，也成了茨维塔耶娃心目中爱情的等价物。在《山之诗》中，茨维塔耶娃将佩伦山写成情感的高峰，将她与罗德泽维奇的爱情比喻成登山之旅。然而，激情、爱和幸福都像山一样，终归是有顶峰的，“据说，要用深渊的引力/测量山的高度”，于是，“山在哀悼（山

用苦涩的黏土 / 哀悼，在离别的时候），/ 山在哀悼我们无名的清晨 / 鸽子般的温柔”；“山在哀悼，如今的血和酷暑 / 只会变成愁闷。/ 山在哀悼，不放走我们，/ 不让你爱别的女人！”“痛苦从山开始。/ 那山像墓碑把我压住”，但是，这座山又是“火山口”，蕴藏着愤怒的熔岩，这将是“我”“记忆的报复”！爱情是一座山，需要两个人携手攀爬，但爬到山顶之后却面临两种选择：要么原路返回，这就意味着注定要走下坡路，越来越低；要么追求更高，这就意味着从山头跃起，短暂地飞向高空。如此一来，佩伦山在茨维塔耶娃的诗中便从爱情之山转化为存在之山，构成了关于人类存在之实质的巨大隐喻。或许正因为如此，茨维塔耶娃才在《山之诗》中运用了这对令人震惊的韵脚：山 / 痛苦（гора/горе）。另一部长诗《终结之诗》也建立在一个巨大的隐喻之上。这部长诗共十四章，这可不是一个偶然的数目，而是茨维塔耶娃有意为之的设计。她在关于此诗的写作计划中直截了当地写道：“在写一部分手之诗（另一部）。完整的十字架之路，展示每个阶段。”[①] 立陶宛诗人温茨洛瓦在他的《茨维塔耶娃的〈山之诗〉〈终结之诗〉与〈旧约〉〈新约〉》一文中对茨维塔耶娃的这一设计做了更为具体的说明：“在最终文本中，长诗分作十四章。这个初看上去并不具宗教含义的数字，实际上包含这一意义：它恰好是与十字架之路、即天主教传统中苦路的十四个阶段相呼应的。”[②] 也就是说，茨维塔耶娃在诗中把她道别爱情的过程比作耶稣背负十字架走向各各他的苦路。尽管《终结之诗》中十四个章节的内

① М. Цветаева，*Неизданное. Сводные тетради*，подгот. текста，предисл. и примеч. Е. Коркиной и И. Шевеленко. М.，1997，с. 282.

② Т. Венцлова，*Собеседники на пиру*，Baltos Lankos，Vilnius，1997，c. 220.

容并不完全与苦路十四站的情景一一对应，但背负十字架一步步走向受难地的耶稣，却无疑就是长诗中一步步走向分手的抒情主人公的象征，她的十字架就是她的恋爱对象，更确切地说，就是她的爱情。茨维塔耶娃曾这样定义爱情："爱情，就是受难。"[①]也就是说，在她的意识中，爱情往往不是幸福、索取和生存，而是伤害、给予和毁灭。在俄语原文中，《终结之诗》这一标题中的"终结"（Конец）一词是以大写字母开头的，这是在暗示我们，"终结"本身就是长诗中另一个隐在的主人公，它作为一个硕大的象征，构成"爱情苦路"这一整体隐喻的核心。这对恋人分手途中的每一个阶段都是朝向"终结"的迫近，同时也是对"终结"的消解；"终结"既指爱情的终结，世俗生活的终结，甚至世界的终结，但"终结的终结"也意味着新的开端，亦即灵魂的净化、爱的复活，乃至存在的无垠。

茨维塔耶娃诗歌的突出特征之一，就是其他文学和艺术体裁的因素在她诗歌中的渗透。首先，茨维塔耶娃的诗不论长短，都写得十分酣畅，虽随意却不显零乱，虽自然却不失精致，带有一种明显的"散文风格"。布罗茨基在评论茨维塔耶娃的散文时曾说："散文不过是她的诗歌以另一种方式的继续。"[②]其实，在她转向散文写作之前，散文因素早已渗透进了她的诗歌，她将散文的因素融合进诗歌，又将诗歌的因素带入散文。她的诗有散文风，是散文化的诗；她的散文更具诗味，是诗化的散文。诗与散文的界限在她的创作中被淡化了，模糊化了。作为其结果，她

① М. Цветаева，*Собрание сочинений в семи томах*，Элис Лак，1994，т. 6，с. 609.

②［美］布罗茨基：《文明的孩子》，刘文飞译，中央编译出版社1999年版，第137—138页。

的诗与散文均双双获益。其次，是戏剧因素在茨维塔耶娃诗歌中的显著作用。茨维塔耶娃的诗很有画面感，而这些画面又时常是流动的，就像是不断变幻的戏剧舞台。茨维塔耶娃同时是一位杰出的剧作家，在1918—1920年间，她一度与瓦赫坦戈夫剧院等莫斯科的剧院关系密切，创作出一系列浪漫主义剧作；"诗剧"也一直是她心仪的文学体裁之一。更为重要的是，她的诗作无论长短，往往都有着紧张的冲突、剧烈的突转和激烈的对白，似乎稍加扩充，就会变成一部舞台剧本。《终结之诗》无疑就是男女主人公的一出对手戏，诗中不时出现两位主人公的直接引语，就像剧本中的台词，而且，"这种对话酷似网球比赛，词句像来回飞舞着的网球"[①]；长诗中还多次出现被置于括号内的舞台提示，如"(鹰一样环顾四周)""(断头台和广场)"等。广义地说，《终结之诗》整部长诗就是两位主人公的舞台对白。此外，长诗中的舞台"背景音"也此起彼伏，如汽笛、雷霆、笑声、交谈、手指的鼓点、耳朵的轰鸣、厂房声音洪亮、红色过道的哗啦声、空心的喧嚣、锯子穿透睡梦、脚掌的叹息、接缝的崩裂、妓女的笑声等等。这些声响与主人公简短的对话形成呼应，也是长诗舞台效果的重要来源之一，这使我们联想到茨维塔耶娃说过的一句名言："帕斯捷尔纳克在诗中是看见，我在诗中是听见。"[②]最后，茨维塔耶娃的诗作又是高度音乐性的，她曾自称她继承了母亲对"音乐和诗"的爱好，这种"爱好"是融化在血液中的。她的篇幅较长的诗，多具有交响乐般的结构，具有呈示、发展和再

① [美]马克·斯洛宁(应为斯洛尼姆):《苏维埃俄罗斯文学》，浦立民、刘峰译，毛信人校，上海译文出版社1983年版，第275页。

② М. Цветаева, *Собрание сочинений в семи томах*, Элис Лак, 1994, т. 6, с. 366.

现等不同阶段；她的短诗则如歌曲，具有前文提及的浓烈的“歌唱性”。在俄语诗人中，茨维塔耶娃是最受作曲家青睐的诗人之一，肖斯塔科维奇等著名音乐家曾将她的许多诗作谱成歌曲，这并非偶然。

茨维塔耶娃的诗歌语言是别具一格的，具有很高的识别度，这种茨维塔耶娃式诗语呈现出这样一些特征：首先，是多种格律的混成。俄国学者伊万诺夫在对茨维塔耶娃《终结之诗》的格律和节奏进行细致研究后发现，诗人在这部长诗中采用了十余种格律，如常用的抑扬格、扬抑格、抑抑格、抑扬抑格和扬抑抑格，还有比较罕见的混合格（логаэды）和三音节诗格变体（дольник），也就是说，茨维塔耶娃在一部诗歌作品中几乎运用了俄语中所有的诗歌格律形式，而且，所有这些格律还与不同的音步搭配，即分别搭配两音步、三音步和四音步，从而组合出变化多端的诗歌格律。不过，伊万诺夫同时也发现，《终结之诗》尽管存在“格律的多样”，却又神奇地具有“节奏的一致”[1]。即便在茨维塔耶娃的短诗中，也时常会出现不同的格律。其次，是诗节的创新。所谓“诗节创新”，是第一部研究茨维塔耶娃的专著的作者赛蒙·卡尔林斯基提出的，指的是茨维塔耶娃与众不同的诗节构成方式，即她写诗不再遵守一句一行、若干行一段的传统诗节定式，而是依据情感的涨落来进行诗节的划分，在规范中插入不规范。俄语诗歌的形式较为传统，一般为一句一行，四句（或六句、八句）一节，押严格的脚，这一传统一直持续到茨维塔耶

① Вяч. Иванов，Метр и ритм в «Поэме Конца» Марины Цветаевой，//в кн. *Теория стиха*，Наука，Л. 1968，с. 178.

娃开始创作的20世纪初。当时，虽然不是每一个诗人在每一首诗中都严格遵循传统的诗律，但如茨维塔耶娃这样大胆的诗节划分还是比较少见的，她有近一半的诗作都没有采用一成不变的诗节。第三，是断句移行。在茨维塔耶娃的诗中，移行可能出现在任何地方，即她并不永远在标点符号处移行，而是依据内在的韵律和停顿来断句，这样的做法不仅凸显了作者的主观感受，而且还以一个强加的停顿去刺激读者，同时，这种做法还能极大地扩大诗语的可能性，为韵脚的选择和音步的安排提供更大的自由。有时，茨维塔耶娃甚至将某一个词拦腰截断，分别置于上行的末尾和次行的开端，这大约就是布罗茨基在评论茨维塔耶娃的语言风格时所言的"语义移行"（semantic enjambment）①。第四，是别出心裁的词法。斯洛尼姆说："她喜欢采用追溯词根的方法。她通过去掉前缀，改变词尾及一、二个元音或辅音（有点像法国的超现实主义者）而成功地解释各种词语的原始意义。她巧妙地运用了语音学，从声音的接近中得到词语的新意义。"②她喜欢使用最高级形容词，有些还是她自造的最高级形容词，如"超无意义的词汇""最基督的世界"等；她会用一个连字符来关联两个单词，或拆开某个单词，以凸显新的含义。顺便说一句，茨维塔耶娃的这种"构词法"，似乎很难在任何一种语言的译文中获得等值的再现。最后，是跳跃式的省略。语言的简洁和意象的跳跃，是茨维塔耶娃歌的一大特色，急促的节奏间布满一个又一个破折号，使人感觉到，茨维塔耶娃似乎永远来不及写尽她的

① J. Brodsky：*Less Than One*，Farrar Straus Giroux，1986，p.179.
②［美］马克·斯洛宁（应为斯洛尼姆）：《苏维埃俄罗斯文学》，浦立民、刘峰译，上海译文出版社1983年版，第277页。

思想和感受。布罗茨基注意到茨维塔耶娃诗歌中这个典型的标点符号，并说她的这一“主要的标点符号”，“不仅被她用来说明现象的类同，而且还旨在跳过不言自明的一切，”“此外，这一符号还有一个功能：它删除了20世纪俄国文学中的许多东西”[①]。面对这由一个又一个破折号造成的意义的空白，置身于由各种跳跃所形成的语义停顿，读者感受到了一种阅读的刺激和挑战，被迫用积极的思考和想象来还原作者的情感过程，这大约就是茨维塔耶娃所说的“阅读是创作过程的同谋”一语的含义吧。需要说明的是，由于汉语与俄语在语法上存在巨大差异，茨维塔耶娃原作中破折号所表达的语法意味，甚至被省略的含义，在汉译中往往是需要添加进去的，因此，在汉译中继续保持原文中的每一个破折号，或许就是画蛇添足了。

多变的格律和急促的节奏，洗练的句法和陌生化的词法，紧张的对话和戏剧化的冲突，所有这些诗歌手法合为一体，共同营造出一种极度的紧张感和不和谐感。一位《终结之诗》的研究者将这部长诗的总体美学风格定义为“临界诗学”（поэтика предельности）[②]，这个说法似乎也可以用来概括茨维塔耶娃的整个诗歌创作。

四

作为诗人的茨维塔耶娃，她在俄国文学史中的价值和意义

① J. Brodsky: *Less Than One*，Farrar Straus Giroux，1986，p.182.
② https://cyberleninka.ru/article/v/poetika-predelnosti-v-poeme-kontsa-mariny-tsvetaevoy

至少体现在这样几个方面：首先，她是白银时代最为杰出的诗歌代表之一。19 世纪末、20 世纪初的白银时代是俄国文学史中继黄金时代后的又一个文学繁荣期，俄国再度出现“天才成群诞生”的壮观景象。白银时代是俄国的“文艺复兴”，是一个文化的时代，更是一个文学的时代，诗歌的时代，在这一时期，象征派、阿克梅派、未来派等诗歌流派相继崛起，各领风骚，每一流派均推出了其代表诗人，如象征派的勃洛克和勃留索夫，阿克梅派的阿赫马托娃和曼德尔施塔姆，未来派的马雅可夫斯基和帕斯捷尔纳克等，而唯一一位从未加入任何诗歌流派、却又成为白银时代最杰出诗歌代表的诗人，就是茨维塔耶娃，她鲜明的个性和独特的诗风就像一面鲜艳的旗帜，孤独地飘扬在白银时代的诗歌巅峰之上。

其次，茨维塔耶娃是俄国文学史中最早出现的女性大诗人。在茨维塔耶娃之前，俄国文学主要是一种“男性文学”，黄金时代的一流作家和诗人中间很少看到女性的身影，直到白银时代，一大批女性作家和诗人，如阿赫马托娃、吉比乌斯、苔菲等才突然涌现，使俄国文学成为真正的男女声重唱。茨维塔耶娃几乎与阿赫马托娃同时登上诗坛，阿赫马托娃的第一部诗集《黄昏集》出版于 1912 年，而茨维塔耶娃的第一部诗集《黄昏纪念册》出版于 1910 年。这两位伟大的女诗人不仅以女性的身份步入俄国诗坛，更把女性的情感、女性的主题、女性的立场带进了俄语诗歌。两人的早期抒情诗大多为爱情诗，抒写爱情给抒情女主人公带来的悲剧感受。但是，如果说阿赫马托娃形式严谨的诗作主要是用细节来传导女主人公细腻的内心活动，茨维塔耶娃则更多地用奔放的诗句直接道出女主人公的执意，甚至决绝，因此可以说，较之于阿赫马托娃，茨维塔耶娃的诗似乎更具“女性主义”意识。试比较一下她俩各自的一首名诗，即阿赫马托娃的《最后一次相见的歌》（1911）和茨维塔耶娃的《我要收复你》（1916）。阿赫马托娃在诗中写道：

胸口无援地发冷，
但我的脚步还算轻快。
我在用我的右手
把左手的手套穿戴。

楼梯仿佛很漫长，
但我知道它只有三级！
秋风在槭树间低语：
“求求你，和我一同死去！”

……

这就是最后一次相见的歌。
我打量黑暗的房间。
只有几支冷漠的蜡烛，
在卧室抖动昏黄的火焰。

此诗用“我在用我的右手／把左手的手套穿戴”这一

著名“细节”，绝妙地体现了女主人公内心的慌乱，它与后面送别的“楼梯”、痛苦的“秋风”和卧室的“烛光”相叠加，透露出一位与爱人（爱情）分手的女性深刻的悲伤；但是，此诗也表达了女主人公的克制，分手时她并未忘记戴上手套，面对一切她试图表现得从容和坦然一些。对痛苦内心的深刻体验和体验之后的努力克制，是阿赫马托娃这首诗乃至她整个早期诗歌总的情绪特征。和《最后一次相见的歌》一样，茨维塔耶娃的《我要收复你》大约也是一首“失恋诗”，但女主人公的态度却大相径庭：

我要收复你，从所有土地，所有天空，
因为森林是我的摇篮，坟墓是森林，
因为我站在大地，只用一条腿，
因为我为你歌唱，只为你一人。

我要收复你，从所有时代，所有夜晚，
从所有金色的旗帜，所有的宝剑，
我扔掉钥匙，把狗赶下台阶，
因为在尘世的夜我比狗更忠诚。

我要收复你，从所有人，从某个女人，
你不会做别人的夫，我不会做别人的妻，
我要从上帝那里夺回你，住口！——
在最后的争吵，在夜里。

但我暂时还不会为你送终，
哦诅咒！你依然留在你的身边：
你的两只翅膀向往天空，
因为世界是你的摇篮，坟墓是世界！

此诗中的女主人公坚定自信，声称要从“所有土地”“所有天空”“所有时代”“所有夜晚”“收复你”，“要从上帝那里夺回你”，而且，“我暂时还不会为你送终”！显而易见，茨维塔耶娃的“女性立场”是更为激进的。茨维塔耶娃的诗歌创作在当年就引起了众多女性读者的共鸣和崇尚，在她以及阿赫马托娃等女性诗人出现之后，一代又一代俄罗斯女性仿效她俩，拿起笔来写诗，从此之后，女性声音便成了俄国文学，尤其是俄语诗歌中一个水量丰沛的潮流，一种硕果累累的传统。

最后，茨维塔耶娃的一生构成了20世纪俄国诗人悲剧命运的一个象征。茨维塔耶娃的一生，是饱经磨难的一生：她很早就失去父母；她成为一位成熟诗人之时，恰逢俄国革命爆发，她的生活一落千丈，丈夫失踪，小女儿饿死，孤女寡母相依为命；她“俄罗斯之后”的流亡生活持续长达17年，其间始终居无定所，在极度的贫困中度日；返回苏联后，她和她的家人又无一例外地遭遇厄运……她似乎在用她真实的生活际遇，图解她自己给出的一个关于诗人和诗歌创作的定义：诗人就是犹太人，就是永远被逐的人；写诗就是殉道，就是一种受难的方式。

（原载《茨维塔耶娃的诗》一书，商务印书馆2019年版）

茨维塔耶娃的布拉格之恋与《终结之诗》

1926 年 3 月的一天，帕斯捷尔纳克偶然读到茨维塔耶娃的长诗《终结之诗》，他在 3 月 26 日写给茨维塔耶娃的信中详细描述他阅读这部作品时的感受，还引用了诗中的许多诗句，称“这些诗句都是有生命力的，这些天来一直萦绕在我的耳畔”，在信中，五体投地的帕斯捷尔纳克不禁向茨维塔耶娃发出这样的赞叹：“你是一个巨人，一个恶魔般巨大的演员，玛丽娜！”[①] 数年后，帕斯捷尔纳克在写给里尔克的《一封作为跋的信》中再次提及《终结之诗》：“那天早晨，我第一次读了《终结之诗》。我偶然得到了这部长诗的一份莫斯科手抄本，毫无疑问，长诗的作者对于我来说意义重大，许多信息来往于我们之间或正在半途中。然而，在那天之前，我竟然对这部长诗一无所知，也不知道后来接到的《捕鼠者》。因此，早晨读完长诗后，我仿佛仍处于这部长诗扣人心弦的戏剧性力量所造成的迷惘中。此刻，我激动地读着父亲的信，知道了您的 50 诞辰，知道您高兴地接受了父亲的祝贺并回了信，突然我意外地读到了当时还令我不解的一

① ［俄］帕斯捷尔纳克、［俄］茨维塔耶娃、［奥地利］里尔克：《抒情诗的呼吸——一九二六年书信》，刘文飞译，上海译文出版社 2011 年版，第 21 页。

个附笔，说我不知怎么竟为您所知。我站起身来，离开了桌子。这是一天里的第二个震撼。我走到窗边，哭了起来。”[①] 茨维塔耶娃的《终结之诗》和里尔克的认可，构成了帕斯捷尔纳克一天里受到的“两次震撼”，使他意识到了他作为一个诗人继续存在下去的理由和意义。

一

《终结之诗》与茨维塔耶娃的另一部长诗《山之诗》一样，是茨维塔耶娃“布拉格之恋”的诗歌结晶。作为一位个性独特、激情四射的诗人，茨维塔耶娃自然会引起许多人的爱慕，而她自己更是飞蛾扑火式地投入过一场又一场恋爱，比如她对勃洛克和沃尔康斯基的近乎恋父情结的爱，她与里尔克和帕斯捷尔纳克的三角书信罗曼史，她与曼德尔施塔姆的“莫斯科漫步”、与马雅可夫斯基的“巴黎漫步”、与米尔斯基的“伦敦漫步”、与维什年科（“赫利孔”）的“柏林漫步”，她与巴赫拉赫的姐弟恋，她与帕尔诺克的同性恋等等。然而，她一生中最刻骨铭心的一场恋爱，可能还是她与罗德泽维奇的布拉格之恋，能让我们做出这一判断的，就是“有诗为证”的《终结之诗》以及作为其姐妹篇的《山之诗》。

康斯坦丁·罗德泽维奇（Константин Родзевич，1895—1988）是茨维塔耶娃的丈夫埃夫隆在布拉格查理大学的同学。俄

① ［俄］帕斯捷尔纳克、［俄］茨维塔耶娃、［奥地利］里尔克：《抒情诗的呼吸——一九二六年书信》，刘文飞译，上海译文出版社 2011 年版，第 376 页。

国十月革命之后，众多贵族和知识分子流亡海外，当时刚刚摆脱奥匈帝国而独立的年轻的捷克斯洛伐克共和国慷慨地向俄国侨民伸出援手，捷克斯洛伐克政府开展“俄国救助行动”，以所谓“马萨里克奖学金”（马萨里克是当时的捷克斯洛伐克总统）的名义资助俄国流亡者继续接受大学教育，约有四千名俄国流亡者获得奖学金，其中就有埃夫隆和罗德泽维奇。罗德泽维奇生于彼得堡，比茨维塔耶娃小三岁，他在第一次世界大战爆发后中断大学学业，投笔从戎，成为黑海舰队水兵，在十月革命期间两次转换身份，先成为红军，后随白军流亡海外，20 世纪 20 年代初来到布拉格。1926 年年底，罗德泽维奇去往法国，在巴黎大学继续学习法律，同时接近法国左翼政党。1936 年，他参加西班牙内战，在国际纵队任军事专家，第二次世界大战时期又参加法国抵抗运动，曾被关进纳粹集中营，战后留在法国，据说身为苏联特工。晚年，罗德泽维奇与茨维塔耶娃的女儿保持联系，成为一位艺术家的他还曾创作多幅茨维塔耶娃的肖像画和一尊茨维塔耶娃的木雕头像。1988 年，罗德泽维奇在巴黎去世。他保存了茨维塔耶娃写给他的所有书信，并在 1960 年把它们转交给茨维塔耶娃的女儿阿丽娅，后者把这些信原封不动地封存起来，但其中两封（9 月 22、23 日）被转交者私自复印，因而流传开来。通过这两封信中的只言片语，我们不难感觉出茨维塔耶娃当时对罗德泽维奇的情感之炽烈：

我头一次爱上了有福气的人，也许是头一次寻求幸福，而不是伤害，想索取，而不是给予，想生存，而不是毁灭！我在您身上感受到一种力量，这是我从来没有过的体验……您在我身上创造了奇迹，让我头一次感受到天与地的统一……

啊，您多么深沉，多么实在！您无比优雅，又极其淳朴！您是教会我懂得人性的游戏高手。我和您在相逢之前或许不曾活在人间！对于您来说，我——是灵魂；对于我来说，您就是——生命。……

没有您，或您不把我放在心上，我都难以为生。只有通过您，我才能热爱生活。您若撒手——我就会离开，不过更加痛苦。您是我头一个也是最后一个支柱……您是我的救星，让我把生死置之度外吧，您就是生命！（上帝啊，因为这幸福饶恕我吧！……）

我把你黑发覆盖的头拥入怀抱。我的眼睛，我的睫毛，我的嘴唇……

朋友，记住我吧。[①]

罗德泽维奇的确是一个风度翩翩的男子，他的长相与茨维塔耶娃的丈夫埃夫隆有些相似，甚至与帕斯捷尔纳克和里尔克也有些相似，这些男性的面容都很接近布拉格查理大桥上那尊令茨维塔耶娃念念不忘的“布拉格骑士”雕像，即那种带有阴柔成分的男性面孔，但与茨维塔耶娃深爱的那几位不无腼腆、犹豫甚或羞怯的男性不同，罗德泽维奇据说是个拼命三郎，他对茨维塔耶娃的诱惑在很大程度上可能就是他“阳刚的”一面。茨维塔耶娃从

① ［俄］安娜·萨基扬茨：《玛丽娜·茨维塔耶娃：生活与创作》（中），谷羽译，广西师范大学出版社 2011 年版，第 481—483 页。

不称他为“罗德泽维奇”（Родзевич），而唤他为“拉德泽维奇”（Радзевич），“拉德泽维奇”有“欢乐之子”的意思。然而，就像茨维塔耶娃一生中每一场火一般的爱情一样，这段始于1923年8月的罗曼史也仅持续数月，在冬季便开始暗淡了。后来，罗德泽维奇娶俄国宗教哲学家谢尔盖·布尔加科夫的女儿玛丽娅为妻，茨维塔耶娃则留在了丈夫身边。

一场失败的爱情催生出一部成功的诗作，当然，我们在阅读《终结之诗》时也要注意到茨维塔耶娃的生活文本与诗歌文本之间的差异。茨维塔耶娃的《终结之诗》是对她与罗德泽维奇“最后一次相见”的描写，但这又是一位诗人关于人类情感的深刻体验和形象归纳；《终结之诗》的确是茨维塔耶娃个人的忧伤和痛苦的抒发，但这更是她用诗歌诉诸人类存在之悲剧命运的艺术尝试。正是在这个意义上，布罗茨基曾说道：“就拿《山之诗》或《终结之诗》来说吧，她写的就是广义的分手，而不是和现实中某个人的分手。”[①] 就像不应把《终结之诗》的抒情女主人公完全等同于茨维塔耶娃一样，我们也不能把诗中的“他”完全等同于茨维塔耶娃布拉格之恋中的罗德泽维奇。茨维塔耶娃的传记作者安娜·萨基扬茨就提供了这样一个附注：“玛丽娜·茨维塔耶娃创作这部长诗的时候，继续跟康斯坦丁·罗泽维奇（即罗德泽维奇。——引者按）保持联系。”[②]

①［美］布罗茨基、［俄］沃尔科夫：《布罗茨基谈话录》，马海甸、刘文飞、陈方译，东方出版社2008年版，第45—46页。

②［俄］安娜·萨基扬茨：《玛丽娜·茨维塔耶娃：生活与创作》（中），谷羽译，广西师范大学出版社2011年版，第503页。

二

我们现在就来读一读这部长诗，全诗分十四章，共 734 行。

第一章（10 节，40 行）给出男女主人公最后一次约会的场景：下午 6 点，天空“比铁皮还锈”，街边的电线杆像十字架，赴约的女主人公远远地看到男主人公“就像命运”一般站起身来。这一章中的关键词是“过度”，起初这个词以副词形式出现，在男主人公的举止和神态中有太多的“过度”（преувеличенно，）：“过度地平稳”“过度地恭敬”；他吻了我，像吻女皇的手，像吻死人的手，周围响起的汽笛声也“过度地单调”，像“狗叫”；最后，副词变成名词（преувеличенность），状态变成本质，女主人公感觉到周围的一切就是“在死亡的时刻，/ 生活的过度”。而站直身体的“命运”及其“过度”给出一种不祥的紧张感，预示着即将给出的艰难决定，即将到来的“终结”。

第二章（8 节，33 行）是关于“家”的讨论，一句“回家”激发了无家可归、或有家难归、有家不愿归的女主人公关于“家”的强烈感受，在这一章的 30 余行诗中，“家”（дом）和“回家”（домой）这两个单词先后出现达 10 次之多！而诗人给出的结论却是：“家，就意味着离家 / 入夜。”第三章（6 节，27 行）写两人走在滨河街上，河水像厚布，像铁的条带，像死人的面容，女主人公却依偎着它，像歌手依偎乐谱，盲人依偎墙角，梦游者依偎屋檐，但走在身边的恋人却像死神，于是，“我的右侧似已麻木”。在第四章（5 节，45 行），诗节被拉长，从之前的四行一节拉长至八行一节，最后一节多达 13 行，营造出一种嘈杂和凌乱的感觉，因为这一节的场所是两人坐下来交谈的咖啡馆。“话已说尽”的他俩还在尝试交谈，每一小节的结尾都重复出现的“商业的……”和“舞会的脂粉”，构成一种由庸俗的声音和浓烈的气味交织而成的场景。第五章（13 节，58 行）、第六章（34 节，124 行）是交谈的继续，在爱与不爱的质问中，两人的爱情观开始产生冲突：“殿堂”（храм）和“伤疤”（шрам）这一对韵脚的对峙让人震撼，一如茨维塔耶娃在《山之诗》中用“山”（гора）和“痛苦”（горе）构成的那对韵脚。男主人公认为爱情是“肉体和血”，是“一张床”，女主人公却认为爱情是“拉满的弓”，是“深渊”，是“欲望的山顶”，其结果必然导致分手和死亡，而“死亡不需要任何装置”，包括“毒药”“铁轨”“子弹”等等。第六章是全诗篇幅最长的章节，也是情节发展的高潮，是冲突的顶点，是摊牌的时刻。男主角送给女主角“悲伤的离别荣誉”，像举起高脚杯；送给她“血腥的分手荣誉”，像送上花束，于是，他俩“彼此已是灵魂，”“彼此已是幽灵”。紧张急促的简短对话依然继续，在这一章的中部，规整的四行诗节突然被三行诗节所打断，使得横亘在两位主人公之间的不和谐感在诗中同时获得了视觉上和听觉上的呈现。女主人公强忍着“不哭泣”所体现出的决绝，反而更加重了分手时的悲剧氛围。第七章（8 节，33 行）以“然后是滨河街”开头，滨河街再次出现，这应该是两人的返程了，是“最后的滨河街”。路还是那条路，人还是那两个人，但两人的行走已经“像相互躲避的邻居”，“像吓人的犯罪同伙”，眼泪像“咸水银”，反射着“所罗门的大月亮”，路边的柱子引诱脑袋去撞击，相挽的手像电流，

“他像灵魂躺在我手上，”“他像手躺在我灵魂上，”。

第八章（21节，79行）写“桥”，这座“桥”位于这部长诗的中心，将长诗的上下两部分割裂开来，或曰联系起来，单独构成一个诗节的“桥”（мост）一词具有画龙点睛的意义。男女主人公一同走上的桥既是一种连接也是一种阻断，既是一种过渡也是一种分界，“是假定，一连串的居中”。走在桥上，像是乘船渡过忘川，扔进河水的硬币没有声音，没有反光，像沉入梦境。桥构成一个特殊的舞台，男女主人公紧贴着走在桥上，肋骨贴着肋骨，上帝造人的传说于是重新浮现，两人依偎，“像蛋黄紧贴蛋白，/ 像极地人紧裹毛皮”，像双胞胎，像攀援的藤蔓，像寄生的虱子，但愿桥永远没有终结。第九章（9节，38行），过桥后的两人走上人行道，相互已经“离得真远”，布拉格街道上用黑白石块铺成的人行道就像国际象棋的棋盘，“我们就是棋子！ / 有人在把我们挪动”一句已成为名句，爱情在这里被降低至宿命论的低谷，同时也被提升至存在主义的高处。在第十章（24节，82行），漫长的分手在持续，两人路过一间牛奶铺，生出“共同的、拼合的 / 颤抖”，因为这也是两人经常碰面的地方，是“我们的岛屿，我们的殿堂”，每天清早来约会，就像“一起来做晨祷”。两人的分手，也包括向这间牛奶铺的分手，走过牛奶铺，抒情主人公在思考“分手”这个“超无意义的词，”“超自然的废词”：“分手，是头顶的雷霆，”“分手，就是下坡，”“分手，就是分开走，// 我们，原本连体出生……”第十一章（18节，56行）开始将“终结”具体化，城市与郊区的界限是一种终结，因而出现了“最后的路灯”；但与前面出现过的“伤疤”（шрам）一词构成头韵的“接缝”（шов）一词，却成为一个关于“分手”的新意象，象征一种人为的切割，同时也隐喻一种藕断丝连的痛苦，“爱情就是接缝”，是“伤口”，但“不是绷带，不是盾牌”，更像是坟墓。第十二章（12 节，48 行）继续“郊外”的主题，诗人将焦点置于“外”字，即诗人在生活中的外在身份和另类处境，诗人像茨冈人，像犹太人，具有流浪的天性和被逐的宿命。这一章的突出之处，就是频繁出现、几乎每一小节都有的“警句”诗行，如“继母不是母亲！”“生活就是城郊。”“到处都是郊外！”“生活就是无法生活的地方。”“生活，就是犹太大屠杀。”“只有皈依者才能存活！”“诗人，就是犹太人！”这些当年曾对帕斯捷尔纳克等人产生强大冲击的诗句（它们与帕斯捷尔纳克的《生活是我的姐妹》等诗显然也具有互文关系），早已成为俄语诗歌中的名句。

在第十三章（9 节，38 行）出现的男人的泪水代表“终结的终结”，女主人公的委屈和怨恨因此似乎有所淡化，她开始意识到她可能并“没有损失”，因为，“你的泪水”就意味着“我的胜利，”“我已拥有一切”。作为结尾的第十四章（8 节，33 行）中却突然出现一个谐谑场景：三位妓女看到男主人公流泪后发出爽朗的笑声。男人的泪是“伤痕”，是“战士 / 勋章上的耻辱”，却是“我 / 皇冠上的珍珠”，“因为共同的哭泣 / 胜过梦境”。在一个表示分割（分手）的破折号之后，全诗的最后一节写“他”的消失：“没有痕迹和声响，/ 像一艘沉没的航船。”

三

茨维塔耶娃这部长诗题为《终结之诗》，其关键词自然就是"终结"。诗中所写的"终结"，自然就是男女主人公的分手，是他俩爱情的终结。茨维塔耶娃和罗德泽维奇的布拉格之恋是一场失败的爱情，是一场爱情的悲剧，诗中的女主人公因而就像古典悲剧中的女主人公，在反复地体味、品尝爱情的痛苦，在执拗地诉说、展示她的悲伤。但是，在用诗歌诉诸爱情悲剧这一传统主题时，茨维塔耶娃却运用了诸多独特的艺术方式，体现出诸多独特的文学风格。

《终结之诗》全诗都建立在一个巨大隐喻的基础上。这部长诗共十四章，这可不是一个偶然的数目，而是茨维塔耶娃有意为之的设计。她在关于此诗的写作计划中直截了当地写道："在写一部分手之诗（另一部）。完整的十字架之路，展示每个阶段。"[①] 立陶宛诗人温茨洛瓦在他的《茨维塔耶娃的〈山之诗〉〈终结之诗〉与〈旧约〉〈新约〉》一文中对茨维塔耶娃的这一设计做了更为具体的说明："在最终文本中，长诗分作十四章。这个初看上去并不具宗教含义的数字，实际上包含这一意义：它恰好是与十字架之路、即天主教传统中苦路的十四个阶段相呼应的。"[②] 也就是说，茨维塔耶娃在诗中把她道别爱情的过程比作耶稣背负十字架走向各各他的苦路。尽管《终结之诗》中十四个章节的内容并不完全与苦路十四站的情景一一对应，但背负十字架一步步走向

---

① М. Цветаева, *Неизданное. Сводные тетради*, подгот. текста, предисл. и примеч. Е. Коркиной и И. Шевеленко. М., 1997, с. 282.

② Т. Венцлова, *Собеседники на пиру*, Baltos Lankos, 1997, с. 220.

受难地的耶稣，却无疑就是长诗中一步步走向分手的抒情主人公的象征，她的十字架就是她的恋爱对象，更确切地说，就是她的爱情。茨维塔耶娃在给巴赫拉赫的信中曾这样定义爱情："爱情，就是受难。"[①] 在前文所引茨维塔耶娃给罗德泽维奇的那封信中，她也说她"也许是头一次寻求幸福，而不是伤害，想索取，而不是给予，想生存，而不是毁灭"，也就是说，在她的意识中，爱情往往不是幸福、索取和生存，而是伤害、给予和毁灭。在同样是写这场不幸爱情的另一部长诗《山之诗》中，茨维塔耶娃将她经常与罗德泽维奇一同攀登的布拉格佩伦山当作爱情的象征，将她与罗德泽维奇的相爱比喻成登山，但在携手登上爱情之山的峰顶之后，相爱的人却面临两种选择：要么原路返回，这就意味着注定要走下坡路，越来越低；要么追求更高，这就意味着从山头跃起，短暂地飞向高空。或许正因为如此，茨维塔耶娃才在《山之诗》中让"山"与"痛苦"押韵，才一遍又一遍地写到"山的痛苦"："据说，要用深渊的引力 / 测量山的高度，""山在哀悼（山用苦涩的黏土 / 哀悼，在离别的时候），/ 山在哀悼我们无名的清晨 / 鸽子般的温柔，""山在哀悼，如今的血和酷暑 / 只会变成愁闷。/ 山在哀悼，不放走我们，/ 不让你爱别的女人！""痛苦从山开始。/ 那山像墓碑把我压住。"在《终结之诗》中，茨维塔耶娃继续着、强化着"爱即痛苦"的命题，她通过一个个场景，一个个细节，一个个心理感受，反复地描写分手的痛苦，如她自己所言是在展示受难途中的"每个阶段"（всеми этапами）：街边的约会处，滨河街，咖啡馆，桥，河，人行道，牛奶铺，山，

① М. Цветаева，*Собрание сочинений в семи томах*，Элис Лак，1994，т. 6，с. 609.

郊外……她在诗中聚焦众多场景和细节，使它们成为内涵饱满的意象，比如：比铁皮还锈的天空，伸出指头的柱子像十字架，挂着挑衅的睫毛，比冰更绿的恐惧，厚布似的水流，笑声像廉价的铃鼓，爱情是伤疤中的伤疤，爱情是拉满的弓，拳头里攥着的破手帕像一条鱼，离别的手势像从我的骨头上撕下肉，最后的话语像铅弹击中胸口，编成发辫的手势，滴落的咸水银，像蛋黄紧贴蛋白一样依偎，像藤蔓和虱子一样依附，人行道像棋盘，我们是被挪动的棋子，分手是空心的喧嚣，是夜莺和天鹅的呻吟，是头顶的雷霆，是下坡，是两个沉重脚掌的叹息，爱情就是接缝，命运的靴子踩踏液体的黏土，最后的路灯，雨像稠密的马鬃抽打眼睛，诗人就是犹太人，最后的泪水，最后的路灯，最后的滨河街，他消失像一艘沉没的航船……诗人受虐般地品味着爱情苦路上的痛苦，把她的忧伤注入她遇见的每一个对象，从而营造出一个拉长的、复杂的组合隐喻。如此一来，一部描写失恋的诗作便上升为一部关于人类情感，乃至整个人类存在之悲剧性实质的形象概括。但是，与《山之诗》中女主人公发誓要进行“记忆的报复”的结尾不同，《终结之诗》的最后却突然出现了男女主人公“共同的哭泣”，而且还“透过雨”，雨水和泪水构成关于大洪水的联想。茨维塔耶娃在开始写作这部长诗时曾设想过多个题目，如《分手之诗》（*Поэма Расставания*）、《最后一面之诗》（*Поэма Последнего Раза*）等，但她最终选定了“终结”这个更具概括意义和象征性质的词。与“终结”构成呼应的，是诗中大量出现的形容词“最后的”，如“最后一颗钉子”“最后一个请求”“最后的话语”“最后的滨河街”“最后一趟”“最后的桥”“最后一笔过路费”“最后的血”“最后的路灯”“最后的泪”等。需要说明的是，在俄语原文中，《终结之诗》（*Поэма Конца*）这一标题中的“终结”一词是以大写字母开头的，这是在暗示我们，“终结”本身就是长诗中另一个隐在的主人公，它作为一个硕大的象征，构成“爱情苦路”这一整体隐喻的核心。这对恋人分手途中的每一个阶段都是朝向“终结”的迫近，同时也是对“终结”的消解；“终结”既指爱情的终结，世俗生活的终结，甚至世界的终结，但“终结的终结”也意味着新的开端，亦即灵魂的净化、爱的复活，乃至存在的无垠。

为了构建《终结之诗》中的这个整体隐喻，茨维塔耶娃采用了一整套独特的诗歌语言。首先是多变的格律和节奏。俄国研究者伊万诺夫在题为《玛丽娜·茨维塔耶娃〈终结之诗〉的格律和节奏》的论文中细心地梳理出《终结之诗》中所采用的十余种格律，如常用的抑扬格（ямб）、扬抑格（хорей）、抑抑格（анапест）、抑扬抑格（амфибрахий）和扬抑抑格（дактиль），还有比较罕见的混合格（логаэды）和三音节诗格变体（дольник），也就是说，茨维塔耶娃在一部诗歌作品中几乎运用了俄语中所有的诗歌格律形式，而且，所有这些格律还与不同的音步搭配，即分别搭配两音步、三音步和四音步，从而组合出变化多端的诗歌格律。不过，伊万诺夫同时也发现，《终结之诗》尽管存在“格律的多样”（разнообразие метров），却也具有“节奏的一致”（единообразие ритма）[1]。

---

① Вяч. Иванов，Метр и ритм в «Поэме Конца» Марины Цветаевой，//в кн. *Теория стиха*，Наука，1968，с. 178.

这种“节奏的一致”在很大程度上就来自独特的句法和词法。《终结之诗》一如茨维塔耶娃的绝大多数诗作，诗行简短，一般不会超过四音步，诗节也很洗练，诗人甚至会用一个单独的词来构成一个完整的诗行，甚或一个完整的诗节，比如第六章中的“那些书”（книг）和“回头”（глядеть）。茨维塔耶娃别具一格的移行形式也在《终结之诗》中得到充分展示，她常常把一句诗、甚至一个单词一分为二，这大约就是布罗茨基在评论茨维塔耶娃的语言风格时所言的“语义移行”（semantic enjambment）①。这些句法手段相互呼应，使得全诗自始至终保持着进行曲式的运动感和近乎迫不及待的跳跃感。布罗茨基这样评说茨维塔耶娃的诗歌句法：“我首先指的就是她句法上的空前绝后，这种句法允许她，更确切地说，是强迫她在一行诗中把所有的话都彻底倾诉出来。”②“很难找到另一位诗人，能如茨维塔耶娃这般巧妙、高超地运用停顿和截断的音步。”③与独特的句法相互配合的，是茨维塔耶娃别出心裁的词法。斯洛尼姆说：“她喜欢采用追溯词根的方法。她通过去掉前缀，改变词尾及一、二个元音或辅音（有点像法国的超现实主义者）而成功地解释各种词语的原始意义。她巧妙地运用了语音学，从声音的接近中得到词语的新意义。”④她喜欢使用最高级形容词，有些还是她自造的最高级形容词，如“超无意义的词汇”（сверхбессмысленнейшее слово）、“超自然

① J. Brodsky，*Less Than One*，Farrar Straus Giroux，1986，p.179.

② ［美］布罗茨基、［俄］沃尔科夫：《布罗茨基谈话录》，马海甸、刘文飞、陈方译，东方出版社 2008 年版，第 26 页。

③ J. Brodsky，*Less Than One*，Farrar Straus Giroux，1986，p.201.

④ ［美］马克·斯洛宁（应为斯洛尼姆）：《苏维埃俄罗斯文学》，浦立民、刘峰译，上海译文出版社 1983 年版，第 277 页。

的废词”（сверхъестественнейшая дичь）、“在这最基督的世界”（в сем христианнейшем из миров）等；她会用一个连字符来关联两个单词，或拆开某个单词，以凸显新的含义，如第十章中出现的两个单词：сквозь-сном，茨维塔耶娃将“сквозь сон”（睡梦中）这个词组用连字符连成一个名词，而且使其以第五格的形式出现；рас-стаемся，茨维塔耶娃把“分手”这个动词分解开来，以突出其中的“一次”和“一百”的附加意义，因此在这个词后面才有了“我是百分之一？”的问句。顺便说一句，茨维塔耶娃这些如帕乌斯托夫斯基所说的“像饱满的谷粒一样生动而又沉甸甸的俄语”[①]，很难在任何一种语言的译文中获得等值的再现。

布罗茨基在《悲伤与理智》一书中曾称弗罗斯特的长诗《家葬》为“一段芭蕾”，是“双人舞”[②]，茨维塔耶娃的《终结之诗》无疑也是这样一出对手戏。戏剧因素对于长诗的渗透，在茨维塔耶娃的《终结之诗》中有明显的表现。长诗中不时出现两位主人公的直接引语，就像剧本中的台词，而且，“这种对话酷似网球比赛，词句像来回飞舞着的网球”[③]；长诗中还多次出现被置于括号内的舞台提示，如“（鹰一样环顾四周）”和“（断头台和广场）”等。广义地说，《终结之诗》整部长诗就是两位主人公的舞台对白。此外，长诗中的舞台“背景音”也此起彼伏，如

①［俄］帕乌斯托夫斯基：《文学肖像》，陈方译，敦煌文艺出版社2015年版，第174页。

②［美］布罗茨基：《悲伤与理智》，刘文飞译，上海译文出版社2015年版，第256页。

③［美］马克·斯洛宁（应为斯洛尼姆）：《苏维埃俄罗斯文学》，浦立民、刘峰译，上海译文出版社1983年版，第275页。

汽笛、雷霆、笑声、交谈、手指的鼓点、耳朵的轰鸣、厂房声音洪亮、红色过道的哗啦声、空心的喧嚣、锯子穿透睡梦、脚掌的叹息、接缝的崩裂、妓女的笑声等等。这些声响与主人公简短的对话形成呼应，也是长诗舞台效果的重要来源之一，这使我们联想到茨维塔耶娃说过的一句名言："帕斯捷尔纳克在诗中是看见，我在诗中是听见。"[①]

多变的格律和急促的节奏，洗练的句法和陌生化的词法，紧张的对话和戏剧化的冲突，所有这些诗歌手法合为一体，共同营造出一种极度的紧张感和不和谐感。一位《终结之诗》的研究者将这部长诗的总体美学风格定义为"临界诗学"（поэтика предельности）[②]，这既是就诗中澎湃着的极端情感而言的，也是就表达这种情感的极端语言手段而言的。使全诗始终保持这种张力的，还有无处不在的矛盾对立。列夫济娜在题为《茨维塔耶娃〈终结之诗〉语义结构探微》[③]的论文中详细罗列了这些对立面，如"男性与女性""右与左""高与低""干与湿""自我与他者""近与远""主与次""封闭与开放""内与外""幸福与不幸""爱与不爱""水平的爱和垂直的爱""生与死""灵与肉"等等，并考察了它们相互之间对应（корреляция）、倒错（перверсия）和中和（нейтрализация）的复杂关系。可以说，正是这些对立面的冲突和转换，构建并阐释了《终结之诗》中的"生活与存在"的总命题。

---

① М. Цветаева，*Собрание сочинений в семи томах*，Элис Лак，1994，т. 6，с. 366.

② https://cyberleninka.ru/article/v/poetika-predelnosti-v-poeme-kontsa-mariny-tsvetaevoy

③ О. Ревзина，Из наблюдений над семантической структурой «Поэмы Конца» М. Цветаевой // Учён. зап. Тарт. ун-та，Вып. 422，*Труды по знаковым системам*，9，1977.

茨维塔耶娃在《终结之诗》中运用的诗歌语言表现手法是有意为之的，是符合此诗的特定主题的，但它们却又并非完全是专为这一部作品量身打造的，我们注意到，这些语言特征在茨维塔耶娃这一时期的其他作品中也有所体现，甚至贯穿茨维塔耶娃一生创作的始终，只不过，在《终结之诗》这部长诗中，她的这些高度个性化的诗歌手法终于找到了最恰当的题材，获得了最充分的体现。

四

《终结之诗》写成之后发表在布拉格的俄国侨民文学辑刊《方舟》(*Ковчег*) 1926年第一期上,《方舟》的发行量很小，这部长诗因而在当时并未引起大的反响，但随着时间的推移,《终结之诗》的价值和意义却逐渐凸显出来，获得了越来越多、越来越高的评价。布罗茨基在开始写诗时偶然读到以地下出版物形式流传的《山之诗》和《终结之诗》，他在与沃尔科夫的谈话中说道："从那个时候开始，在我读到的俄语作品中，再没有谁能像玛丽娜那样给我留下如此深刻的印象了。"[①]温茨洛瓦也说："茨维塔耶娃布拉格时期的两部长诗，几乎可以说是她创作的一个峰顶。它们位于20世纪俄语长诗的最高杰作之列。"[②]斯洛尼姆在其《苏维埃俄罗斯文学》一书中写道："她的两首长诗《山

①[美]布罗茨基、[俄]沃尔科夫：《布罗茨基谈话录》，马海甸、刘文飞、陈方译，东方出版社2008年版，第29页。

②[美]温茨洛瓦：《茨维塔耶娃的〈山之诗〉〈终结之诗〉与〈旧约〉〈新约〉》，刘文飞译,《世界文学》1998年第4期。

岳之诗》（即《山之诗》。——引者按）和《末日之歌》（即《终结之诗》。——引者按）都是描写爱情、爱情的错综复杂、不同情感的对比，以及遭受分离折磨的痛苦。它们措辞剧烈，感情深沉，辞藻华丽……无可置疑，这些都是20世纪俄国诗歌中最优秀的作品。”① 帕斯捷尔纳克则更是语气坚决地称《终结之诗》为“全世界抒写爱情的最佳长诗”②。

如今，在我们看来，茨维塔耶娃《终结之诗》的价值和意义至少体现在这样几个方面：

首先，它是茨维塔耶娃本人诗歌创作的巅峰之作。茨维塔耶娃一生的创作大致可以划分为这么几个阶段，即由《黄昏纪念册》（1910）和《神灯集》（1912）构成的起步期，以《里程碑》（1916）和《俄罗斯之后》（1922）两部诗集为头尾的成熟期，流亡境外的“捷克时期”（1922—1925）和“法国时期”（1925—1939），以及返回苏联后的短暂时光（1939—1941）。在她的一生中，“捷克时期”被认为是她创作的高峰期。“茨维塔耶娃是在他创作的全盛时期到欧洲的。在17年的流亡生活中，她创作了她的最佳诗歌和散文。旅居捷克斯洛伐克的那几年，是她创作最旺盛的时期，也证实了她是有创新天才的诗人。”③ 茨维塔耶娃于1922年8月1日来到布拉格，1925年10月26日前往巴黎，她在捷克生活了三年多时间。在捷克的生活曾被茨维塔耶娃视为放逐和

① ［美］马克·斯洛宁（应为斯洛尼姆）：《苏维埃俄罗斯文学》，浦立民、刘峰译，上海译文出版社1983年版，第271页。

② См. под ред. Н. Скатова, *Русские писатели*, *XX век. Биобиблиографический словарь*, ч. 2, Просвещение, 1998, с. 531.

③ ［美］马克·斯洛宁（应为斯洛尼姆）：《苏维埃俄罗斯文学》，浦立民、刘峰译，上海译文出版社1983年版，第271页。

磨难，然而在到了法国之后她才渐渐意识到，“捷克时期”原来是她一生中“最幸福的”时光。1939 年 6 月 12 日，已决意回国的茨维塔耶娃向她的捷克好友安娜·捷斯科娃发出最后一封信，离开法国前夕的她却在向捷克、向布拉格的郊外道别：“17 年的生活就要结束了。当时我是多么的幸福啊！我一生中最幸福的时光——请您记住这一点！——就是莫科罗普西和弗舍诺雷，还有我那座亲爱的山。”[①] 当然，茨维塔耶娃在捷克的三年生活是颠沛流离的，捉襟见肘的，但当年 30 多岁的茨维塔耶娃风华正茂，在不断搬家和操持家务的同时，在恋爱和生子之余，她却一刻也不曾停止写诗，在三年三个月时间里共写下 139 首长短诗作，平均每周一首，显示出旺盛的文学创造力，可以说，“捷克时期”是茨维塔耶娃创作中成果最为丰硕的时期，而在她捷克时期诗歌创作的最高峰，则正是这部《终结之诗》。布罗茨基称茨维塔耶娃为“20 世纪第一诗人”，而《终结之诗》或可称之为“20 世纪第一诗人的第一长诗”。

其次，《终结之诗》是一部地道的“20 世纪长诗”。所谓“20 世纪长诗”，是比照传统的“19 世纪长诗”而言的。以拜伦的《唐璜》、普希金的《叶夫盖尼·奥涅金》等为代表的“19 世纪长诗”大多表现为“诗体的叙事”，其中有着统一的情节和统一的格律，而到了茨维塔耶娃写作《终结之诗》的 20 世纪 20 年代，世界诗歌中却突然出现一种新的长诗形式，或曰长诗写作的新范式，其特征总体说来，就是篇幅和体量的缩减，故事情节

① Марина Цветаева. *Спасибо за долгую память любви... Письма к Анне Тесковой, 1922—1939*, Русский путь, с. 374.

的淡化，抒情性和主观性的加强，作品呈现出碎片化、印象式、象征性等趋向。温茨洛瓦在对茨维塔耶娃的长诗进行分析时曾对这种新型长诗做过这样的归纳："典型的20世纪长诗没有一个发展的情节，而由一系列的片段（且常常是自传性的）构成，它时常是韵律交错的，其极端的形式近似组诗，就像在库兹明作品中那样。各种不同的、复杂的手法，其中包括一致的、虽说时而是非常隐蔽的潜台词，赋予了这种长诗以语义上的统一。"① 前文提及的伊万诺夫的论文，其对《终结之诗》的格律和节奏进行研究的目的也就是为了证明："茨维塔耶娃的《终结之诗》是一部属于20世纪的俄语长诗，它通篇用相互交替的不同格律写成。这种结构在普希金、莱蒙托夫的长诗和其他19世纪的长诗中十分罕见，19世纪的长诗（除少数例外，比如涅克拉索夫的长诗）大多只用一种格律。"② 我们注意到，在茨维塔耶娃写作《终结之诗》的前后，勃洛克写出《十二个》（1918）和《报复》（1921），马雅可夫斯基写出《穿裤子的云》（1916）和《关于这个》（1923），帕斯捷尔纳克写出《施密特中尉》（1925—1927），T. S. 艾略特也写出《荒原》（1922）。茨维塔耶娃在写作《终结之诗》之前肯定读过《十二个》，因为勃洛克是她最喜爱的诗人之一，而帕斯捷尔纳克的长诗则是在《终结之诗》的直接影响下写成的；虽没有证据表明茨维塔耶娃在写作《终结之诗》时对《关于这个》和《荒原》有所耳闻，但这三部长诗在结构和基调上的相近却常被

① ［美］温茨洛瓦：《茨维塔耶娃的〈山之诗〉〈终结之诗〉与〈旧约〉〈新约〉》，刘文飞译，《世界文学》1998年第4期。

② Вяч. Иванов，Метр и ритм в «Поэме Конца» Марины Цветаевой，//в кн. *Теории стиха*，Наука，1968，с. 168.

研究者提起。众多杰出诗人在长诗写作范式方面这种“不约而同”的尝试，可能更应引起我们的关注和思索，而且，长诗体裁自身的这一变化也是与世界范围内现代派诗歌的生成密切相关的，理解了这一点，便不难理解茨维塔耶娃的《终结之诗》在世界诗歌发展史中显明的“路标转换”意味。

最后，在布拉格的文学历史中，《终结之诗》和茨维塔耶娃布拉格时期的其他诗作一样，也应占有一席之地。这部长诗的情节发生地是布拉格，也写于布拉格，就某种意义而言它也是布拉格这座城市的文学产物之一。布拉格是一座享誉世界的文学都市，这里的“文学纪念碑”随处可见，以哈谢克的小说《好兵帅克》命名的连锁餐馆随处可见，赫拉巴尔当年常去的酒吧总是人满为患，1984 年诺贝尔文学奖获得者塞弗尔特就出生在布拉格的日夫科夫区，由哈维尔、昆德拉、克里玛组成的“捷克文坛三驾马车”自 20 世纪下半期起更让布拉格成为世界文学的中心之一。在布拉格，一些非捷克语作家也同样受到推崇，其中最突出的就是卡夫卡，他几乎成了文学布拉格的符号和象征。另一位德语诗人里尔克也在布拉格得到怀念，在他就读过的德语学校旧址的墙壁上就镶嵌着一座他的雕像，这尊雕像是茨维塔耶娃协会提议建造的。由于种种原因，茨维塔耶娃在“布拉格文学”中所占有的地位目前还无法与卡夫卡和里尔克相提并论，但是，单凭《终结之诗》这一部长诗，茨维塔耶娃就有权被称为“布拉格诗人”。事实上，茨维塔耶娃在《终结之诗》中描绘过的“终结之路”如今也已被辟为一条旅游线路，引来许多文学朝圣者重走。在翻译《终结之诗》的过程中，笔者曾多次漫步于《终结之诗》中描写过的滨河街，那里的路灯和桥、咖啡馆和牛奶铺，就像道路两侧的佩伦山和伏尔塔瓦河一样，近百年来几乎原封未动。茨维塔耶娃的长诗《终结之诗》将长久地留存于布拉格的文学神话，一如布拉格的滨河街长久地留存于这部长诗。

（原载《世界文学》2019 年第 3 期）

巴别尔的生活和创作

一

巴别尔的一生充满许多奇特的变故和突转，甚至难解的谜团。

他至少用过四个姓氏：他原姓“鲍别尔”（Бобель），开始发表作品时曾署名“巴勃－埃尔”（Баб-Эль），最后选定了“巴别尔”（Бабель）这个流芳俄语文学史的笔名，他在第一骑兵军任随军记者时则化名“基里尔·瓦西里耶维奇·柳托夫”（Кирилл Васильевич Лютов）。顺便说一句，巴别尔的全名是“以撒·埃马努伊洛维奇·巴别尔”（Исаак Эммануилович Бабель），而在汉语中，巴别尔的源自《圣经》人物以撒的名字“Исаак”却一直被“误译”为“伊萨克”。

他的生卒日期在很长一段时间里也不确定。在苏联1962年出版的《简明文学百科全书》中，巴别尔的出生日期标为“俄历1894年7月1日，新历7月13日”，而巴别尔出生证上标明的日期却是“俄历6月30日”，以新旧历之间相差13天计，巴别尔准确的出生日期应该是“1894年7月12日”，而现今的文学工具书和巴别尔传记却大多误作“7月13日”。巴别尔于1940

年1月27日在莫斯科卢比扬卡监狱被枪毙，但在巴别尔于20世纪50年代中期被恢复名誉时，官方告之巴别尔亲属的死亡时间却是“1941年3月17日”，并称巴别尔系因心脏病死于集中营，直到苏联“改革”时期，随着部分克格勃档案的公开，巴别尔的死亡时间才最终被确定。

伊萨克·巴别尔生于俄国敖德萨城的犹太人聚居区莫尔达万卡（Молдаванка），父亲是一位经营农业器具的犹太商人，在他出生后不久，全家迁居距敖德萨150公里远的小镇尼古拉耶夫。像当时大多数犹太家庭一样，巴别尔的父母也很早就决意让自己的孩子掌握经商的知识和技能，九岁的巴别尔被送入尼古拉耶夫商业学校。在巴别尔一家迁回敖德萨后，巴别尔转入敖德萨商业学校学习。这所“商业”学校却让巴别尔爱上了“文学”，因为该校的法语教师瓦东是一位法国“外教”，“他是布列塔尼人，像所有法国人一样具有文学天赋。他教会我法语，我和他一起熟读法国经典作家，接近敖德萨的法国侨民，从15岁起便用法语写小说”[①]。巴别尔在敖德萨商校毕业后由于民族身份的限制未能如愿进入敖德萨大学，转而考进基辅商业财经学院。不过在基辅，他的文学爱好愈加强烈，并于1913年在基辅《星火》杂志上发表小说处女作《老施莱梅》（*Старый Шлойме*），最终实现了他从“商业”向“文学”的过渡。

在基辅学习期间，巴别尔结识富商之女叶夫盖尼娅·格隆费因（Евгения Гронфейн），并带她私奔，由此开始了他持续一生的爱情罗曼史。1919年，巴别尔与叶夫盖尼娅结婚，1925年，

① И. Бабель, *Собрание сочинений в четырех томах*, Время, 2006, т. 1, с. 35.

叶夫盖尼娅移居法国，据称是为了去巴黎学画。同年，巴别尔与梅耶荷德剧院的女演员塔玛拉·卡希里娜（Тамара Каширина）相恋，并于1926年生下儿子米哈伊尔，但是后来，卡希里娜携子嫁与作家弗谢沃洛德·伊万诺夫，孩子也随继父姓，米哈伊尔·伊万诺夫后成为一位著名画家。1927年7月，出差柏林的巴别尔与文学编辑叶夫盖尼娅·哈尤吉娜（Евгения Хаютина）相恋，哈尤吉娜后于1929年嫁给苏联秘密警察机构负责人叶若夫，但巴别尔与她的关系一直时断时续，哈尤吉娜于1938年自杀，也有人说她是被丈夫害死的。两位恋人先后嫁与他人，心灰意冷的巴别尔于是决定与妻子破镜重圆，并多次去巴黎探亲，他和叶夫盖尼娅·格隆费因所生的女儿娜塔莉亚（Наталья）于1929年在巴黎出世，娜塔莉娅后移居美国，成为父亲文学遗产在西方的推介者，她曾主编英文版《巴别尔全集》[①]。30年代中期，巴别尔与莫斯科地铁建设工程设计师安东尼娜·比罗什科娃（Антонина Пирожкова）相爱，1937年，他们的女儿丽季娅（Лидия）出生。比罗什科娃后移居美国，她写有回忆录《与巴别尔共度七年》（*Семь лет с Исааком Бабелем*）[②]。不难看出，巴别尔的情感生活也是枝蔓丛生、充满变故的。

1916年，巴别尔来到彼得格勒，在心理精神病学院法律系读书，同时开始寻找发表文学作品的机会。他在彼得格勒与高尔基相识，这后来被他称为他文学创作的“开端”：“我的一切都归

---

① Edited by Nathalie Babel, *The Complete Works of Isaac Babel*, W. W. Norton & Company, 2002.

② А. Пирожкова, *Семь лет с Исааком Бабелем. Воспоминания жены*, Слово–Word, 2001 ; И. Бабель, *Собрание сочинений в четырех томах*, Время, 2006, т. 4, сс. 357-560.

功于这次会面，我至今在道出‘阿列克谢·马克西莫维奇’[1]这个名字时总是心怀爱戴和景仰。他在1916年11月号的《年鉴》上发表了我的两个短篇小说。”[2]这两篇小说就是《埃利亚·伊萨科维奇与玛格丽塔·普罗科菲耶夫娜》（*Элья Исаакович и Маргарита Прокофьевна*）和《妈妈、里玛和阿拉》（*Мама, Римма и Алла*）。按照巴别尔自己的说法，这两篇小说给他带来了麻烦，他因为小说的“淫秽”内容受到起诉，但不久爆发的革命却使他免于牢狱之灾。同样是按照巴别尔自己的说法，高尔基在肯定巴别尔文学天赋的同时，也认为他的两篇处女作是“偶然的成功”，于是便打发他去“人间”。根据现有的巴别尔生平资料看，巴别尔的这“人间”七年（1917—1923）是丰富多彩的：1917年曾以志愿兵身份征战罗马尼亚，后返回彼得格勒，在新组建的秘密警察机构契卡任外事翻译；1918年参加粮食征集队，加入抗击尤登尼奇的北方军，同时为高尔基主办的《新生活报》撰写专栏文章；1920年任乌克兰国家出版社敖德萨分部主任和南方罗斯塔通讯社记者，并于夏秋时分随第一骑兵军参加苏波战争；1921年在敖德萨做编辑，同时开始在当地报刊发表“敖德萨故事”；1922年在格鲁吉亚等地当记者，开始写作“骑兵军系列”；1923年进入莫斯科文学界，在《列夫》《红色处女地》《探照灯》《真理报》等报刊发表作品，受到普遍欢迎。但是除了这些“有据可查”的经历外，人们发现，巴别尔这七年的历史中依然存有许多空白。

从20年代下半期到巴别尔遇害的这十余年间，巴别尔春风

①高尔基原名的名字和父称。

② И. Бабель, *Собрание сочинений в четырех томах*, Время, 2006, т. 1, с. 36.

得意，却也风波不断。20年代中期，巴别尔的妹妹、母亲和妻子相继离开俄国，侨居布鲁塞尔和巴黎，令人奇怪的是，坚持留在国内的巴别尔却能多次获准去国外探亲。1925年，他的三部短篇小说集在一年内先后推出，他的《骑兵军》(*Конармия*)更是在短时间里多次再版，他由此成为当时最著名的作家之一，可当时位高权重的军方领袖、曾任第一骑兵军司令的布琼尼却在《真理报》发文，指责《骑兵军》污蔑红军战士，幸有高尔基出面力挺巴别尔。一阵作品出版热潮过后，巴别尔却突然沉寂下来，当时的著名批评家沃隆斯基公开责怪巴别尔，认为他已陷入所谓“文学沉默期”(литературное молчание)。在30年代的“社会主义建设”时期，身在乌克兰的巴别尔成为集体化运动和乌克兰大饥荒的见证者，他试图打破“沉默”，也发表了反映集体化运动的长篇小说《大井村》(*Большая Криница*)之片段，但反响平平。他转而写作一些剧本和电影脚本，曾与爱森斯坦等人合作，还曾试图将《钢铁是怎样炼成的》改编成电影。1934年8月，他参加在莫斯科举行的第一届苏联作家代表大会，并在会上发言。次年6月，他与帕斯捷尔纳克等人一同前往巴黎，出席“捍卫文化与和平国际作家反法西斯大会”。这两件事情表明，巴别尔在当时是一位颇受重视的“苏维埃作家”。之后数年，是20世纪俄苏历史上的“大清洗”和“大恐怖”时期，但巴别尔起初似乎顺风顺水，他在莫斯科郊外的作家村佩列捷尔金诺得到国家给予的一套别墅，他依然能出国探亲，他的作品也不时发表在苏联的文学报刊上，如《苏拉克》(*Сулак*)、《迪·葛拉索》(*Ди Грассо*)、《审判》(*Суд*)等。他也是当时文坛泰斗高尔基家的常客。但是，他最终未能躲过这场腥风血雨。

1939 年 5 月 15 日，巴别尔在佩列捷尔金诺被捕，罪名是“反革命罪”和“充当法、奥间谍”，次年 1 月 27 日，巴别尔被军事法庭判处死刑，在莫斯科卢比扬卡监狱被枪毙。关于巴别尔遇害的原因，人们至今不明究竟，处决他的命令是斯大林亲笔签署的，有人据此推断，巴别尔得罪了斯大林本人，因为斯大林不喜欢有人提起苏波战争，他因《骑兵军》的走红而迁怒于巴别尔；也有人认为是巴别尔“交友不慎”，他的一些朋友如亚基尔、叶若娃（即哈尤吉娜）等，当时都已被斯大林定为“人民公敌”，巴别尔受到牵连是在所难免的。有人认为，一直偏爱巴别尔的高尔基于 1936 年去世，使他最终失去了庇护；也有人猜测，曾在秘密警察机构工作的巴别尔，也许掌握了一些招致杀身之祸的内情。

巴别尔的作品自身也构成一个谜。巴别尔究竟写下了多少文字，人们颇费猜测。巴别尔的同时代人大多称他是一个“坐不住的”作家，很少看到他写作，可他的最后一任妻子比罗什科娃却称丈夫是一个无比勤奋的写作狂，不过她也说，巴别尔很少向她展示自己的写作成果。巴别尔如今存世的文字，只够编成篇幅不大的四五本书，但根据档案中的记载，秘密警察在逮捕巴别尔时从他家中抄走一大批手稿，计有 15 件卷宗和 18 个笔记本，如今秘密警察机构中的巴别尔档案已经解密，可其中却不见巴别尔的手稿，在巴别尔被恢复名誉时他的家人曾被告之，所有手稿均被焚毁。可是，巴别尔的众多崇拜者仍对这些手稿心存幻想，因为据说，擅自焚毁档案的做法在克格勃机构中非常罕见，更何况那还是一批“文学作品”。但愿巴别尔那些被湮灭的作品终有一天能重见天日。

巴别尔的生活和创作，无论姓氏还是生死，无论身份还是爱情，无论经历还是文字，都像是“未完成体”。正因为如此，我们阅读与巴别尔相关的资料时才会看到这样一些颇为耸人听闻的标题，如《被遗忘的巴别尔》①《被焚毁的巴别尔》②《未知的巴别尔》③《巴别尔的未知书信》④《伊萨克·巴别尔：真相和虚构》⑤等等。巴别尔的生活和创作之谜，自然源自他所处的时代和体制，那样一个充满动荡的乱世必然会在他身上留下深刻的烙印，严酷的社会环境会使他像他的众多同时代人一样，生出许多难言之隐，做出许多被迫的伪装。与此同时，巴别尔疑窦丛生的身世，在一定程度上或许也与他的性格和美学风格不无关联，作为一位善于故弄玄虚、热衷真真假假的作家，他也在有意无意之间将自己的生活“文学化”，或将自己的作品“自传化”，他的生活可能是真正的文学体验，而他的作品则可能是“伪纪实小说”，在他这里，生活和文学似乎赢得了真正意义上的调和与统一。

二

巴别尔只活了 40 多岁，只写了 20 多年，他的文字还至少遗失了一半，他存世的短篇小说不过百余篇，其中还包括那些特写

① *Забытый Бабель*，сост. Николас Строуд，Ardis，Ann Arbor，1979.

② *Сожженный Бабель. К 70-летию со дня убийства великого прозаика*，Новая Газета，25 января 2010 г.

③ *Неизвестный Бабель*，см. http：//krug.com.ua/news/21924

④ И. Бабель，*Неизвестные письма*，Вопросы литературы，1990.

⑤ http：//povalixa.livejournal.com/286492.html

在内。巴别尔的主要文学体裁是短篇小说，他即便写作长篇小说和剧本，也写得较为简短，或仅为片段。他的书信和特写不仅篇幅不大，同时也是零散不全的。巴别尔的创作给人的第一印象就是碎片化，像是一个变化多端的万花筒。但是，将巴别尔的作品集中到一起阅读，我们却又能从中清晰地分辨出几个主题，或曰几个系列，即“敖德萨系列”“彼得堡系列”和“骑兵军系列”。

巴别尔对故乡城敖德萨的眷恋是刻骨铭心的，即便在1920年随军征战苏波战场时，他居然也会在日记中一次又一次地提到敖德萨：“敖德萨怎么样了呢？忧伤。”（7月26日）“为什么我会有难以排遣的忧伤？因为远离家乡。”（8月6日）“我想念敖德萨，心都飞回去了。”（9月1日）巴别尔1913年发表的处女作《老施莱梅》其实写的就是敖德萨人，但后来被巴别尔冠以“选自敖德萨故事”之副标题的第一篇小说，还是1921年刊于敖德萨《水手报》的《国王》（*Король*）。由巴别尔本人编选、以《敖德萨故事》（*Одесские рассказы*）为书名于1925年出版的单行本，其实仅包含四个短篇，即《国王》《此人是怎样在敖德萨起家的》（*Как это сделалось в Одессе*）、《父亲》（*Отец*）和《哥萨克小娘子》（*Любка Казак*），但后来被巴别尔不同文集的编者以“补遗”（дополнения/additional stories）名目编入“敖德萨故事”的故事，则不下十余篇。在《敖德萨故事》单行本多次再版之后，巴别尔仍在继续这一主题的创作，比如，他在《弗罗伊姆·格拉奇》（*Фроим Грач*）一篇后标明的写作年代就为1933年，在他30年代写作的其他文字中仍不时出现敖德萨场景和敖德萨人。可以说，“敖德萨主题”是贯穿着巴别尔整个创作的一个母题，巴别尔现存于世的文字有一半以上均可称之为“敖德萨故事”。

在巴别尔的笔下，敖德萨的故事，敖德萨犹太人的故事，尤其是敖德萨犹太强人的故事，构成了一部奇特斑斓的史诗。敖德萨因其繁忙的海运和繁华的商业被称为“俄罗斯的马赛”（русский Марсель），又因其大量聚居的犹太人被称为“俄罗斯的耶路撒冷”（русский Иерусалим）。在巴别尔写作这些故事的年代，敖德萨的犹太人虽然生活富足，但像散居在欧洲各国的犹太人一样往往是遭受歧视、忍辱负重的，巴别尔在他的小说中写到了犹太人生活的不幸和艰难，写到了残忍的屠犹场景，但与此同时，他选取别尼亚·克里克（Беня Крик）、弗罗伊姆·格拉奇（Фроим Грач）等几位犹太强盗头领为对象，描写他们的敢作敢为，他们的喜怒哀乐，似乎旨在借助这一类型的主人公实现他对敖德萨犹太人生活的理想化和艺术化。别尼亚·克里克爱憎分明，“他在消灭欺骗的同时，寻找公正，他既寻找带引号的公正，又寻找不带引号的公正”。[《带引号的公正》（*Справедливость в скобках*）] 他强娶富商之女，火烧警察局（《国王》），他厚葬被手下人误杀的管事，并强令管事的老板出血（《此人是如何在敖德萨起家的》），他敢爱敢恨，豪爽仗义，与现实生活中逆来顺受的犹太人构成鲜明对比。他绰号“国王”，他无疑也是巴别尔心目中的“无冕之王”，是巴别尔用狂欢化的手法在小说中实现的犹太造神运动。由于巴别尔的“敖德萨故事”，色彩斑斓的敖德萨从此成为俄国文学史中的一处名胜。

在巴别尔的创作中，与“敖德萨主题”紧密抱合的还有他的“童年主题”。巴别尔在敖德萨长大成人，他的童年记忆自然是与敖德萨这座城市相互交织在一起的：“正是店铺、熙来攘往的行人、气息、剧院的海报，构成了我亲如骨肉的城市。我至今记得这座城市，感觉得到这座城市和爱着这座城市，我感觉得到它，就如我们感觉得到母亲的气息、抚爱的气息和欢声笑语，我爱它，因为我生于斯，我在它的怀中有过幸福，有过忧伤，有过幻想，而且那幻想是多么的热烈，多么的独一无二。”[《童年》(*Детство*)] 如果说，“敖德萨系列”是犹太强人的肖像画廊，那么，“童年系列”则是一位敖德萨犹太男孩的心灵史。犹太孩子成长过程中的胆怯和敏感、抗争和发奋、恐惧和复仇等极端心理，在巴别尔的小说中得到了淋漓尽致的描写。在《我的鸽子窝的历史》(*История моей голубятни*)中，犹太少年入学的喜悦和屠犹场景的残忍构成对比，犹太子弟中榜的喜庆暗含着这个民族的复仇心理。通过勤奋的学习来出人头地，似乎成了所有犹太儿童的努力方向，就像《童年》中的奶奶那“铿锵有力”的话语：“发奋学习，你就可获得一切——财富和荣誉。你必须通晓一切。所有的人都将对你俯首帖耳，甘拜下风。应该让所有的人都嫉妒你。”就像巴别尔自己后来在小说《醒悟》(*Пробуждение*)中所“总结”的那样：“我们的父辈看到自己前途无望，便决心博彩，拿年幼子女的身子骨做赌注。这股疯狂的赌风在敖德萨甚于其他城市。”重压下的、被迫的勤奋，构成了巴别尔“童年系列”小说的主要描写对象，但巴别尔却时常突出在“我”身上很早便涌动起来的文学冲动：“我在练习小提琴时，把屠格涅夫或者大仲马的小说放在谱架上，一边叽叽嘎嘎拉着提琴，一边狼吞虎咽地看着一页页小说。白天我编故事给四邻五舍的孩子听，夜里将故事写到纸上。”（《醒悟》）他给妓女讲故事，因此得到一笔钱，他将之称为他的“第一笔稿费”：“唉，天哪，我的青春！……我活了 20 年，其中有五年时间用于构思小说，数以千计的小说，绞尽了脑汁。这许多小说伏于我心，一如癞蛤蟆之伏于石头。孤独的催生之力使其中一篇砰然落地。看来，我命中注定要使一个梯弗里斯的妓女成为我的第一名读者。我想象力的骤然迸发令我冷得浑身战栗。我给她讲了一个跟亚美尼亚人同居的童男子的故事。”[《我的第一笔稿费》（*Мой первый гонорар*）]人们注意到，巴别尔的“童年记忆”往往并非百分之百的“生活事实”，但是，其中的犹太儿童的心理活动和自幼就有的对文学的热爱，却无疑是少年巴别尔的真实心迹。

所谓“彼得堡系列”，则是巴别尔 1918 年 4—7 月间在高尔基主编的《新生活报》（*Новая жизнь*）上发表的一组特写，该报为巴别尔辟出题为《日记》（或《彼得堡日记》）的专栏，这些特写在发表时常标有《选自〈彼得堡，1918〉一书》的副标题，这说明巴别尔曾有意写作一部以彼得堡生活为主题的书。现存的“彼得堡日记”（Петербургский дневник）共 23 篇，其中 17 篇刊于《新生活报》，发表时间自 1918 年 3 月 9 日至 1918 年 7 月 2 日，持续近四个月。需要指出的是，这正是十月革命爆发后数月间的彼得堡，在巴别尔的笔下，革命风暴席卷后的彼得堡民不聊生，哀鸿遍野，这些“日记”从立场和态度，到篇幅和风格，都很近似高尔基在同一份报纸上发表的系列特写《不合时宜的思想》（*Несвоевременные мысли*）。请看《伙计》（*Ходя*）一篇的开头："铁面无私的夜。令人惊诧的风。一具尸体的指头在翻拣彼得堡冻僵的肠子。紫红的药房冻僵在角落里。药剂师把精心梳理的脑袋歪向一旁。严寒攥住了药房那紫红的心脏。药房的心脏于是衰竭了。""涅瓦大街上空无一人。墨汁的泡沫在空中爆裂。深夜两点。铁面无私的夜。"在革命后的都城，大家都在破坏自己的生活，宰杀马匹，拿家具当柴烧，把书籍扔进壁炉，在《马》（*О лошадях*）的结尾，作者写道："大家全是掘墓人。"人们杀人如麻，视生命为儿戏："以前还询问一番——死者是谁，死亡时间，被什么人打死的。现在不问了，在小纸条上记下——'姓名不详的男人'，然后就运到停尸间。"[《死者》（*Битые*）] 这激起了巴别尔对革命的思索和疑惑："扛起枪并相互射杀——在某些时候，这大概并不愚蠢。但这还不是革命的全部。谁知道呢——这或许完全不是革命？"[《妇产宫》（*Дворец материнства*）] 在《至圣宗主教》（*Святейший патриарх*）一篇中，他这样转述了教会人士的"牢骚"："人家告诉我们：这就是社会主义。我们的回答将是：这是抢劫，是俄国大地的灾难，是对神圣而永恒的教会的挑衅。"和高尔基的系列特写一样，巴别尔的"彼得堡日记"似乎也是"不合时宜"的。

真正给巴别尔带来全俄乃至全世界声誉的作品，还是他的"骑兵军系列"。1920 年苏波战争期间，巴别尔化名"柳托夫"随布琼尼的第一骑兵军征战数月，其间的所见所闻、所思所想就构成了《骑兵军》的主要内涵。如今被归入这一"系列"的短篇小说共 38 篇，它们的创作时间延续达 15 年之久（1922—1937），但其中的大部分作品写于 1925 年之前，巴别尔后来只是在不断地加工、改写这些故事。《骑兵军》中的小说大都是在巴别尔当年行军日记的基础上创作出来的。作为随军记者的巴别尔（柳托夫），自然要随时随地记录下他遭遇的一切，而始终瞪着一双惊诧的眼睛、始终揣着一颗好奇之心的巴别尔，自然也不会放过任何“有趣的”场景和人物。在为《红色骑兵军报》（*Красный кавалерист*）写下数篇报道的同时，他还记下大量日记。巴别尔随军征战7个月（1920年5—11月），但他的日记未能完整保留下来，如今我们能读到的仅有三个多月（1920年6—9月）间的66篇日记，即1920年6月3日至9月15日，且其中6月6日至7月11日所记亦散失。巴别尔的1920年日记首次刊于《民族友谊》杂志1989年第4—5期。

《骑兵军》的首篇《泅渡兹勃鲁契河》（*Переход через Збруч*）开头处一段渲染氛围的写景，便已构筑起了这些短篇的整体风格：“橙黄色的太阳浮游天际，活像一颗被砍下的头颅，云缝中闪耀着柔和的夕晖，落霞好似一面面军旗，在我们头顶猎猎飘拂。在傍晚的凉意中，昨天血战的腥味和死马的尸臭滴滴答答地落下来。黑下来的兹勃鲁契河水声滔滔，正在将它的一道道急流和石滩的浪花之结扎紧。桥梁都已毁坏，我们只得泅渡过河。庄严的朗月横卧于波涛之上。”作为主人公的“我”是个戴着眼镜的“四眼”书生，而且还是个犹太人，他内心暗暗羡慕甚至赞叹那些杀人如麻的哥萨克骑兵军，可他自己终究未能学会杀人，为了赢得战友的认同，他借故杀死房东的一只鹅，之后，“我用沙子擦净马刀，走到大门外，又回到院场里，心里十分痛苦。月亮像个廉价的耳环，挂在院场的上空。”“我做了好多梦，还梦见了女人，可我的心却叫杀生染红了，一直在呻吟，在滴血。”［《我的第一只鹅》（*Мой первый гусь*）］苏波战争期间，苏联红军和波兰军队不约而同地屠杀犹太人，这让身为犹太人的巴别尔痛心疾首，他的小说中反复出现残忍的屠犹场景：“在我窗前，有几名哥萨克正以间谍罪处死一名白发苍苍的犹太老人。那老人突然尖叫一声，挣脱了开来。说时迟，那时快，机枪队的一名鬈发的小伙子揪过老头的脑袋，夹到胳肢窝里。犹太老头不再吱声，两条腿劈了开来。鬈毛用右手抽出匕首，轻手轻脚地杀死了老头，不让血溅出来。”［《小城别列斯捷奇科》（*Берестечко*）］巴别尔在描写此类血腥场景时似乎也像这位杀人的“鬈毛”一般若无其事，可这冷若冰霜的“客观”却反而蕴含着巨大的抗议力量和震撼效果。巴别尔的小说于20世纪下半期在西方世界的走红，与他对这一主题的诉诸及其诉诸方式不无关系。总之，战争和暴力，死亡和性，哥萨克骑兵和屠犹等，这一切相互交织，构成了《骑兵军》的主题和内容。

巴别尔是一位杰出的短篇小说家，也是一位同样杰出的剧作家。据说巴别尔1909年在敖德萨参加剧社活动时写有一剧，但未能保存下来。1928年，他的剧作《日薄西山》（*Закат*）在莫斯科艺术剧院上演，著名电影导演爱森斯坦看后认为该剧“就戏剧技巧而言或许是十月革命后的最佳剧作”①。20世纪二三十年代，巴别尔创作了多部剧作，他在1935年2月24日写给母亲的信中甚至这样写道：“现在我在创作方面发生了一个奇怪的

① Л. Лившиц，*От “Одесских рассказов” к “Закату”*，http：//www.levlivshits.org/index.php/works/vopreki-vremeni/statyi-o-babele-menu/243-odessk-rskz-zakat.html.

变化：我不想写散文，只喜欢创作剧本……”[①] 将巴别尔的六部剧作，即《别尼亚·克里克》(*Беня Крик*)、《日薄西山》《流浪的星星》(*Блуждающие звезды*)、《中国磨坊》(*Китайская мельница*)、《玛丽娅》(*Мария*)、《老广场 4 号》(*Старая площадь, 4*) 结合起来看，我们或许能发现这样几个问题：首先，就体裁而言，巴别尔的剧作往往是介乎话剧剧本和电影脚本之间的。在巴别尔集中进行戏剧创作的那些年，他与爱森斯坦、杜甫仁科等苏联著名导演关系密切，多次随剧组拍摄，他也应邀出任多部影片的编剧或改编者，除《玛丽娅》外，收入《巴别尔剧作集》的另五部作品均为电影脚本。在巴别尔这里，话剧剧本和电影剧本的差异似乎被缩小了，他在电影脚本中十分注重对台词的锤炼，他在话剧剧本中则加入了大量的蒙太奇和场景说明。其次，就情节而言，巴别尔的剧作往往是对他本人和其他作家作品的改编。剧作《别尼亚·克里克》和《日薄西山》均改编自巴别尔本人“敖德萨故事”中的同名短篇，《流浪的星星》是他对犹太作家肖洛姆-阿莱汉姆同名长篇小说的改编，《中国磨房》的情节则取自《共青团真理报》上发表的一篇同题讽刺小品文。最后，就风格而言，巴别尔的剧作与其短篇小说构成了某种饶有兴味的比照和呼应，他的剧作与他的短篇小说有着同样的主题，比如革命与暴力、性与爱、犹太主题等，有着同样的风格特征，如简洁的语言和瑰丽的奇喻，自然主义的细节和伪浪漫主义的抒情等。人们在归纳契诃夫戏剧的独特贡献时常常说，是契诃夫“让散文进入戏剧”，其实巴别尔也在做同样的尝试，与此

① И. Бабель, *Собрание сочинений в четырех томах*, Время, 2006, т. 3, с. 336.

同时，他的小说又常常被人定义为“戏剧化小说”。

巴别尔的书信，自然也是他留给后人的宝贵遗产。他的书信大多散失，现存仅 371 封。这些书信中最早一封写于 1918 年 12 月 7 日，最后一封是巴别尔 1939 年 5 月 10 日写给妈妈的信，五天后他就被逮捕了。巴别尔的作品遗失很多，而他的书信则遗失更多，这些书信只是冰山一角。然而，阅读这些幸运“残留”下来的信件，我们却依然能“完整地”窥见巴别尔当年的生活和工作，处境和心境。这些书信有近一半都是写给他的第二任妻子（两人其实并未正式登记结婚）塔玛拉·卡希里娜的，当时热恋着卡希里娜的巴别尔，在三年半时间里寄出百余封书信，这些书信因塔玛拉的细心保存得以传世，并于 1992 年集中刊发在《十月》杂志上。除卡希里娜外，巴别尔书信的接收人还有他的母亲和妹妹等家人，他的朋友如安娜·斯洛尼姆一家、伊萨克·里夫希茨等，还有高尔基、富尔曼诺夫、沃隆斯基、爱森斯坦等文化名人。这些写给朋友和亲人的书信大多言简意赅，甚至不乏鸡毛蒜皮，但它们却使我们看到了巴别尔当年的真实生活，包括他炽烈的爱情，他不停的奔波，他永远的缺钱，他随时随地的写作。更为重要的是，通过阅读他的书信，我们往往能更为贴切地感受到他创作中的酸甜苦辣，他生活中的喜怒哀乐。比如，他在信中这样谈到他自己：“我的性格里有一种最令人难以忍受的缺点：凡事过于执着，对现实总是持有一种不现实的态度。”（1918 年 12 月 7 日致安娜·斯洛尼姆）他这样谈到自己的创作方法：“在创作过程中我很快放弃了应注重史料的可靠性和历史真实性的想法，决定采用纯文学的方式来表达我的思想。”（1924 年 9—10 月间致《十月》编辑部）他在给高尔基的信中这样写道：“我每时每刻都会把心中最美好的祝愿献给您，我亲密无间的良师益友、灵魂的审判者和永远的榜样。”（1928 年 4 月 10 日）他在给母亲和妹妹信中曾这样颇费猜测地写道：“置身于祖国大地，有时你可能会陷入深深的绝望之中——因为任何人都无法用文学的方式来描述眼前这一伟大的、史无前例的、被称为‘苏联’的崭新国度。”（1934 年 1 月 20 日）可以说，阅读巴别尔的书信，是步入他的内心世界、理解他的文学创作的一条捷径。

三

在浩瀚的俄语文学乃至在整个世界文学的杰作宝库中，巴别尔的作品是很容易被辨识出来的，因为他的创作具有极其鲜明的风格特征。以他的短篇小说为例，我们大致可以从语言、写景和结构等三个方面来简单地勾勒一下他的文学特质。

巴别尔小说语言的最大特征，就是绚丽和奇诡。巴别尔在一次座谈中这样谈论自己的创作：“我对形容词所持的态度，也就是我一生的历史。如果我要写一部自传，它的题目或许就叫《一个形容词的历史》。我在年轻时认为，华丽的东西就要用华丽的词语来表达。结果发现并非如此。结果发现，常常需要走相反的路。在我这一生里，‘写什么’的问题我几乎永远清清楚楚，如果说我一时无法把这一切写在 12 页纸上，我始终缩手缩脚，那也是因为我始终在挑选词语，这些词一要有分量，二要简单，三要漂亮。”[1] 这里的“有分量”（значительные）、“简单”（простые）和“漂亮”（красивые）三个形容词，最好不过地概括了巴别尔小说的语言风格。既要“简单”又要“漂亮”，既要“有分量”又要“走相反的路”，即用“简单的”词来表达“华丽的东西”，或者相反，用“华丽的词语”来表达“简单的”东西。巴别尔小说的独特魅力在一定程度上就源于他对词语的“挑选”，源于他小说语言中的此类“矛盾组合”。巴别尔天性活泼，终日东奔西走，给人留下的印象是永远忙忙碌碌，他的小说也篇幅短小，充满跳跃，因此许多人都认为他写作速度极快，产量很高，这其实是一个误解。在巴别尔给友人和亲人的信中，我们不止一次读到他关于自己写作之艰难的倾诉和感慨：“我正在努力尝试着动笔写作，每天都会花上大约 3—4 小时的时间在屋里踱来踱去，反复思考，我总是不知道自己的想法和思路是否正确。”（1926 年 5 月 6 日致卡希里娜）“我一直在努力写作，但暂时收效甚微。”（1927 年 1 月 9 日致斯洛尼姆）“我每天都在写作，虽然进展不大，但是从未歇笔。我这样做是打算把这些作品留在死后发表。我非常渴望对创作充满狂热的激情，全身心投入，速度飞快，但遗憾的是，无论如何我都做不到这一点。”（1927 年 12 月 23 日致佐祖利亚）“我非常想加快写作速度，马马虎虎拼凑一些东西赚点外快。但是无论如何我都做不到，不管我多么煞费苦心，想尽一切办法，我就是做不到。”（1928 年 4 月 27 日致卡希里娜）“我一直在坚持写作，但写作量不大，当然，我不是一个多产的作家。但现在我的创作比从前更讲求方法。我担心，上帝可别因此而惩

① И. Бабель, *Собрание сочинений в четырех томах*, Время, 2006, т. 3, с. 336.

罚我！”（1928年6月8日致佐祖利亚）“因为同过去一样，我依旧不能快速地、整页整页地创作，而只会慢慢地、一个词一个词地写。”（1929年4月8日致沃隆斯基）帕乌斯托夫斯基在回忆录《小议巴别尔》一文中写道：“他写得很慢，总是拖延，不能按时交稿。”[①] 巴别尔为了躲避前来催稿的编辑，甚至与帕乌斯托夫斯基一同躲进修道院。他甚至感叹：“我一直认为，我是世界上‘创作’速度最慢的人，这个纪录非我莫属。”（1933年2月8日致斯洛尼姆）也就是说，巴别尔在进行小说写作时是抱有“语不惊人死不休”之初衷的。他如此苦苦地锤炼作品，其中的重要动机之一就是要发掘俄语中所蕴含的无限潜力。同时精通俄语和法语的他曾说过这样一段话：“俄语还没有完全被框死，俄国作家比法国作家在运用语言方面处于更为有利的位置。就艺术上的完整性和精湛性而言，法语已臻于完美，这使作家的工作变得复杂起来。”[②] 而俄语，在巴别尔这里似乎尚处于一种仍可被锤炼、被完善、被增强表现力的阶段，俄语向他提供了更多的创造可能性，反过来，他也为俄语做出了自己的独特奉献。

生动传神、别具一格的景色描写，是巴别尔小说最为醒目的识别符号，换句话说，高超、复杂的写景策略构成了巴别尔小说写作技巧中最为核心的构成。他的景色描写有这样几个突出特征：首先，是描写客体的主体化。巴别尔最热衷的景色描写对象是太阳、大海、树木等自然景物，也有白昼、夜晚等时间概念，在巴别尔的小说中，这些对象都纷纷活动了起来，获得与

---

① ［俄］帕乌斯托夫斯基：《文学肖像》，陈方、陈刚政译，人民文学出版社2002年版，第213页。

② И. Бабель, *Собрание сочинений в четырех томах*, Время, 2006, т. 3, с. 30.

动物、与人一样的行动能力、感知能力，甚至抒情能力，这样的处理已远远超出“拟人”的修辞范畴，而试图将一切描写客体主体化。其次，巴别尔的写景具有高度的隐喻性，具有强烈的情绪调节功能。无论是拟人手法，还是描写客体的主体化，其本质仍在于隐喻。关键在于，这样的隐喻往往是具有强烈的情绪渲染效果的。最后，巴别尔小说中的景色描写往往被赋予某种结构功能，写景的段落往往被置于小说中的最重要位置，或在开头或在结尾，或在情节突转点或在有意省略处，让它们发挥着重要的结构支撑作用。

至于巴别尔小说的整体结构特征，则可以用“简洁”这个词来加以概括。“简洁是天才的姐妹。”契诃夫的这句名言也被巴别尔奉为座右铭。相比于俄国文学中的“简洁大师”契诃夫，巴别尔有过之而无不及，甚至可以说，他是俄国文学中写得最为简洁的作家。巴别尔短篇小说的平均篇幅大约不到汉译一万字，在所谓“微型小说”和“掌上小说”兴起之前，这一现象在俄国文学中即便不是绝无仅有，也是十分罕见的。或许正是在这一意义上，巴别尔把自己的小说称为“短的短篇”（небольшие рассказы）[①]。他在1934年向青年作家传授写作经验时曾说，在写出一篇小说后，“我大声朗读这些文字，尽量让它们保持严格的节奏，与此同时使整篇小说紧凑到能一口气读完”。[②]“能一口气读完”，似乎就是巴别尔短篇小说的写作标准之一，试以汉译《敖德萨故事》为例，其中最长的短篇《我的鸽子窝的历史》不过

① И. Бабель，*Собрание сочинений в четырех томах*，Время，2006，т. 3，с. 32.
② 同上书，т. 3，с. 29.

14 页，最短的《巴格拉特 - 奥格雷和他的公牛的眼睛》只有三页；《骑兵军》中的故事篇幅更小，最长的《潘·阿波廖克》为八页，最短的《科奇纳的墓葬地》（*Кладбище в Козине*）仅一页。巴别尔小说的句法也同样很简洁。“作为一位作家，他始终致力于表达的简洁和句子的明晰，对可能诱惑他去营造装饰性形象的语言冲动加以控制。通过对巴别尔句法的研究可以最好不过地看出他的这种努力。以《埃利亚·伊萨科维奇》为例，整篇小说中没有一个句子超过三行。”[①] 巴别尔所说的三段话，暴露了他如此写作短篇小说的三个动机：“问题在于，列夫·尼古拉耶维奇·托尔斯泰的禀赋使他足以描写一昼夜间的全部 24 小时，而且他还能把这期间所发生的一切都记得清清楚楚，而我的天性显然只够用来描写我所体验到的最有趣的五分钟。短篇小说的体裁就由此而来。”[②] “我觉得，最好也谈一谈短篇小说的技巧问题，因为这个体裁在我们这里一直不太受恭维。应该指出，这一体裁在我们这里先前从未有过真正的繁荣，在这一领域，法国人走在了我们前面。说实话，我们真正的短篇小说家只有一位，就是契诃夫。高尔基的大部分短篇小说，其实都是压缩版的长篇小说。托尔斯泰那里也都是压缩版的长篇小说，只有《舞会之后》除外。《舞会之后》是一篇地道的短篇小说。总的说来，我们的短篇小说写得很差，大都是冲着长篇去写的。”[③]“我们现在需要短的短篇。数千万新读者的闲暇时光并不多，因此他们需要短篇小说。”[④] 也就

① R. Hallett，*Isaac Babel*，Frederick Ungar Publishing Co.，Second printing，1978，p.18.

② И. Бабель，*Собрание сочинений в четырех томах*，Время，2006，т. 3，c. 398.

③ 同上书，т. 3，c. 400.

④ 同上书，т. 3，c. 32.

是说，巴别尔如此写小说，首先是天性使然，是他与生俱来的文字风格；其次，他试图以自己的创作尝试来改变俄国短篇小说不够发达的现状，向莫泊桑等法国短篇小说家看齐；第三是时代的需求，“短的短篇”有可能更适应追求高速度的时代和社会，这自然是一句应景式的话，但它与巴别尔的作品在30年代的备受欢迎或许也暗含着某种契合。无论出于何种动机，就整体结构而言，巴别尔的短篇小说写作无疑具有明确的体裁创新意识。为了达到密实、凝缩的结构，他还引入了蒙太奇、突转等电影和戏剧表现手法。

简洁的语言、独特的写景和浓缩的结构这三个因素相互结合，熔铸出巴别尔短篇小说的总体风格。在巴别尔的笔下，极端场景下的瑰丽抒情、充满突转的心理感受与电报式的简洁文体、令人惊艳的修饰语融为一体。巴别尔的小说三言两语，是断片式的，甚至是残缺的，却又具有浑然天成的整体感；它们是跳跃的，省略的，点到为止的，却能给人以某种厚重苍茫的史诗感。《父亲》的结尾写得就像数十年后马尔克斯长篇小说《百年孤独》的开头：“这笔交易是在黑夜行将逝去、拂晓已经初临时谈拢的，就在这一刻，历史的新篇章开始了，这是卡普伦家败落的历史，是他家渐渐走向毁灭、火灾、夜半枪声的历史。而所有这一切——目中无人的卡普伦的命运和姑娘芭辛卡的命运——都是在那天夜里，当他的父亲和她意想不到的新郎官沿着俄罗斯墓地信步而行时决定下来的。那时一群小伙子正把姑娘们拽过围墙，墓盖上响起此起彼伏的亲嘴的声音。”

四

如今，巴别尔作为俄国经典作家的文学史地位业已确立，在20世纪俄语文学的历史语境中看待巴别尔的创作，我们至少可以归纳出他在如下几个方面的独特属性。

首先，从文学谱系和创作风格上看，巴别尔体现着罕见的综合性和多面性，就某种意义而言，他的创作就是对多种文学传统综合性继承的结果。巴别尔曾在小说《童年》中写道，他的“奶奶”总是多种语言混杂使用的：“应当说，她俄语说得很糟，是那种洋泾浜式的，把俄语、波兰语、犹太语夹杂在一起混用。”在巴别尔的创作中也体现着这样的多语言“混用”，这样的多语种“复调”。巴别尔的俄语当然不会“很糟”，俄语是他的母语，是他唯一的文学语言，他像大多数俄语作家、大多数用俄语写作的俄国犹太作家一样，不止一次地表达他对俄语的深情厚爱。巴别尔自幼就精通法语，他是在中学法语老师的影响下走上文学之路的，他最初几篇小说系用法语写成。他被称为“俄国的莫泊桑”（русский Мопассан），并不仅仅因为他的创作的体裁和题材属性，同时也因为他对法国文学的熟稔，他对法国文学的借鉴。他反复告诫自己同时代的写作同行，应该多多地借鉴法国文学的优良传统，他之所以专门写作短篇小说，如前所述，就因为他认为俄国文学在这一方面与法国文学相比是落后的，需要迎头赶上。与此同时，他又是一位犹太人，他对故乡“俄国的耶路撒冷”敖德萨的文学描写，他对俄国犹太人悲剧命运的文学再现，与他作品中的犹太人用语、与他对犹太文学传统的迷恋相互呼应，使他被视为20世纪俄语文学中犹太主题的最突出代表。甚至在巴别尔小说的语言方面，犹太文化传统也有着深刻的渗透，巴别尔善用俄语再现犹太语对话的风格，据研究者称，在写作《敖德萨故事》时，“他实际上选取了最典型的语言特征，最典型的敖德萨方言”[①]。巴别尔关注犹太文学传统，曾在1926年负责编辑俄国犹太作家肖洛姆-阿莱汉姆的第一部作品集，并将后者的作品《流浪的星星》改编成电影。就这样，在巴别尔的创作中，俄国文学、法国文学和犹太文学等不同传统相互交织，相互交融，形成一种和谐而又多元的风格。如今，人们又试图在这一“混成”文学风格中分辨出乌克兰乃至波兰文学的构成因素。

其次，巴别尔发扬并光大了俄国文学中的南方主题和南方风格。俄国是一个北方国家，俄国文学就总体而言也是更具“北方”意味的，相对而言比较严肃冷静，内敛沉思。从南俄的海滨城市敖德萨来到北方的都城彼得堡后不久，巴别尔就发现了俄国文学的这一“北方”属性，他在一一列举屠格涅夫、陀思妥耶夫斯基、果戈理等人的创作之后惊讶地说：“如果你仔细想想，难道不会对浩如烟海的俄国文学还从未对太阳做过真正欢乐、明朗的描述而感到惊讶吗？”[②] 因此，“人们都感到——更新血液已是其时。人们已濒于窒息。期待了那么长久而始终未能盼到的文学弥赛亚将从那边，从有大海环绕的阳光灿烂的草原

① Под ред. С. Стахорского, *Энциклопедия литературных произведений*, Вагриус, 1998, с. 329.

②［俄］巴别尔：《敖德萨故事》，戴骢译，人民文学出版社2007年版，第6—7页。

走来”。[①] 也就是说，从创作之初，巴别尔就已经有了踌躇满志、雄心勃勃“文学弥赛亚意识”（литературный Мессия），即要把南俄的“异国情调”带入俄国文学。在《敖德萨》（*Одесса*）一文中，他不无戏谑地写道，一位彼得堡的太太会很容易爱上一位来自敖德萨的男人，因为“这些黑发男士随身带来了些许阳光和轻松”[②]。巴别尔试图将这“阳光和轻松”带入彼得堡，将阳光和力量、大海和欢乐、幽默和随性、性和暴力注入俄国文学。当时才 20 出头的他就颇为自信地写道：“敖德萨可能是（谁知道呢？）俄国唯一一座能够养育出我们国家迫切需要的、土生土长的莫泊桑的城市。”[③] 因为“这座城市率先具备，比方说，培育出莫泊桑式天才的物质条件”，即阳光、大海和休闲。[④] 随着《敖德萨故事》和《骑兵军》的走红，巴别尔终于在 20 世纪二三十年代奠定了俄国文学中所谓的“南俄流派”（Южнорусская школа）。在巴别尔本人的帮助和举荐下，该地出现许多重要作家，如伊里夫和彼得罗夫、奥列沙、卡达耶夫、帕乌斯托夫斯基、巴格里茨基等。巴别尔后来在接受采访时说：“这些人都是我的同乡，也就是所谓的敖德萨流派，南俄流派，我对这一文学流派评价很高。”[⑤] 同属“南俄流派”的帕乌斯托夫斯基就视巴别尔为该派首领，“在我们眼中，他已经成了一把文学标尺”[⑥]。从俄国文学地理学的角度看，如果说果戈理、陀思妥耶夫斯基奠定了“彼得堡小说”的

---

① И. Бабель, *Собрание сочинений в четырех томах*, Время, 2006, т. 1, с. 48.
② [俄] 巴别尔：《敖德萨故事》，戴骢译，人民文学出版社 2007 年版，第 2 页。
③ 同上书，第 3 页。
④ 同上书，第 4 页。
⑤ И. Бабель, *Собрание сочинений в четырех томах*, Время, 2006, т. 3, с. 410.
⑥ [俄] 帕乌斯托夫斯基：《文学肖像》，陈方、陈刚政译，人民文学出版社 2002 年版，第 208 页。

基本风格，马雅可夫斯基、布尔加科夫和茨维塔耶娃使得独立于19世纪彼得堡传统的“莫斯科文学”得以形成，屠格涅夫、布宁等是俄国腹地风土人情的文学显现者，普里什文是俄国北方的文学发现者，那么，巴别尔及其“敖德萨流派”就是20世纪俄国南方文学的主要代表。

最后，巴别尔在20世纪俄苏文学中的独特处境和悖论身份，也具有某种意味深长的典型意义。巴别尔在生活和创作中体现出的“双重身份”，使他成了20世纪俄国文学中最难解的谜之一。巴别尔无疑是20世纪最重要的俄国作家之一，然而，他在很长一段时间里却又是一位墙里开花墙外香的作家，其世界声誉似乎超过了他在其祖国的声誉。巴别尔死后，他的作品在苏联遭到封杀，直到1957年才被重新出版。西方世界却很早就展开对于他的研究，先后出版大量关于巴别尔的传记和研究专著，他的作品一再重版，大学里经常有人以他的创作为题撰写学位论文，如今他已经被公认为20世纪世界范围内最重要的短篇小说大师之一，甚至被视为20世纪世界范围内首屈一指的短篇小说家。相比之下，俄国学界对他的定位却偏低，即使是俄国最新出版的20世纪俄国文学史，一般也没有为巴别尔辟出专论，而在20世纪70年代出版的美国学者马克·斯洛尼姆所著的《苏维埃俄罗斯文学》一书中就已经有了关于他的专章（第七章）[1]。巴别尔无疑是苏维埃意识形态的牺牲品，但是，他也曾是苏联文学界中显赫一时的人物；他曾是红军骑兵军中的记者、秘密警察机构契卡

①［美］马克·斯洛宁（应为斯洛尼姆）：《苏维埃俄罗斯文学》，浦立民、刘峰译，上海译文出版社1983年版，第67—73页。

的译员和国家出版社敖德萨分部的主任，在他的作品受到红军骑兵军司令布琼尼的质疑时，出来为他说话的是高尔基，他曾被委以将小说《钢铁是怎样炼成的》改编为剧作的重任，他曾在第一次苏联作家代表大会上做重要报告，就在他被捕前几个月，他还作为苏联作家的代表在 1938 年 12 月 31 日的《文学报》上向读者表达新年祝福；可以说，在 20 世纪二三十年代，他一度是最为重要的官方苏维埃作家之一，高尔基称他为“一位伟大的作家，忠诚的布尔什维克”，据说，斯大林也喜欢看他的小说。然而，他的犹太人出身，他的旧知识分子立场，又使他时常显得与时代和现实格格不入，官方批评界和意识形态机构也似乎一直对他存有疑心，报纸上不时出现对他作品的责难，对于他究竟是敌人还是朋友，究竟是红色作家还是所谓“同路人”，人们莫衷一是，而他最后的结局则表明他最终被当局当作了必须消灭的异端。巴别尔的身份和遭遇是充满悖论的，他仿佛是主流中的异端，又是异端中的主流。

巴别尔的生活跌宕起伏，布满谜团，巴别尔的创作惊世骇俗，别具一格。巴别尔生活和创作中无处不在的悖论，奇化了其命运，深化了其作品，神化了其创作个性；巴别尔的生活和创作，构成了关于一个时代具有狂欢化色彩的文学记录。

（原载《中国俄语教学》2016 年第 1 期）

巴别尔短篇小说的写景策略

巴别尔是20世纪最杰出的短篇小说家之一，被誉为“俄国的莫泊桑”，他的短篇小说风格独特，而别具一格的写景更是其风格的主要构成之一，是巴别尔短篇小说最醒目的识别符号，换句话说，高超复杂的景色描写策略构成了巴别尔小说写作技巧中最为核心的成分。在我们看来，他的景色描写主要体现出这样三个突出特征，即被描写客体的主体化、景色描写的隐喻性以及景色描写的结构功能。

一

自有小说起，大约便有写景；自有写景起，大约便有拟人。作者把鲜活的生命情感投射至动植物或无生命体等被描写景物，或假托自然界的各种存在来间接地体现和表达自己的感情和思想，这原本是文学创作心理过程中必然会出现的一种现象。但是，如巴别尔这般热衷拟人手法的俄语短篇小说家似不多见，如巴别尔这般乐意赋予被描写对象以能动的小说角色之身份的写作手法仍显别致。

巴别尔最热衷的景色描写对象是太阳、大海、树木等自然景物，也有白昼、夜晚等时间概念，甚至还有“公正”“必然性”等抽象概念。在巴别尔的小说中，这些被描写对象纷纷活动起来，获得与人一样的行动能力、感知能力，甚至抒情能力，就像普里什文所感觉到的那样，甚至连沼泽也在“按自己的方式思考”，甚至连沼泽里的小鸟姬鹬，“大小如麻雀，喙却很长，在它那若有所思的黑眼睛中，也含有所有沼泽欲回忆点什么的永恒、枉然的一致企图”。[①] 这样的处理显然已超出传统的拟人修辞范畴，似已具有某种风格属性，即巴别尔试图在其短篇小说将一切描写客体主体化。

这种独特的拟人化写景手法在巴别尔的创作中出现很早，似乎是他作为一位短篇小说家与生俱来的一种写作能力。巴别尔虽然在 1913 年即发表了短篇处女作《老施莱姆》，但他自己认为的“文学开端”仍是被高尔基看重并在其主编的《年鉴》杂志上刊出的两个短篇，其中之一的《妈妈、里玛和阿拉》中就已有这样的句子：“熊熊燃烧的晚霞在天边熄灭，把鲜红的光线泼洒在遥远的天空。轻盈的、缓缓变得浓稠起来的昏暗自另一端垂下身来。”[②] 这里的“晚霞”和“昏暗”都是动作主体。在 1916 年发表的《敖德萨》中，巴别尔如此描写他的故乡城敖德萨的美景：“敖德萨的春夜是甜蜜的，令人陶醉的，金合欢树的芳香沁人心脾，月亮将其令人倾倒的银辉均匀地铺在黑沉沉的海上。”[③] 如

---

① М. Пришвин，*Собрание сочинений в 8 томах*，Художественная литература，1982-1986，т. 1，с. 13.

② И. Бабель，*Собрание сочинений в четырех томах*，Время，2006，т. 3，с. 40.

③［俄］巴别尔：《敖德萨》，戴骢译，见《巴别尔全集》第 1 卷，漓江出版社 2016 年版，第 5 页。

果说此处写景的前半段是普通的写景，那么最后一句则已经开始具有巴别尔特色，月亮将银辉铺在海面上，这尚为传统的拟人，但当作者在其中加入对“银辉”的进一步修饰即“其令人倾倒的”，尤其当作者加入对行为主体月亮之动作“铺”的进一步描述即“均匀地”，被描写客体的主体意义便得到了进一步凸显和强调。巴别尔 1918 年 4—7 月在高尔基主编的《新生活报》上发表的一组特写《彼得堡日记》，其中的每一篇几乎都有这样的写景，比如：“光线均匀地铺满暖洋洋的白墙。”① “无形的夜幕笼罩着金色的屋顶。寂谧的荒凉之中隐藏着最浅薄也最无情的思想。”② “灼热的尘埃飘落在刚刚泛绿的叶子上，孤单的淡蓝色的太阳悬在高空。”③

在巴别尔“成熟期”的“敖德萨故事”中，他的客体主体化写景得到更为频繁的运用，并有了更为独特的表达方式，即不同身份、不同性质“主体”的并置。《此人是怎样在敖德萨起家的》中有这样两段写景：“旭日升至他头顶，煞像一名荷枪实弹的卫士。”“别尼亚·克里克讲完这番话后，走下土冈。众人、树木和墓地的叫花子们都鸦雀无声。”④ 前一段话是普通的拟人手法，后一句则是典型的巴别尔笔法，即树木、墓地是与众人、叫花子们地位平等的，都在倾听别尼亚的话，都在乖乖地鸦雀无声。值

① [俄] 巴别尔：《早产儿》，王若行译，见《巴别尔全集》第 1 卷，漓江出版社 2016 年版，第 258 页。

② [俄] 巴别尔：《夜晚》，王若行译，见《巴别尔全集》第 1 卷，漓江出版社 2016 年版，第 288 页。

③ [俄] 巴别尔：《沉默的动物》，王若行译，见《巴别尔全集》第 1 卷，漓江出版社 2016 年版，第 295 页。

④ [俄] 巴别尔：《此人是怎样在敖德萨起家的》，戴骢译，见《巴别尔全集》第 1 卷，漓江出版社 2016 年版，第 43 页。

得注意的是，《此人是怎样在敖德萨起家的》是一篇故事套故事的短篇小说，即作者是在“转述”犹太老人阿里耶 - 莱伊勃拉比所讲的有关别尼亚 · 克里克的故事，第一段写景是作者的话，是他对小说叙事主人公谈话场景的描述，而第二段则是小说中的人物，即老拉比在叙事中插入的写景。让叙事主人公与作者具有同样的景色描写能力，这与作者在写景中将无生命体和有生命体等量齐观，即将树木、墓地与众人、叫花子们并列的手法构成某种呼应，颇有异曲同工之妙。

诸如此类的“并列”在巴别尔的短篇小说中俯拾皆是：“就在这个当儿，灾星就像叫花子在天麻麻亮时那样，来到窗下伺机而动。灾星嘭嘭嘭地冲进了账房。虽说这一回他化身为犹太人萨夫卡 · 布齐斯……”①“柳布卡醒了过来，睁开眼睛，随后又阖上了。她看到了儿子和月亮，月亮破窗而入，投入她的怀抱。月亮活像一头迷途的小牛犊，在乌云中跳动。”②“别尼亚站立着，科利亚站立着。他们握手问好，互致歉意，互相接吻，他们每个人都握着道友的手，握得那么用力，像是要把对方的手扯下来似的。拂晓已开始眨巴它蒙眬的眼睛，莫嘉已去警察段换岗，两辆运货马车已满载着一度曾称作‘公正’合作社的财物扬长而去，而国王和科利亚仍在伤心，仍在相互鞠躬致歉，仍在用手搂住对方的脖子，像醉鬼那样温情脉脉地亲嘴。”③在最后一段引文中，

① [俄] 巴别尔：《此人是怎样在敖德萨起家的》，戴骢译，见《巴别尔全集》第 1 卷，漓江出版社 2016 年版，第 38 页。

② [俄] 巴别尔：《哥萨克小娘子》，戴骢译，见《巴别尔全集》第 1 卷，漓江出版社 2016 年版，第 64 页。

③ [俄] 巴别尔：《带引号的公正》，戴骢译，见《巴别尔全集》第 1 卷，漓江出版社 2016 年版，第 71 页。

出场人物甚多，我们不难看出六个并列的主体，即别尼亚、科利亚、拂晓、莫嘉和“两辆运货马车”，他们/它们活动于同一时空，构成一个生动热烈的场景。《说明》中也有这样一个“交相混杂”的场景：“一个和气的土耳其人从一只用毛巾裹住的茶炊里给我们斟茶，茶红得像砖头的颜色，冒着热气，像是刚刚流出来的鲜血。尘土在梯弗里斯——玫瑰和羊油之都，漫天飞扬。尘土埋没了太阳马林果色的篝火。驴子又长又慢的嘶鸣声同制作锅炉的工匠的捶打声交相混杂。”[①] 在这里，与“和气的土耳其人”一同出场的，还有茶、尘土和驴子。

除了自然界的植物、动物和物体等，巴别尔还喜欢在他的小说中让“寂静”“无声”“安宁”“笑声”等这样一些表示自然状态的名词，甚至“礼拜六”等专有名词、“必然性”等抽象名词、“循序渐进”等成语或词组也纷纷动作起来，获得人的行为和神态，甚至情绪和情感，比如：“难以言传的安宁像母亲的手时时抚摸我们神经质的、瓷实的肌肉。”[②]“他们每个人手里都亮着火把，可笑声已爬出了‘公正’合作社。”[③]“但今天我们却像撵走六月的苍蝇一样撵走了循序渐进。”[④]“这时她，含苞待放的礼拜六，从暗蓝色的混沌中脱颖而出，登上了她的宝座。”[⑤]

---

①［俄］巴别尔：《说明》，刘文飞译，见《巴别尔全集》第1卷，漓江出版社2016年版，第185页。

②［俄］巴别尔：《在疗养院》，马海甸译，见《巴别尔全集》第3卷，漓江出版社2016年版，第136页。

③［俄］巴别尔：《带引号的公正》，戴骢译，见《巴别尔全集》第1卷，漓江出版社2016年版，第71页。

④［俄］巴别尔：《卡莫号和邵武勉号》，马海甸译，见《巴别尔全集》第3卷，漓江出版社2016年版，第142页。

⑤［俄］巴别尔：《基大利》，戴骢译，见《巴别尔全集》第2卷，漓江出版社2016年版，第39页。

在1937年9月于莫斯科举办的一场文学晚会上，一位读者说他不理解巴别尔小说中“善良的双腿”这一修饰，他问巴别尔：“我不明白，‘双腿’怎么会是‘善良的’或者‘恶毒的’呢？”巴别尔回答：“人的双腿可能是善良的，恶毒的，敏锐的，瞎眼的。毫无疑问，人所具有的这些特征，两条腿也全都具有，只是要善于描写这些特征。”[①] 这个回答最好不过地表明，在巴别尔看来，人的腿和人一样是具有善恶的，他是在以这种方式彰显自然万物和文学人物的平等。将被描写对象主体化，巴别尔借此既凸显了他对有生命体存在和无生命体存在均一视同仁的文学民主立场，同时也营造出一个世间万物一同粉墨登场的狂欢化场景，既以小说中不同性质角色的并列和对应来赢得某种复调般的审美效果，同时也试图通过主客体身份的有意错乱和转换来实现作者有意追求一种陌生化的小说阅读效果。在巴别尔给出的这一段段新颖甚至诡异的景色描写的背后，我们似乎也能揣测出作者欲使描写主体客体化的用心，小说作者本人似乎就躲在这些活动着的景物背后，装扮成一个静观的客体，带着他谐谑的双目和窃喜的笑脸。

二

小说中的景色描写，或状物写意，移情于自然，或借景抒情，纳山水于内心，大多具有浓郁的诗意，巴别尔的小说亦不

①［俄］巴别尔：《论作家的创作道路》，刘文飞译，见《巴别尔全集》第3卷，漓江出版社2016年版，第223页。

例外，其小说中洋溢着的强烈诗性在很大程度上就源自其景色描写的高度隐喻性，我们甚至可以说，巴别尔的每一段写景均构成一个隐喻。在小说家格非看来，小说的写作大体就是一个文学语言不断与日常用语拉开距离的过程，以及构筑新的“隐喻系统”的过程。[①] 巴别尔小说中的写景，往往就构成一种系统化的隐喻。他的小说似乎永远是出奇的情节和诡异的叙事的相互抱合，是假定性的场景和狂欢化的效果的彼此应和，而在这两者不间断的相互作用过程中，出其不意的隐喻似在发挥穿针引线或画龙点睛的作用。

巴别尔的隐喻式写景究其本质而言还是一种修饰，是一种语言处理方式。巴别尔写作时喜欢在遣词造句上下功夫，热衷推敲，语不惊人死不休，正像他自己所说的那样：“我可以无数遍地改写（我在这方面很有耐心）。”[②] 他甚至这样言及他笔下的修饰语：“我对形容词所持的态度，也就是我一生的历史。如果我要写一部自传，它的题目或许就叫《一个形容词的历史》。我在年轻时认为，华丽的东西就要用华丽的词语来表达。结果发现并非如此。结果发现，常常需要走相反的路。在我这一生里，‘写什么’的问题我几乎永远清清楚楚，如果说我一时无法把这一切写在12页纸上，我始终缩手缩脚，那也是因为我始终在挑选词语，这些词一要有分量，二要简单，三要漂亮。”[③] 巴别尔对“形容词”的要求是既要“有分量”，又要“简单”和“漂亮”，既

① ［俄］格非：《小说叙事研究》，清华大学出版社2002年版，第86页。

② ［俄］巴别尔：《论作家的创作道路》，刘文飞译，见《巴别尔全集》第3卷，漓江出版社2016年版，第218页。

③ И. Бабель, *Собрание сочинений в четырех томах*, Время, 2006, т. 3, с. 403.

要用“简单的”词来表达“华丽的东西”，也要用“华丽的词语”来表达“简单的”东西，如此一来，他诉诸并热衷诗歌中常见的隐喻修饰便是自然而然的，比如“嘶哑的欢乐”“激情的破衣衫”“胆怯的星星”等等，而此类“矛盾修饰”的扩展，便是他笔下一段段隐喻写景。《我的第一笔稿费》中写道：“我自小把全部精力都用之于酝酿小说、剧本和数以千计的故事。我打好了这些作品的腹稿，令其伏于心中，一如癞蛤蟆之伏于石头。自尊心像魔鬼一般附在我身上，不到时间我不愿把这些作品形诸笔墨。”①《莫泊桑》中写道：“黑夜将一瓶麝香葡萄酒和二十九卷文集，二十九个填满了爱情、天才、欲念的爆炸筒放在我的青春身下……”②《我排后边儿》中写道：“我们像是九月的苍蝇，无精打采地坐着，确实需要马上透透气。”③《我的第一只鹅》中有这样一段写景：“夜晚用它苍茫的被单将我裹在提神醒脑的湿润之中，夜晚把它慈母的手掌按在我发烫的额头上。”④而在《加格拉》中我们读道：“小城消瘦的两颊上开始泛起胆怯却充满期待的微笑。加格拉等待着新的鸟群和新的歌声来栖息。”⑤这里的每一段写景，都是一首可以进一步展开的诗作，每一段写景中都有一个诗歌内核般的中心意象。

---

①［俄］巴别尔：《我的第一笔稿费》，戴骢译，见《巴别尔全集》第1卷，漓江出版社2016年版，第188页。

②［俄］巴别尔：《莫泊桑》，戴骢译，见《巴别尔全集》第1卷，漓江出版社2016年版，第208页。

③［俄］巴别尔：《我排后边儿》，王若行译，见《巴别尔全集》第1卷，漓江出版社2016年版，第289页。

④［俄］巴别尔：《我的第一只鹅》，戴骢译，见《巴别尔全集》第2卷，漓江出版社2016年版，第44页。

⑤［俄］巴别尔：《加格拉》，靳芳译，见《巴别尔全集》第3卷，漓江出版社2016年版，第153页。

我们发现，巴别尔小说中的隐喻性写景往往具有强烈的情绪调节功能和气氛渲染效果，在大多数场合是与小说的情节呼应的。《莫泊桑》写“我”应邀去一位富裕律师家，帮助校对女主人翻译的莫泊桑小说，两人在推敲莫泊桑小说译文的过程中心旌荡漾，互生爱意，与这种既暧昧又抒情的场景和心理相吻合的，是这样一段写景插入：“彼得堡的阳光好似没有生气的玻璃一般横在色泽暗淡、不怎么平的地毯上。莫泊桑的二十九卷文集放在桌子上方的搁架上。太阳用它行将消失的手指触摸着山羊皮的书脊。书籍是人的心灵的美好的坟墓。”[①]《我的鸽子窝的历史》写“我”在一场屠杀犹太人行动中的遭遇，周围的犹太人无辜被杀，他们的店铺被抢，年少的“我”买到的心仪已久的一对鸽子也在归家途中被人夺走并摔死：“我倒在地上，给砸成肉泥的鸽子的内脏从我太阳穴上往下淌去。内脏曲曲弯弯地顺着面颊淌着，喷出血水，迷糊住了我的一只眼睛。鸽子细软的肠子在我额上滑动，于是我合上另一只没被糊住的眼睛，免得看到展现在我面前的世界。这个世界又小又可怕。我眼前是一块小石头，上边坑坑洼洼的，活像下巴奇大的老太婆的脸，不远处有一段细绳，以及一捧还在颤动的羽毛。我的世界又小又可怕。我合上眼睛，免得看到这个世界，我把身子紧贴在土地上，土地在我身下保持着令人安心的缄默。这片夯实的土地同我们的生活，同我们一生中对无数次考试的等待一无相似之处，在这片土地的远处，灾难正骑着高头大马驰骋，然而马蹄声越来越弱，终于

---

①［俄］巴别尔：《莫泊桑》，戴骢译，见《巴别尔全集》第1卷，漓江出版社2016年版，第202页。

静息，这种静息，痛苦的静息，有时反使孩子产生大难临头的惊恐感，突然之间消弭了我的躯体与不能走动的土地之间的界限。土地散发出它潮湿的内部、坟墓和花朵的气息。我闻着这种气息，无所畏惧地哭泣了。”[①] 这段其中穿插进多个隐喻的写景，构成了这个“悲剧短篇”的高潮。《在地下室里》写身为贫穷犹太家庭孩子的“我”与一位身为富商长子的同学的相处，“我”试图用在文学中学会的想象和现实生活中的苦心设计来赢得与对方平等的身份和地位，小说的氛围因而是既可笑又可怜、既谐谑又狂欢的，在“我”吹牛至最得意之时，但见：“黑夜伸直身子伫立于杨树间，星星卧于压弯了的树枝上。我挥动着手侃侃而谈。未来的航空工程师的手指在我手中颤动。”[②] 短篇小说集《骑兵军》的首篇《泅渡兹勃鲁契河》几乎从头到尾都是写景，而小说的情节，即“我”随骑兵部队借宿一犹太人家，发现竟与一位被波兰士兵杀死的犹太老人的尸体同床共枕，相对于写景却似乎退居次席。“橙黄色的太阳浮游天际，活像一颗被砍下的头颅，云缝中闪耀着柔和的夕晖，落霞好似一面面军旗，在我们头顶猎猎飘拂。在傍晚的凉意中，昨天血战的腥味和死马的尸臭滴滴答答地落下来。黑下来的兹勃鲁契河水声滔滔，正在将它的一道道急流和石滩的浪花之结扎紧。”[③] 这里的景色因而也仿佛是血腥的，残忍的。

①［俄］巴别尔：《我的鸽子窝的历史》，戴骢译，见《巴别尔全集》第1卷，漓江出版社2016年版，第132页。

②［俄］巴别尔：《在地下室里》，戴骢译，见《巴别尔全集》第1卷，漓江出版社2016年版，第156页。

③［俄］巴别尔：《泅渡兹勃鲁契河》，戴骢译，见《巴别尔全集》第2卷，漓江出版社2016年版，第3—4页。

但是，巴别尔时而也有意让他的隐喻写景与小说的整体氛围构成反差，这有些像他在运用形容词时的态度，即用优美抒情的隐喻来反衬紧张残忍的情节，或者相反，用荒诞不经的写景来冲淡小说中的浪漫温情。在前面提及的《骑兵军》的开篇中，作者在描写触目惊心的屠犹场景的同时，却突然漫不经心地看到了窗外的“美景”：“万籁俱寂，只有月亮用它青色的双手抱住它亮晶晶的、无忧无虑的圆滚滚的脑袋在窗外徜徉。”[①] 同样，在描述了机枪队的鬈发小伙子“轻手轻脚地杀死了老头儿”的血腥场面后，作者突然给出这样一段写景：“落霞的宁静使城堡外的荒草幽幽泛蓝。月亮爬到了水塘上空，绿得好似蜥蜴。隔着窗户，我望见了拉齐波尔斯基伯爵的领地——牧场和啤酒花种植场，暮色好似一条条波纹绸铺在种植场上。”[②]《骑兵军》中的另一个短篇《盐》讲述一位妇女把一小袋私盐藏在怀里，谎称是带着孩子，混进红军士兵乘坐的火车车厢，第二天事情败露，她被红军战士一枪打死。这篇小说假托为“二排全体战士”写给军报总编的一封信，而这封信的代笔者正是杀死那位妇女的凶手，可他的第一人称叙述却心平气和，而且竟然也穿插着浪漫抒情的景色描写：“响起第三遍铃声，列车开动了。美不胜收的夜景映满了天幕。天幕上缀满了油灯一般大的星星。战士们思念起库班的夜和库班绿莹莹的星斗。思绪像鸟儿一样飞往天外。而车轮则哐当哐当地响个不停……”“随着时间的推移，夜下岗了，红色的鼓手在它们红

①［俄］巴别尔：《泅渡兹勃鲁契河》，戴骢译，见《巴别尔全集》第2卷，漓江出版社2016年版，第4页。

②［俄］巴别尔：《小城别列斯捷奇科》，戴骢译，见《巴别尔全集》第2卷，漓江出版社2016年版，第94页。

色的鼓上演奏出朝霞……”① 十分推崇巴别尔小说的博尔赫斯，就曾注意到《盐》这个短篇的情节和调性之间的对比：“其风格的音乐性和某些场景几乎难于言表的残忍构成对比。其中的一篇小说《盐》享有散文很难企及、似乎只能留给诗歌的荣耀，很多人对此心知肚明。”② 俄国文学史家米尔斯基也曾言及巴别尔的这一能力，即“他会让最粗鄙的字眼与近乎维多利亚诗歌的词汇比肩而立”③。

三

巴别尔小说中的景色描写也大多被赋予了某种结构功能。巴别尔的短篇小说大多篇幅很短，其汉译平均不到一万字，汉译《敖德萨故事》中最长的短篇《我的鸽子窝的历史》不过 14 页，最短的《巴格拉特 - 奥格雷和他的公牛的眼睛》仅三页；汉译《骑兵军》中的故事篇幅更小，最长的《潘 · 阿波廖克》为八页，最短的《科奇纳的墓葬地》只有一页。巴别尔或许是俄国文学中写得最为简洁的作家，他曾称自己的小说为“短的短篇”（небольшые рассказы）④。巴别尔小说的句法也同样很简洁。“作为一位作家，他始终致力于表达的简洁和句子的明晰，对可能诱惑他去营造装饰性形象的语言冲动加以控制。通过对巴别尔句法的

①［俄］巴别尔：《盐》，戴骢译，见《巴别尔全集》第 2 卷，漓江出版社2016年版，第 98 页。

② J. L. Borges，*Selected Non-fictions*，ed. by Eliot Weinberger，Penguin Putnam Inc.，1999，p.164.

③［俄］德 · 斯 · 米尔斯基：《俄国文学史》下卷，刘文飞译，人民出版社2013 年版，第 324 页。

④ И. Бабель，*Собрание сочинений в четырех томах*，Время，2006，т. 3，с. 32.

研究可以最好不过地看出他的这种努力。以《埃利亚·伊萨科维奇》为例，整篇小说中没有一个句子超过三行。”[①] 极小的篇幅和极简的句法，使巴别尔不得不在有限的叙事时空中进行相对灵活的腾挪，谋求相对自如的叙述节奏，而随时随地出现的景色描写于是就成了他得心应手的工具之一。

巴别尔的写景大多篇幅很小，三言两语，仿佛神来之笔；巴别尔自己肯定也十分在意这些妙句，因此总把它们置于小说中的最重要位置，或在开头或在结尾，或在情节突转点或在故事高潮处，让它们发挥着重要的结构支撑作用。这是《国王》的开篇："婚礼仪式结束，拉比坐到安乐椅上小憩一会儿后，走到屋外，但见婚宴的餐桌已尽院场的长度一字儿排开。餐桌多得尾部穿过院门，摆到了医院街上。铺有天鹅绒台布的餐桌，活像在院场内扭曲游动的蛇。蛇腹上打着五颜六色的补丁。这些个补丁——橙色或红色的天鹅绒补丁——在用雄厚的嗓音唱着歌。”[②]《伙计》一篇是这样开头的："铁面无私的夜。令人惊诧的风。一具尸体的指头在翻拣彼得堡冻僵的肠子。紫红的药房冻僵在角落里。药剂师把精心梳理的脑袋歪向一旁。严寒攥住了药房那紫红的心脏。药房的心脏于是衰竭了。”[③]

如果说，以一段精彩的写景作为开篇以吸引读者的眼球，这还是众多作家的常用套路，那么，用简短的写景来突兀地结尾，造成一个既戛然而止、又余音绕梁的效果，这则是巴

① R. Hallett，*Isaac Babel*，Frederick Ungar Publishing Co.，1978，p.18.

②［俄］巴别尔：《国王》，戴骢译，见《巴别尔全集》第1卷，漓江出版社2016年版，第23页。

③［俄］巴别尔：《伙计》，刘文飞译，见《巴别尔全集》第1卷，漓江出版社2016年版，第249页。

别尔的长项。这是《巴格拉特-奥格雷和他的公牛的眼睛》的结尾："太阳在我们的头顶浮起。蓦地，宁静降临到我这漂泊者的心中。"[①]这是《潘·阿波廖克》的结尾："无家可归的月亮在城里徘徊。我陪着它走，借以温暖我心中难以实现的理想和不合时宜的歌曲。"[②]这是《莫泊桑》的结尾："我读完这本书后起床。大雾遮天蔽日，直涌至窗前。我的心抽紧了。我已感觉到真相的预兆。"[③]这是《战斗之后》的结尾："村子在浮动、膨胀，红褐色的泥浆从村子各处寂寥的伤口流淌出来。第一颗星星在我头顶上闪烁了一下，旋即坠入乌云。雨水鞭打着白柳，渐渐耗尽了力气。夜色好似鸟群，向天空飞去，于是黑暗把它湿淋淋的花冠戴到了我头上。我已筋疲力竭，在坟墓的桂冠的重压下，佝偻着腰向前行去，央求着命运赐予我最简单的本领——杀人的本领。"[④]在这些由写景构成的结尾中，我们不难看到一个共同特点，即写景与"我"之间构成的呼应和承转，这最好不过地说明，巴别尔小说中的写景，最终目的仍在于烘托、描摹乃至再现主人公的心境。当然，巴别尔也写有不乏整体画面感和苍茫史诗感的写景结尾，他的短篇《父亲》的结尾写得就像数十年后马尔克斯长篇小说《百年孤独》的开头："这笔交易是在黑夜行将逝去、拂晓已经初临时谈拢的，就在这一刻，历史的

①［俄］巴别尔：《巴格拉特-奥格雷和他的公牛的眼睛》，马海甸译，见《巴别尔全集》第3卷，漓江出版社2016年版，第73页。
②［俄］巴别尔：《潘·阿波廖克》，戴骢译，见《巴别尔全集》第2卷，漓江出版社2016年版，第29页。
③［俄］巴别尔：《莫泊桑》，戴骢译，见《巴别尔全集》第1卷，漓江出版社2016年版，第209页。
④［俄］巴别尔：《战斗之后》，戴骢译，见《巴别尔全集》第2卷，漓江出版社2016年版，第167页。

新篇章开始了，这是卡普伦家败落的历史，是他家渐渐走向毁灭、火灾、夜半枪声的历史。而所有这一切——目中无人的卡普伦的命运和姑娘芭辛卡的命运——都是在那天夜里，当他的父亲和她意想不到的新郎官沿着俄罗斯墓地信步而行时决定下来的。那时一群小伙子正把姑娘们拽过围墙，墓盖上响起此起彼伏的亲嘴的声音。”①

《意大利的太阳》的结构更为独特，两段写景构成故事的首尾，中间嵌入一段书信。叙事主人公半夜被惊醒，见同宿一室的战友西多罗夫正在给未婚妻写信，趁西多罗夫被唤去师部，“我”起身偷读他的信，他在信中要求未婚妻设法让上级派他去意大利，因为早已厌倦征战和杀戮的他“需要意大利的太阳和香蕉”，而在这封信的前后，作者却加上两大段不厌其烦的写景，书信之前是：“此时，成了一片焦土的城市——断柱像凶悍的老虔婆抠到地里的小手指——我觉得正在向天上升去，显得那么舒适、飘逸，好似在梦境之中。月色如洗，以其无穷无尽的力量，向城市注泻。废墟上长了一层湿漉漉的霉菌，煞像剧院长椅的大理石椅面。我渴盼着罗密欧，那光滑如缎子的罗密欧，歌唱着爱情，从云朵后面出来，但愿此刻在侧幕后面，无精打采的灯光师已把手指按到月亮的开关上了。蓝幽幽的马路，好似从许许多多奶头中喷出来的奶水，在我身旁流淌。”而在西多罗夫从师部回来之后：“就是这样一个夜晚，彻夜传来遥远、锥心的钟声，在一片泛潮的黑暗中，有一方亮光，亮光

①［俄］巴别尔：《父亲》，戴骢译，见《巴别尔全集》第1卷，漓江出版社2016年版，第56页。

下是西多罗夫那张死人般的脸，像是悬在昏黄的烛光下的一副没有生命的面具。”①

为了节约叙述篇幅，加快叙事节奏，巴别尔常用写景来完成跳跃性的过渡，因此，人格化、隐喻化的时间概念便成了他小说中最常见的一个贯穿形象，一个串联因素，一个结构主干，这一写景手法在《哥萨克小娘子》《日薄西山》和《父亲》等“敖德萨故事”中体现得最为充分和典型。《哥萨克小娘子》中，有一长段文字中包含着若干处关于时辰的描写：“太阳升至光华熠熠的中天。太阳升至中天后，像只被酷热折磨得软弱无力的苍蝇，打起抖来。……高悬空中的太阳就像干渴的狗伸出在外的舌头，远处巨人般的大海朝着普利斯普区滚滚涌来……白昼驾着华美的单桅帆船，向黄昏航去，直到五点钟，柳布卡才迎着晚霞从市区回来。”②三句写景之间，时间便迅速地由正午跳跃至黄昏，这样的写景压缩了叙述时空，为主人公柳布卡的出场和表演腾出了更多的地盘。在《日薄西山》③中，我们能更清晰地看出景色描写和情节发展之间相互交织、相互烘托的互动关系。弟弟廖夫卡和哥哥别尼亚决定教训他们的老爸，哥哥说：“时间正在走过来。你听听时间的脚步声，给时间让个路。”“于是廖夫卡退了一步，以便给时间让出一条路。它，时间，自古代起就当出纳员了，走了一程又一程。它在途中遇见了国王的姐姐特沃伊拉，遇见了马车

①［俄］巴别尔：《意大利的太阳》，戴骢译，见《巴别尔全集》第2卷，漓江出版社2016年版，第30—31页、第34页。

②［俄］巴别尔：《哥萨克小娘子》，戴骢译，见《巴别尔全集》第1卷，漓江出版社2016年版，第60页。

③［俄］巴别尔：《日薄西山》，戴骢译，见《巴别尔全集》第1卷，漓江出版社2016年版，第74—87页。

夫马纳谢和俄罗斯姑娘马鲁霞·叶甫图申科。”“时间”在小说中成了一个逐渐走过来、目睹并参与情节的角色和人物：在老爸归家途中，“落霞在空中煮熬，又浓又稠煞像果酱”“晚霞好似开了膛的野猪的血在乌云中流淌”；待老爸到家，父子冲突即将发生，“夕阳立时向高处蹿去，活像由矛尖顶住的红盆那样打着旋”；在老爸挨揍后，家里气氛怪诞，“窗外繁星散立，像是大兵们在随地拉屎撒尿，蓝色的穹宇间浮游着绿莹莹的星星”。在这篇小说的始终，时辰似乎像作者一样，是俯察一切、统领一切的。在《父亲》[①]中，黄昏、残阳、傍晚等同样成为小说中的能动角色：“黄昏贴着长凳兴冲冲地走了过去，落日熠熠闪光的眼睛坠入普里斯普区西面的大海，把天空染得一片通红，红得好似日历上的大红日子。”“残阳紫红色的眼睛扫视着下界，于入暮时分擒住了在大车底下打呼噜的格拉奇。一道稍纵即逝的夕晖射定在这个睡大觉的人脸上，火辣辣地数落着他，将他撵到了尘土飞扬、像风中的黑麦那样闪着光的达利尼茨街。”“傍晚早已进入深夜，天空一片漆黑，银河金光熠熠，凉气袭人。”人物活动在时间里，时间自身也纷纷活动起来，加入到故事情节中来，两者你追我赶，让叙事充满着跳跃和突转。所谓的“蒙太奇性”是人们在谈论巴别尔短篇小说时经常提及的一个概念，而一段又一段简洁的景色描写，往往就是不同“镜头”之间的转换，甚至就是“镜头”本身。

---

①［俄］巴别尔：《父亲》，戴骢译，见《巴别尔全集》第1卷，漓江出版社2016年版，第45—56页。

四

将被描写对象主体化，使隐喻成为景色描写的内核，让景色描写在整个小说文本中发挥起承转合的结构功能，巴别尔的这三个写景策略相互之间其实存在着某种呼应关系。描写对象的主体化，或曰叙事文本中主客体关系的有意混淆或倒置，这是展开隐喻式描写的前提之一；而无处不在的隐喻式写景，或曰组合隐喻、整体隐喻，或是斯捷蓬在评论帕斯捷尔纳克小说的景色描写时所言的“转喻性描写”（метонимическое описание）①，又是压缩叙事时空、优化小说结构的最有效方式之一。将“隐藏的材料或者说省略的叙述”视为小说写作重要手段之一的略萨就曾说道：“用沉默代替叙述是通过影射和隐喻进行的。”②

巴别尔短篇小说的景色描写无疑是其作者有意识的风格营造手段，是与其小说的总体叙事策略密切关联的。无论是被描写客体的主体化、隐喻化的写景状物，还是主要是由景色描写串联起的小说结构，三者均共同服务于作家的同一目的，即营造出一种诗化的、陌生化的、极富张力的、具有现代感的小说叙事氛围。巴别尔独树一帜的景色描写是一种高明的写作方式，是揭示巴别尔创作秘籍的密码钥匙，也是其短篇小说整体风格重要的构成因素和生成机制。值得注意的是，在徐岱的《小说叙事学》中，以缩小“时间跨度”来加大叙事的“密度”、“景物描写的

① Ф. Степун, *Сочинения*, 转引自 http://predanie.ru/stepun-fedor-avgustovich/book/217003-sochineniya/

②［秘鲁］略萨：《给青年小说家的信》，赵德明译，上海译文出版社2004年版，第124—125页。

节制”以及“隐喻大批量地登堂入室”，均被视为世界范围内现代小说的基本特征。[①] 就这一意义而言，巴别尔短篇小说中的写景策略以及借此营造出的独特的叙事氛围，应该是20世纪世界短篇小说发展史中极具现代感的写作尝试之一。

需要指出的是，巴别尔短篇小说的写景策略当然是他本人的文学个性之表达，但是其养成和显现与当时的历史语境或许也不无关系。我们至少可以从以下几个角度做出猜度：首先，巴别尔思考和写作的年代是一个革命的年代，而且是人类历史上最具颠覆意义的革命年代，作为投身于这场革命的作家，巴别尔及其同时代的许多俄苏作家均如马雅可夫斯基那般，将十月的革命视为“我的革命”，将社会主义的革命同时也视为一场伟大的文学革命。他们以创世般的态度看待之前和眼前的一切，以果决的姿势质疑和颠覆包括文学传统在内的所有传统，他们的创作因而体现出极强的解构特征和狂欢色彩。我们或许可以说，包括独特的写景策略在内的巴别尔小说写作方式，也就是他自己所说的“走相反的路”，在一定程度上也是一种革命意志的艺术表达，一种创新精神的审美显现。其次，巴别尔开始小说创作时，俄国白银时代的文学和文化影响仍在持续，白银时代的文学其实也是一场“文学革命”，它的兴起和十月革命的爆发其实有着相似的内在驱动力，即一种改造现实的冲动和关于未来的乌托邦憧憬，俄国作家瓦尔拉莫夫在其长篇新作中将这一“世纪初情绪”概括为“臆想之狼”[②]。白银时代就整体而言是一场现代派的文学文

① 徐岱：《小说叙事学》，商务印书馆2010年版，第255、270、377页。
② А. Варламов，*Мысленный волк*，АСТ，2014.

化运动，其对小说写作的显著影响之一便是散文的诗化倾向，白银时代的一批小说作家一改托尔斯泰、契诃夫的小说传统，开始探索小说写作的其他可能性，当时最为突出、最有影响的就是别雷的“韵律小说”和“断句散文”的创作实验，巴别尔的小说写作策略或许也是这种影响的结果之一。最后，所谓“历史语境”或许也可理解为巴别尔在写作其短篇小说时所处的“客观条件”，即骑马挎枪的征战环境和居无定所的漂泊生涯。巴别尔不承认他是个“坐不住”的人，但自他发表第一篇小说到他死于卢比扬卡监狱，他一生中的确少有安坐书桌前的时光，而且悖论是，巴别尔短篇小说创作的几个高潮期，又恰好是他生活中最为动荡的时期。巴别尔短篇小说的写景策略与其所处历史语境的关系尚需进一步探讨，但是，与其说是20世纪二三十年代独特的社会历史语境造就了巴别尔独特的小说风格，莫如说是巴别尔独特的文学天赋在与其相吻合的那一文学和社会氛围中得到了充分的展示。

（原载《外国文学评论》2017年第4期）

文学翻译的几种两难选择

自20世纪80年代末出版第一部译作以来，笔者陆续译出十几本书，其中多数为文学作品。回顾自己的文学翻译过程并回味自己的文学翻译经验，发现这些观察和经验时常是相互矛盾，此起彼伏的，不断地来回修正的。笔者将自己在翻译过程中体验到、观察到的几种两难选择例举出来，一为呈现文学翻译的某些实践困境，二来也意在向文学翻译学家们求教治病的理论良方。

一

我们发现，译者形象在译作中体现得越为明显的译作，译者的自由发挥程度越大的译作，在中国的文学阅读圈里往往越受欢迎。杨绛在《失败的经验（试谈翻译）》一文中这样言及译者的窘境："至少，这是一项苦差，一切得听从主人，不能自作主张。而且一仆二主，同时伺候着两个主人：一是原著，二是译文的读者。"[①] 两个主人，问题就来了，译者究竟该对哪位主人更忠心耿耿一些呢？从伺候原作者主人的角度看，译者越忠

① 杨绛：《失败的经验（试谈翻译）》，《中国翻译》1986年第6期。

诚越好，也就是说，译者的主观能动性越少越好；而从伺候读者主人的角度看，则无疑是越符合汉语的阅读习惯越好，也就是说，对原作的删改相对而言会更多一些。杨绛的《堂吉诃德》译本被视为翻译经典，已累计发行数十万册，是该书中译本中发行量最多的译本。但是，一些西班牙语译者对这一译本也有不同看法，认为译者在翻译时对原作的削减有些多，与其他译本、比如董燕生译本相比，杨译的篇幅少了10万余字[①]。杨绛在谈到她翻译《堂吉诃德》的体会时提出一个“点烦”的问题，这是唐代刘知几在《史通》中的说法，意思是减掉一切可以减掉的字，即“废字”。可是，原作中究竟哪些是“废字”，文学大师的名著中究竟有无“废字”，“废字”究竟出现在原作中还是译作中，这些都是极难把握的问题。杨绛本人也有困惑，她在上面提及的同一篇文章中写道：“我自己就掌握不稳，往往一下子去掉了过多的字，到再版的时候又斟酌添补。”这是字词方面的问题，杨绛的另一独特翻译处理方式体现在句法上，即将原作的句子顺序、甚至篇章打乱，重新排列。她引用晋代释道安在翻译佛经时发出的一句感慨，即“胡语尽倒”，然后用一个形象的比喻来形容她的处理方法，即“翻跟头”，把颠倒的东西再颠倒回来。问题在于，词序、句序、篇章等是否为原作风格的构成部分呢？句式“尽倒”的“胡人”们在篇章上都是一样的吗？是一成不变的吗？但无论如何，杨绛的译作是好读的，流畅的，充满中文阅读趣味的，因此受到汉语读者更多的欢迎。

① 杨绛译《堂吉诃德》（人民文学出版社2000年版）为720千字；董燕生译《堂吉诃德》（浙江文艺出版社1995年版）为839千字。

另一个例子是韩少功译的昆德拉的《生命中不能承受之轻》（1987），这部译著出版后风靡一时，发行量巨大。后来，许均从法文重译这部小说，他在重译时给自己提出三个重译原则，即“一是尽可能全面地理解昆德拉；二是力求再现昆德拉作品的风格特征；三是尽可能避免误译，并不随意删改原文。”[①] 这里的最后一点，即“不随意删改原文”，令人印象深刻，它显示出译者在更忠诚作者还是更忠诚读者的两难选择中所作的取舍。许均的这部重译也很畅销，2003 年面世后已多次再版，但在中国文学界，至少在文学阅读圈，韩译似乎还是更有口碑一些，例证之一便是书名，提起昆德拉这部小说，人们更为上口的还是韩译那个有些拗口的译名《生命中不能承受之轻》[②]，而非许译读来更为自然的标题《不能承受的生命之轻》[③]。

如今我们的诗歌翻译界又有了“专家译诗”和“诗人译诗”之分野，一些诗人出身的译者主张以我为主，对原诗作进行大胆的二度创作，并提出“重组说”“剪枝说”等理论，他们的译诗也大多更有诗意和诗味，更确切地说，更像当下中国诗人原创的诗作（尽管中国诗人的原创诗作大多也是在对西方现代派诗人长期模仿的基础上写成的），自然更受当下的汉语诗歌读者欢迎。问题在于，这些译诗的诗人们的原创诗作若被译成外语，他们也愿意其他国家的译者对他们的诗作做同样的“重组”和“剪枝”吗？

自有文学翻译以来，无论古今中外，似乎均始终并存着作家

① https://zhidao.baidu.com/question/16724263.html

②［捷克］昆德拉：《生命中不能承受之轻》，韩少功译，作家出版社 1987 年版。

③［捷克］昆德拉：《不能承受的生命之轻》，许均译，上海译文出版社 2003 年版。

翻译和译家翻译这两种风格和范式，两种类型的译者在翻译时似乎持有两种不同态度，具体就体现在杨绛所言的“翻译度”之大小的问题上。总体而言，作家身份的译者在处理译文时往往更为大胆自由，更注重伺候读者，更注重译入语的阅读效果，即“翻译度”更大；而学外语出身的、从事专业研究的译者往往更尊重原文，更注重伺候作者，更注重对原文的精确理解和传达，即“翻译度”较小。一仆二主，注定是左右为难的。问题在于，原作者与我们相隔或远或近的空间、或长或短的时间，他们甚至对我们的翻译工作一无所知，而读者永远是近在眼前的，取悦何人更为讨巧，原本是显而易见的。然而，严复制定的“信达雅”的翻译标准至今仍无疑是大多数译者的心理准绳，尤其是其中的“信”和“达”，更构成大多数译者不敢逾越的高墙和红线。

二

作家的译作更为流行，这在一定程度上或也得益于他们在文坛业已享有的影响和地位，由此便引出这里要谈的第二种两难选择，即汉语译者在汉语文学中的尴尬身份。文学翻译家在中国文学和文化界的影响始终是巨大的，无处不在的，可与此同时，他们在汉语言文学中似乎又永远是隐身的，躲在背后的，“二道贩子”的身份认定使他们总难昂起高傲的头颅，除非他们像鲁迅、巴金、茅盾、郭沫若、穆旦、冯至、卞之琳、袁可嘉那样，是既写作又翻译的两面手或多面手。文学翻译对于中国近现代文学的建构所起的作用无论怎样形容均不过分，五四时期新文学运动中的西学中用，新中国成立后对俄苏文学的大规模译介，以及改革开放之后出现的外国文学热潮，其影响都远远超出文学范畴，进而影响到整个中国的国家建制、社会风俗和中国人新的世界观和美学观的形成。近现代中国实际上是一个翻译过来的国家，中国现当代文学也可以说是一种翻译过来的文学，至少，中国现当代文学的各种形制均是以翻译文学为模板的，我们当下的小说、诗歌形式不是我们老祖宗的方式，不是章回小说和七律七绝，而是西方文学的形式，至少是带有浓重“翻译腔”的，这在世界各大民族、各大语种的文学中十分罕见。但是在中国，翻译和翻译家又似乎一直是隐在的，其地位一直很低。莫言最近在《人民日报》发表一篇文章，题目叫《隐形的翻译家》，他的意思是，好的翻译家应该是“隐形的”，让人感觉不到的：“我也读过一些伟大的翻译家翻译的外国文学作品，翻译家隐形了，仿佛读到的就是原作，仿佛我的阅读就是与原作者直接对话。所以，我想，最好的翻译就是好像没有翻译。”[①]他这里用的是一种隐喻说法，指的是一种理想的、不着痕迹的翻译，但是，中国翻译家的身份的确曾长期“隐形”，人民文学出版社在过去很长一段时间里都坚持不让译者的姓名出现在译作的封面上。在不久前召开的中国作协第九届全国代表大会上，翻译家仅占全体代表的1.6%。可是另一方面，在我们的书店里，文学类图书中至少有一半是翻译文学，在我们各大出版社的出书目录中，翻译作品大约占据同样的份额，每年的好书评比，网上和报刊上的新书推介，国家图书馆的文学类图书借阅量等等，大约

① 莫言：《隐形的翻译家》，《人民日报》2016年11月27日第7版。

都会给出同样的结果。而文学翻译家，却很少有人像著名作家那样在读者中间有口皆碑。当然，翻译文学的流行和文学翻译家的不受重视，这或许也并非当下中国的特有现象，这当然也不会影响到中国文学翻译者的心境和事业，因为文学翻译者大多是低调的，甘于坐冷板凳的人。笔者写过一篇题为《文学的驿马》的小文，内容是对普希金的“译者是文明的驿马”（Переводчики — почтовые лошади просвещения）之说法的引申：“如果说广义的译者是文明的驿马，那么专事文学翻译的人士便是‘文学的驿马’了。凑巧的是，在汉语中，译者的‘译’和驿马的‘驿’不仅同音，而且在词源、词形和词义上也很相近，区别似乎仅在于后者为‘马儿’而前者是‘文人’（言者）。……用在驿站间往复奔波的马儿来形容译者，每个有过译事经验的人大约都能在这个比喻中品味出某种艰苦和辛酸，甚至是束缚和无奈。……既要有出众的能力还要有忍辱负重的秉性，日复一日的奔波只能换得微薄的粮草，还得时刻提防路途中遍布的坑洼和沼泽，能善此业者非驿马莫属也。驿马总归是驿马，即便背上驮的是装满金子的袋子，身后的车厢里坐的是帝王将相，其任务也不过是把它和他送往某个目的地，本不该再有什么奢望。然而，驿马自有驿马的生活和使命，以及随之而来的甘甜和欣悦，它毕竟是在不同的文明、不同的文学之间游走，行程本身已然精彩纷呈，更何况还有它们经年累月搬运、堆积起来的一座座金山呢。”[①] 译者就是驿马，终归不是赛马场上万众瞩目的良驹骏马。

① 刘文飞：《文学的驿马》，《文艺报》2010 年 10 月 25 日第 3 版。

三

在翻译文学作品的过程中，我们时常感觉到，文学性越强的作品就越难以被翻译，一部文学作品中文学性越强的部分就越难以被传导，原作者在写作时用心最多的一些东西，比如文字游戏、音乐性、双关语、有特定文化内涵的隐喻等等，都很难在译文中完满地再现，而这些部分又往往是一部文学作品的关键要素。俄国形式主义将文学作品的内部规律和外部规律并列，认为文学作品的“文学性”首先就表现在它的内部规律方面，即文学作品的形式范畴，可俄国形式主义所言的“文学性”和“形式的内容性”等恰恰是最难翻译的，甚或根本无法翻译。这一点在诗歌翻译中体现得尤为突出。诗歌中的韵律、音步、韵脚等都是较难再现的，其中的音乐性通常也无法传导，能够翻译的只是其实际含义，甚至连诗中的意象、隐喻等也是无法完整再现的。雪莱因此感叹，文学翻译就是一种“巴别塔诅咒”。弗罗斯特说得更绝，他的一句话让全世界所有的诗歌翻译者都感到十分沮丧：“诗歌就是会在翻译中失去的东西。”（Poetry is what gets lost in translation.）细想起来的确如此，比如普希金的《叶夫盖尼·奥涅金》，它被俄国人视为俄国文学中的最崇高经典之一，其部分原因就在于，这部诗体长篇小说洋洋数千行的诗句，居然从头到尾都用严格的“奥涅金诗体”写成，亦即普希金在西方传统十四行诗的基础上创建的一种严格的诗歌形式，俄语读者认为此诗伟大，在很大程度上就是因为这一特殊诗体，因为这体现出了诗人普希金非凡的诗歌写作能力，可是在任何一种汉语译本中，这样的“诗体”均无法得到精准的传导，即便传导出来，读者也是不买账的，或者根本就体会不到。这样的例子在诗歌翻译中无处不在，俯拾皆是。但悖论的是，经过长时间的大量翻译，汉语读者对普希金、莎士比亚等人的理解又大致是与俄语读者、英语读者相近的，这些文学大师创作的整体风貌和艺术精髓还是已被中国人接受了过来，这一艺术接受似乎也并未产生太大偏差。也就是说，勉为其难的诗歌翻译、文学翻译，并未影响到中国读者对各种语言的外国文学和作为一个整体的世界文学的理解和把握。

文学翻译就是翻译文学，就是翻译文学作品中的文学性，可这最需要翻译的部分恰恰又是最难以甚至无法翻译的部分，这不啻一个莫大的玩笑。翻译过来的文学作品，其文学性是一个至关重要甚至生死攸关的因素，因此译者往往要做某种补偿，这就是文学翻译中的创造性问题。“文学翻译是一种创作，这不仅由于译者要对各种语言手段做出实际并无限定的选择，而且还因为他必须在不同的语言、民族、社会、历史等条件下再造艺术作品。”①“有条件的”创作，注定是一种有限度的创造。翻译的创造性还如同创作中的灵感说一样，具有某种“神秘性”，“菲尔特蒂纳提出一个重要的观点，即‘新诗歌一旦定稿’，翻译时投入的工作就‘隐身’了，其中包括译者本人的背景和研究，以及翻译的构思过程”。②也就是说，大到整个翻译的过程，小到某个字词的推敲，都是转瞬即逝的，难以捉摸的，这恰恰表明了文学翻译与文学创作的相似和相近。

---

① 吴克礼：《俄苏翻译理论述评》，上海外语教育出版社2006年版，第471页。

②［英］杰里米·芒迪：《翻译学导论：理论与应用》，李德凤等译，外语教学与研究出版社2014年版，第217页。

四

中国的翻译文学，绝大多数译自英、俄、日、德、法、西、阿等世界几大主要的语种文学，细心的汉语翻译文学阅读者若对比阅读译自不同语言的文学译作，便不难发现，它们在文字表达方式上似乎有着明显的差异。比如，译自英、法语的作品似乎灵动自如一些，译自俄、德语的作品则显沉稳严谨一些。在作为目标语的同一种汉语中，译自不同语种的文学作品却呈现着不同的语言风格，其相互之间的风格差异有时甚至会超过它们与汉语原创文学之间的差异。笔者同时做一点俄语和英语的文学翻译，因而对这一点深有感触。笔者的《俄国文学史》（人民出版社 2013 年版）和《悲伤与理智》（上海译文出版社 2015 年版）两书译自英语，前者是俄国学者米尔斯基在英国大学任教时用英文写成的专著，后者是俄裔美籍诗人布罗茨基的英文散文，这两本书都有很好的俄译本，其中《悲伤与理智》的俄译本还有布罗茨基本人参与翻译。笔者在翻译时做过一个试验，即分别从这两本书的英文版和俄文版各译出若干段落，然后合成一个整体，结果在译文中居然能明显地感觉到两者之间的风格差异。由此可见，源语言特有的属性的确会对译者的语言风格产生影响。或许正因为如此，我们所说的文学翻译经验，往往也只是指汉语中某一种外语文学的翻译经验，我们的翻译理论研究也往往是“分门别类”的[①]。

① 如许均编“外国翻译理论研究丛书”即纳入《当代美国翻译理论》《苏联翻译理论》《当代法国翻译理论》《当代英国翻译理论》《当代德国翻译理论》等书。

汉语中不同语种翻译文学的风格究竟是原语种文学所固有的，还是中国各语种文学翻译界逐渐形成的某种翻译范式或曰翻译传统呢？更有可能，是这二者在相当长的时间里交叉影响、相互作用的结果。文学翻译风格深受原作和源语言的影响，这是不争的事实。世界上的任何一种语言均是一种塑造工具，它对其使用者有着强大的塑造功能，大至使用者的世界观和思维方式，小至他遣词造句的语言习惯，任何一个人均无法脱离其母语的束缚，这就是詹姆逊所言的“语言的牢笼”[①]。文学是语言的艺术，文学作品作为语言与其使用者之间长期、积极的相互作用之结果，无疑也会对其翻译者的思想和美感产生深刻的影响。我国各大语种外国文学研究和译介各有其显明的特色和强大的传统，这或许是所研究对象即某一语种的外国文学自身文学传统的间接显现，或许是该语种文学汉译者们集体无意识的直接积淀，而在这一语种文学翻译传统的形成过程中，各语种文学翻译大师们的作为又往往是具有垂范意义的，如英语文学界的朱生豪和卞之琳、法语文学界的傅雷和李健吾、俄语文学界的戈宝权和曹靖华、德语文学界的冯至和钱春绮，他们的翻译风格均得到了后代译者不同程度的模仿和继承。

中国的文学翻译界和中国的外国文学研究界一样，长期以来似乎一直是各人自扫门前雪的，由此扫出一块块小天地，扫出多种译介传统，扫出一个个很封闭的翻译小王国。问题在于，在作为统一译入语的汉语范畴内，是否应该、是否能够建立起一套统

①［英］弗雷德里克·詹姆逊：《语言的牢笼》，钱佼汝、李自修译，百花洲文艺出版社 2010 年版。

一的翻译标准和规范，各语种文学的翻译经验是否应该、是否能够得到充分的相互交流和借鉴呢？答案可能是见仁见智的，但这并不妨碍我们去做一些尝试，我们并不追求某种放之四海而皆准的汉语文学翻译标准，但不同语种翻译经验的相互借鉴于我们而言总归是有益的，所谓“他山之石，可以攻玉”也。

五

中外文学史上的名著，无论出现在什么时代，一代又一代读者捧读的均为同一个文本，而文学名著的译本，即便是著名的译本，却常常会随着时间的推移而“衰老”，会被所谓“新译”所取代。日本著名斯拉夫学者、契诃夫的日译者沼野充义有一次曾对笔者说，被译成日语的契诃夫作品大约每20—25年便要新译一次，以适应新一代的读者。他的话让笔者大吃一惊，可转而一想，外国文学作品的汉译其实也有着大致相同的命运，尽管其存活期未必一定就是20—25年。汉语文学中的原创名著，如唐诗宋词元曲，如《三国演义》《水浒》《西游记》《红楼梦》，自然在任何时代都不需要、也不允许做任何文字加工，可汉语文学中的翻译名著，即便是近现代翻译大家们的著名译作，如严复译的《天演论》、林纾译的《黑奴吁天录》、鲁迅译的《死魂灵》等，如今也会让人觉得不无“过时”之感，至少会让当下的读者阅读不畅。也就是说，文学名著是永恒的，不朽的，它们的译作却是相对短命的。在面对原作和译著的这两种不同的阅读态度中，我们至少可以再拆分出这样一些疑问，或者说，可以再做如下一些更深层面的思考：

首先，从读者的角度看，他们对于原作和译作这种不同的阅读取舍，究竟源自何种阅读心理呢？文学读者为何在阅读母语名著时能够、而且愿意接受具有“历史感”的文本，即便是《诗经》和《山海经》中的文字，我们依然不仅能理解其含义，而且还能品味其美感，但是在阅读译作时，他们就会要求它的文字具有“时代感”，即每一代读者都需要一种新译的托尔斯泰和契诃夫呢？读者的这种厚此薄彼的取向究竟是先天的还是后天的，是产生在翻译活动出现之后还是之前，这种倾向与文学名著重译这两者之间究竟存在着什么样的互动关系呢？其次，从译者的角度看，在进行重译和新译时究竟该如何面对已有的译作，尤其是已有的优秀译作，是刻意回避，还是尽量汲取原有译作的经验和精髓？如果对原有译作，尤其是名译作的经验和精髓有所汲取，又该如何避免抄袭的嫌疑和版权的纠纷呢？如果对前辈翻译家宝贵的翻译经验视而不见，每位新译者均另起炉灶，真的能做到青出于蓝吗？如果新译在翻译质量上无法与旧译比肩，甚至不如旧译，那么重译的意义和价值又何在呢？最后，从翻译实践活动自身来看，用 16、17 世纪的汉语去翻译莎士比亚当然是可笑的，但是，用 21 世纪的汉语网络语言去翻译莎士比亚就一定具有历史的必然性和合理性吗？不断地重译、新译，会在多大程度上减少或抹去原作的时代感和历史感，把每一部新译作都作为当下的作品来读，是不是一种最大程度的误读呢？

郑海凌在《文学翻译学》一书中写道：“文学翻译是一种审

美活动，创造性是它的基本特征。”[①] 他同时也提到，“文学翻译活动充满着矛盾与对抗，译者在‘隔’中求‘透’，在矛盾的对立中发挥再创造，寻求各方面的协和与平衡”[②]。文学翻译是一种创造性活动，但文学翻译者的创造性却总是受到种种制约的，文学翻译中所有的两难选择似乎均源于这一根本性的矛盾。人们在评价译者及其劳作成果时，所注重的恰恰是他的忠实度，是他的信达雅，亦即被动性，而非创造性。总体而言，文学翻译是一件明知不可为而为之的事情，是不可为却又可以大有作为、并且已经大有作为的事情。或许，只有这样一种充满两难选择的事业才更具挑战性，更能激发作为译者的我们的主观能动性和创造潜力，因而才能使译者获得智力游戏般的乐趣和文字建构意义上的快感，如果说，作家的创作是一种充满享受的语言创造过程，那么，在翻译过程中同时处理着两种语言的翻译家，他所获得的语言创造方面的欢乐或许就应该是双倍的！纳博科夫认为文学的本质在于“文字的游戏”；苏珊·巴斯内特在她与勒菲弗尔合编的《文化构建——文学翻译论集》一书中也曾提到翻译的“游戏性”（jouissance or playfulness[③]），并将其作为翻译过程中不可或缺的心理构成。文学翻译的诸多两难选择让我们难堪和困惑，但它们同时也构成挑战和机遇；诸多的两难选择时时令我们无所适从，却也能让我们在左右逢源中持久地获得相遇的惊喜和创造的愉悦！一仆二主的角色也有人能够胜任，比如撮合成功的媒婆；

① 郑海凌：《文学翻译学》，文心出版社 2000 年版，第 2 页。
② 同上书，第 58 页。
③ [英] 巴斯内特、[美] 勒菲弗尔：《文化构建：文学翻译论集》，上海外语教育出版社 2001 年版，第 65 页。

戴着镣铐的舞蹈也未必不雅，它同样可以展示出更大的力度和难度，更高的技巧和灵敏。创造性和被动性，规律性和神秘性，忠诚度和游戏感，正是这一切的交织构成了文学翻译的乐趣和诱惑，文学翻译由此或许也能成为一项有规则的创造活动，一种颇具神秘感的审美游戏。

（原载《中国翻译》2017 年第 4 期）

重译《复活》附记

1907年6月，上海商务印书馆出版了马君武自德文转译的《心狱》，此书即托尔斯泰的长篇小说《复活》之节译。“辛亥革命前后至‘五四’高潮时期，托尔斯泰的文学作品开始大量进入中国……译介数量居外国名家之首。”[1] 在此后绵延百余年的《复活》中国译介史中，这部名著被数十次重译，各种版本层出不穷，国家图书馆所藏《复活》译本多达300种，其译者中不乏大名鼎鼎的翻译家，如耿济之、高植、汝龙、力冈、草婴、乔振绪、刁少华、石枕川、李辉凡、王景生等等。此番应中国作家榜之约重译《复活》，我的“对手”便不仅仅是《复活》的作者托尔斯泰及其深邃复杂的文本，而且还有《复活》的各位中译者及其准确精美的译文。我曾在前文中谈及名著重译的尴尬：“在进行重译和新译时究竟该如何面对已有的译作，尤其是已有的优秀译作，是刻意回避，还是尽量汲取原有译作的经验和精髓？如果对原有译作，尤其是名译作的经验和精髓有所汲取，又该如何避免抄袭的嫌疑和版权的纠纷呢？如果对前辈翻译家宝贵的翻

① 陈建华主编：《中国俄苏文学研究史论》第3卷，重庆出版社2007年版，第176页。

译经验视而不见，每位新译者均另起炉灶，真的能做到青出于蓝吗？如果新译在翻译质量上无法与旧译比肩，甚至不如旧译，那么重译的意义和价值又何在呢？”怀揣这些疑问，我用近一年时间重译《复活》，其间的酸甜苦辣让我感触良多，在翻译过程中我也有意采取了一些个性化的尝试，在此梳理出几点体会，请同行们批评指正。

一

托尔斯泰的这部小说题为《复活》，这里的“复活”有多重意义：首先是女主人公玛丝洛娃的复活。玛丝洛娃被聂赫留朵夫引诱并抛弃后不再相信社会的正义和公平，不再相信善，在妓院熬过七年后更是万念俱灰，在精神和道德上都很堕落，是聂赫留朵夫的三次探监使她的心灵受到冲击，逐渐开始觉醒，直到被流放西伯利亚，在与政治犯的交往中她才在精神上赢得真正的“复活”；其次是男主人公聂赫留多夫的复活，托尔斯泰展示了“精神的人”和“动物的人”在聂赫留多夫身上的对峙、搏斗和转换，当他以陪审员身份坐在法庭上审判玛丝洛娃，一个有罪的人审判一个无辜受害的人，他的灵魂因此受到强烈震撼，由此开始了他艰难的“灵魂的扫除”，最后他自愿陪同玛丝洛娃去西伯利亚，这象征着聂赫留多夫已大体完成了“道德上的自我完善”。再次，“复活”这一题目也暗含着对社会之“复活”的希望，“复活”是以死亡为前提的，托尔斯泰在《复活》中描写的社会已是一个僵死的社会，托尔斯泰巧妙地通过聂赫留多夫为救玛丝洛娃而上下奔走的过程，将包括贵族阶层、司法机构和教会在内的整个国家结构全都展现出来，让人们感觉到，这个社会除了在彻底死去后再重新“复活”之外似乎没有其他出路。最后，我们可以在《复活》的题目中感觉到的似乎还有托尔斯泰本人的精神复活过程，聂赫留多夫的心路历程在一定程度上也可被视为托尔斯泰自己痛苦的思索过程，在聂赫留多夫身上我们可以看到托尔斯泰本人的一些品质和追求，如丰富的内心世界，对自己和他人高度的道德要求，渴望四处播散自己的爱和善，寻找与民众结合的道路等等。聂赫留多夫赢得了精神上的“复活”，但小说中写道：“至于他一生中这个新阶段会怎样结束，那却是将来的事情了。”也就是说，连托尔斯泰自己也不清楚，在精神的“复活”之后，接下来将走向何方。

小说《复活》的主题不难通过翻译传导出来，细心的读者和研究者也能揣摩出小说主题的多重含义，即便揣摩不出，译者也无能为力，因为翻译终究不是阐释。但是，由小说的主题所确定的作品基调，却应该成为译者首要关注并刻意再现的对象之一。纵观托尔斯泰三部长篇小说的创作过程，乃至他一生的创作史，可以发现，他似乎越写越慢，越写篇幅越小，越写结构越简洁，而调性却越来越滞重，作者的声音却越来越强烈。如果说《战争与和平》是一部乐观激昂的民族史诗，《安娜·卡列尼娜》是一出社会性的家庭悲剧，《复活》则是一部深刻的道德忏悔录。从1889年到1899年，托尔斯泰共花费十年时间才完成他的这部巨著，而在此之前，《战争与和平》只写了六年，《安娜·卡列尼娜》只写了四年，可篇幅比前两部小说都要小的《复活》，所用的时间却等于前两部小说所用时间之总和，在《复活》之后，托尔斯泰更是完全放弃了长篇小说的写作。托尔斯泰创作中的这一“体裁演进史”是值得我们关注的。

在翻译之前，我再次通读了俄文原作和好几部优秀的汉语译作，以便获得一个关于《复活》调性的总体印象。在我看来，史诗般磅礴的叙事和充满道德感的说教，小说精致的情节结构和作者激愤的主观立场，滞重凝练的文字推进和悲天悯人的情感覆盖，这一切相互交织，构成了《复活》的总体风格。因此，我在翻译过程中便有意采用了这样几个处理方式：

首先，我试图尽量译得滞缓一些，不想让托尔斯泰在中文中显得过于“通顺”，过于平缓，而试图借助某些不太常见的词语搭配或句法结构，以“降低”译文读者的阅读速度。在与托尔斯泰开始写作《复活》时的年龄相近的年纪翻译《复活》，我甚至在工作的节奏上也试图接近托尔斯泰，我自然不可能像他那样用十年时间译完《复活》，但与自己之前的翻译相比，我还是有意放慢了《复活》的翻译进度。

其次，我奉行杨绛先生提出的“点烦”原则，尽量节约用字，一律去除“的”“了”等可有可无的字；在遇到原文中两个以上并列的形容词时，尽量避免“的、的、的”的汉语呈现，以免在节奏和语感上显得拖沓，而尽量把那些形容词的修饰意义加以整合，多用符合汉语习惯的四字词组来表达；在翻译对话时，我也借鉴影视剧台词的翻译经验，用以节俭为原则的汉语口语习惯译出，并不追求对原文对话中某些语气词的逐一“等值”再现；对于俄语中大量出现的长从句，我也做了尽量简洁化的汉语句法处理。其结果，我的这个《复活》译本要比大多数其他汉译本少很多字，比如，力冈译《复活》（天津人民出版社 2016 年版）为 416 千字，王景生译《复活》（北京燕山出版社 2001 年版）为 374 千字，汝龙译《复活》（人民文学出版社 2011 年版）为 445 千字，而我的译本为 306 千字。当然，我的译本的字数统计是 word 文档显示的字数，前三种译本的字数是版权页上标明的字数，两者间可能会有差异，但我的译本字数最少则是肯定的。

最后，我注意到，《复活》原文的“灰色”基调中不时出现一个个亮色块，它们或是托尔斯泰的深沉思索，或是他的抒情写景，都写得充满诗性和音乐感，且往往与其前后的文字段落构成较大反差，似乎是在有意地使叙事节奏产生变化。每当遇到这些段落，我都会译得越发用心，以尽力传导出托尔斯泰在小说调性方面的刻意追求。比如，小说第二部第四十节写到聂赫留多夫在火车上的一段沉思，作者让雨前和雨后不同的自然景色呼应主人公出行前后的心理状态，我是这样翻译的：

聂赫留多夫陷入沉思，竟未发现天气已变，太阳被近前一片低低的乱云所覆盖，自西边的地平线飘来一堆浅灰色的乌云，远处的田地和森林上方已现出落雨拉出的斜线。乌云投下潮湿的水汽。闪电不时划破乌云，火车的轰鸣声越来越与隆隆的雷声混为一体。乌云越来越近，倾斜的雨丝被风吹打着，落在车厢连接处的平台和聂赫留多夫的大衣上。他迈到平台的另一边，呼吸着潮湿的新鲜空气和久旱逢雨的土地散发出的庄稼气息，看着眼前飞速闪过的花园、森林、金黄的黑麦地、尚且泛绿的燕麦地和黑色的土豆地垄沟，土豆已开出深绿色的花朵。一切都像被抹了一层油漆，绿的更绿，黄的更黄，黑的更黑。

“下吧，下吧！”聂赫留多夫说道，欣喜地看着期待甘露的田野、花园和菜地。

大雨只下了一小会儿。一部分乌云变成雨水落下来，一部分乌云飘走了，最后一阵垂直的、细密的雨点打在潮湿的土地上。太阳又露出脸来，一切都在闪亮，东方的地平线上方现出一道彩虹，彩虹并不太高，却很耀眼，紫色最为浓重，彩虹的一端若隐若现。

二

我们在阅读外国文学作品时，感觉最有味道的往往正是那些“异国情调”，但这些地方往往又是译者最难处理的。我在重译《复活》时感到，越是具有地道俄国味的风俗、称谓、度量衡等语言因素，似乎就越需要“去俄国化”，越需要归化。

小说第一部第十二节描写聂赫留多夫、卡秋莎与伙伴们一起玩俄式捉人游戏，这是两位主人公最初的相爱场景：“卡秋莎面带微笑，闪烁着像被露水打湿的黑加仑一样的黑眼睛，向聂赫留多夫飞奔而来。他俩跑到一起，双手紧握。”原文到此为止，因为熟悉这种游戏的俄国人知道其规则，而中国读者却未必清楚，因此，我在“双手紧握”后面又加了一句话：“这表明他俩赢了这场游戏。”第一部第十二节写到聂赫留多夫在两位姑妈处的生活：“他俩只能在见面时抽空聊上几句，在走廊，在阳台，在院落，有时在两位姑妈的老女佣玛特廖娜·帕夫洛夫娜的房间里，卡秋莎与老女佣住在一起，聂赫留多夫有时去她们的小屋喝茶。”这里的“喝茶”原文为«пить чай вприкуску»，通常的译法为“喝俄式茶”或“就着糖块喝茶”，其实译成“喝茶”足矣，因为俄国人自然是“喝俄式茶”，俄式茶也一定要“就着糖块喝”。

俄国人相互之间的称谓五花八门，有尊称和卑称、爱称和昵称等，表示尊重的时候用名字加父称，表示亲切的时候指名不道姓，而且名字会根据亲昵程度的不同发生多种变化，小说中第一部第二节的一句话最好不过地说明了这些不同用法：“她们唤她时既不用卑称‘卡季卡’，也不用爱称‘卡坚卡’，而是中性的‘卡秋莎’。”这里的“卑称”“爱称”等定语都是我加上去的，而原文就是简简单单的三种称呼：«Ее и звали так средним именем — не Катька и не Катенька，а Катюша.» 在更多情况下，我在处理各种称谓时则多采取“中性的”译法，让主人公更多地以同一个名字出现，比如“卡秋莎”，以减轻中国读者的阅读和记忆负担。

俄国独特的度量衡单位也会让汉语读者丈二和尚摸不着头脑，比如所谓“俄亩”“俄里”“俄斤”“俄尺”“俄寸”“普特”等到底是什么概念呢？因此，译者每译到这些地方，通常都要进行“换算”，将其译成通行的“公顷”“亩”“公里”“公斤”等，以便于汉语读者理解。第一部第三节写道，聂赫留多夫打算“放弃自己的私有财产，就像十年前他在处理父亲的那两百多公顷土地时那样”。这里的“两百多公顷”原文为“两百俄亩”（двести десятин），1 俄亩 =1.09 公顷，这里便译成了“两百多公顷”。在

第二部第四十一节，塔拉斯在火车上向人讲述他和妻子的故事，其中有一句：“我们当时租了四五十亩地，托上帝的福，黑麦和燕麦都长得出奇的好。”这里的“四五十亩”原文为“三俄亩”（три десятины），塔拉斯是个农民，不大可能使用“公顷”的概念，我便采用1俄亩=1.09公顷、1公顷=15亩的换算方式，把这里译成“四五十亩”。第一部第十四节写道，两位神父“赶着雪橇过水塘走土路，好不容易才走完从教堂到姑妈家的六七里路”。这里的“六七里路”原文为“三俄里”（три версты），1俄里=1.06公里，所以此处译成“六七里路”。在第一部第二十三节，有人谈到遇害的商人斯梅尔科夫是个“巨人”：“他可是条壮汉，我听说，他身高1米95，有130多公斤！”在原文里，说话人称这位商人高“12俄寸”（двенадцать вершков）、重“8普特”（восемь пудов），“12俄寸”即“2俄尺12俄寸”，俄人在说身高时通常会自动略去人人都有的2俄尺，1俄尺=0.71米，1俄寸=4.4厘米，经换算此人身高为194.8厘米；至于他的体重“8普特”，则1普特=16.38公斤，为131.04公斤。第一部第三十节写到关押玛丝洛娃的囚室“是个长方形房间，7米多长，宽不到5米”，这句译文也是换算的结果，原文为“长九俄尺，宽七俄尺”（в девять аршин длины и семь ширины）。

翻译文学作品，有时也要手持一台计算器。当然，《复活》原文中用到的“卢布”“戈比”“公顷”等单位，因为早已为汉语读者所接受和理解，便也在我的译文中得到沿用。

三

古今中外的小说家在写作其小说时均很少加注释，因为他们完全有能力把他们要解释的东西置入作品的字里行间，不需另做说明。但在翻译作品中，所谓“译注”却成为译者手中一件似乎不可或缺的工具，当下汉语译著几乎无一部无译注，有的竟每页加注，密密麻麻。当然，对于学术著作而言，如亚里士多德的《诗学》等，注释本身就是学术性的体现，甚至就是该书的出版意义之所在，但是那些面向普通读者的文学名著译本，其中的译注似不宜太多太烦，因为读者往往不得不中断阅读，去查看译者添加在页面底端的或多或少的注释。翻阅我们当下的外国文学名著译本，发现其中的很多译注似乎是可有可无的，而一些必须加注的内容似乎也可通过对译文的灵活处理来加以表达。我在重译《复活》时做了一种或许极端的尝试，即一律不加译注，而把需要做出的相应解释置入译文正文。我主要采用这样几种方式：

第一，相信中国读者的知识储备，不低估读者的理解力和判断力，对一些耳熟能详的历史人物和事件、常识性的概念不再加注，比如，“米开朗基罗”“伏尔泰”“黑格尔”“叔本华”等自不必加注，甚至诸如“楚瓦什人”“茨冈人”“祖鲁人”“阉割教派”“谢肉节”等概念，在信息资源的获得十分便利的当下，似乎也可免去译者的加注之苦和读者的读注之劳。

第二，遇到较为生疏的人或事，把需要对之加以说明或限定的内容加入译文。比如，《复活》第一部第三节写道，聂赫留多夫曾是英国社会学家斯宾塞和美国社会学家亨利·乔治的追随者，以前的《复活》汉译本大多对这两位英美学者加了脚注，我却处理为："他年少时曾是英国社会学家赫伯特·斯宾塞的狂热追随者，""多年过后，他又在美国社会学家亨利·乔治的著作中找到了关于这些观点的出色论证"。这两句译文中的"英国社会学家"和"美国社会学家"两顶"帽子"，都是我为避免加注而给两位历史人物戴上去的。同样的处理另见第一部第二十一节对副检察长法庭发言的描述之翻译："他的演讲含有一切最新理论，这些理论当时在他的圈子里十分时尚，曾被广泛接受，如今仍被视为科学智慧的最新成就。这里有遗传性，有先天犯罪说，有提出先天犯罪说的意大利学者尤勃罗梭，有法国刑事学家塔尔德的理论，有进化论，有生存竞争说，有催眠术，有暗示说，有论述过催眠术的法国病理学家沙尔科，有颓废主义。"此处尤勃罗梭、塔尔德、沙尔科三人之前的"身份说明"，即"提出先天犯罪说的意大利学者""法国刑事学家"和"论述过催眠术的法国病理学家"，均为译者的"擅自"添加。同样的例子亦见于第二部第三十节："起初，聂赫留多夫想在书本里找到这一问题的答案，于是便购买了与这一问题相关的所有书籍。他买了意大利犯罪学家龙勃罗梭、加罗法洛和菲利的书，还买了德国经济学家李斯特、英国心理学家摩德斯莱和法国社会学家塔尔德的书，并仔细阅读。"此处提及的六位欧洲学者，在原文中原本都是没有"头衔"的。

在上面有关尤勃罗梭和塔尔德的例子中，"提出先天犯罪说的"和"论述过催眠术的"两处添加已构成我的第三种做法，即“夹译夹释”，把相关的解释性内容掺入正文。再如，第一部第四节有一句话：«...и Нехлюдов，смеясь сам над собою，называл себя буридановым ослом.» 直译就是：“聂赫留多夫嘲笑自己，称自己是布里丹的驴子。”我则处理成：“聂赫留多夫嘲笑自己，称自己是法国哲学家布里丹笔下被饿死的驴子，它面对两捆同样的干草不知所措。”在托尔斯泰引经据典时提到作者却未言及作品名的情况下，我则加入作品名称，如托尔斯泰在第一部第二十三节和第四十五节分别提及拉伯雷和屠格涅夫的两个说法：“拉伯雷在《巨人传》中写道，有人请一位法官断案，他拿出各种法典，在朗读了20页毫无意义的拉丁文司法条文后，他建议通过掷骰子来断案，若是双数则原告有理，若是单数则被告有理。”“好吧，现在来谈您的案子……我仔细读了此案卷宗，‘我不赞成其内容’，就像屠格涅夫在他的小说《多余人日记》中所写的那样，也就是说，那个小律师很糟糕，放过了上诉的所有理由。”在这两个地方，拉伯雷和屠格涅夫的作品名，即《巨人传》和《多余人日记》，在托尔斯泰的原文中均未出现，是我加上去的。还有一种处理，即对原文读者而言众所皆知、而中国读者却未必耳熟能详的俄国历史事件，我将需要做出的解释也尽量放到译文中去。比如，第三部第五节有这样一句话：«С самого начала революционного движения в России，и в особенности после Первого марта，Нехлюдов питал к революционерам недоброжелательное и презрительное чувство.» 我译作：“自俄国革命运动发端时起，尤其在1881年3月1日亚历山大二世遇刺之后，聂赫留多夫对革命者一直没有好感，抱有蔑视。”在原文中仅有的一个日期“3 月 1 日”（Первого марта）的前后，我分别加入了“1881 年”和“亚历山大遇刺”两个补充。

译完《复活》后我感觉到，原文中一切需要注释的内容通过各种变通方式，似乎均可被“植入”正文。当然，此类做法有时也会遭遇窘境，比如在人物对话中就不太方便做此类插入，不过我仍坚持贯彻自己的初衷，比如第二部第十四节，聂赫留多夫的姑妈揶揄侄儿道：“Vous posez pour un Howard!”我还是勉强译成了：“你都快成为美国慈善家霍华德了！”原文中原本是没有“美国慈善家”几个字的。再比如，之前很少在其作品中作注的托尔斯泰，居然也在《复活》中加了两处注释，分别位于第二部第二十八节和第三部第二节，我的处理方法是把这两个“原注”完整译出，然后用括号括起来置入正文，并注明“托尔斯泰原注”：“（80 年代初，一批囚犯被从布特尔监狱转押至下诺夫哥罗德火车站，一天之内有五名囚犯中暑死亡。——列夫・托尔斯泰原注）”“（这是德・亚・里尼奥夫在《押解途中》一书中写到的一件真事。——托尔斯泰原注）。”需要在此指出的是，在我以这样的“注释原则”译完全书后，却发现《复活》的另一位译者、北京大学乔振绪教授也曾使用近似的方式，他也将需要注释的内容以加括号的方式置入译文正文，如：“他所以不高兴，是因为他年轻时，曾是斯宾塞（英国 19 世纪的哲学家和社会学家）的狂热信徒。”①

① 托尔斯泰：《复活》，乔振绪译，漓江出版社 2012 年版，第 15—16 页。

四

如同在托尔斯泰的《战争与和平》等其他小说中一样，也如同在其他许多俄国作家的作品中一样，《复活》中不时出现法、英、德等外文。托尔斯泰之用外文不外这么几个用意：一是为了现实地再现当时的社会氛围和生活现实，因为当时的俄国上流社会人士在沙龙、舞会、会议等场合常说外文，尤其是法文；二是为了塑造人物性格，让某位人物说某种外文，其实与让他身穿什么样的衣服、做出什么样的行为一样，也是意在让读者更贴切、更生动地感受到这个人物的音容笑貌，乃至内心深处；三是借助外文单词来突出地强调某个细节，或营造幽默、嘲讽、奇异化等语言效果。更有学者认为，托尔斯泰在《战争与和平》中大量采用法文，这原本就是作者的“帝国意识”之体现：“一位批评家曾经说过，这样一个宏伟的巨著竟然以这样的琐碎的谈话开始，而且用的还是法语，真是奇怪。但是，貌似细弱的开端绝不是琐碎的：它显示出俄国社会上层在国际性的环境中活动，以同等身份对待外国贵族，在国际政治的深水里优雅地航行。”[①]但不管怎么说，让人物说外语，在托尔斯泰这里无疑是一种有意识的语言表现手段。

对于原文作品中的外文，中译一般有三种处理方式：一是在译文中保留原文，以脚注的形式在页面底端给出汉译；二是在正文中直接译成中文，再在脚注中标明“原文为×语”；三是

①［美］埃娃·汤普逊：《帝国意识：俄国文学与殖民主义》，杨德友译，北京大学出版社 2009 年版，第 93 页。

在译文正文中用不同的字体排出外文的汉译。这三种方式各有利弊，但似乎均无法同时达到两个目的：既能表达出原作者使用外文的用意，同时也不对汉语读者的阅读造成过多干扰。我在重译《复活》时采取了一个折中的方式，即外文原文照排，在外文之后的括号中提供中译，并注明原为何种语言，试图在不打断读者的阅读流的同时让读者感受到原作中作者特意运用的语言塑造手段。

比如，我这样处理第一部第三节中出现的一张便条，这是颇有心计、不无做作的科尔恰金公爵小姐写给聂赫留多夫的："我在履行充当您的记忆之义务，因此提醒您，今日，即 4 月 28 日，您必须去法院做陪审员，因此您无论如何也不能与我们以及科洛索夫家的人一起去看画展，就像您昨日以您惯有的随意所允诺的那样；à moins que vous ne soyez disposé à payer à la cour d' assises les 300 roubles d' amende, que vous vous refusez pour votre cheval（法文：除非您情愿向区法院缴纳三百卢布罚金，这恰好是您舍不得买的那匹马的价钱），因为您未准时出庭。我昨日在您走后才想起此事。请您千万别忘了。"她在信纸的背面又添写了两句："Maman vous fait dire que votre couvert vous attendra jusqu' à la nuit. Venez absolument à quelle heure que cela soit.（法文：妈妈要我告诉您，为您预备的餐具将等您到深夜。请一定光临，时间悉听尊便。）"

第三部第二十五节的一段英文对话翻译如下：

"Are you ready?（英文：您准备好了吗？）"英国人此时问道。

"Directly.（英文：马上就好。)"聂赫留多夫答道，他又向她问起克雷里佐夫的情况。

《复活》中出现的外文还有德文，第二部第二节有一段对话，在这里，管家的德语显然是说给聂赫留多夫听的，而对农民管家则使用俄语，在翻译中若不"区别对待"，则很难传导出管家媚上欺下的心理特征：

"他说的这是怎么回事？"聂赫留多夫问管家。

"Der erste Dieb im Dorfe（德文：村里的头号小偷），"管家用德语说道。

五

重译《复活》，在遇到一些较难理解的地方时，我也会参考英译本。我手边的《复活》英译本被视为最权威的英译之一①，译者露易丝·莫德（Louise Maude，1855—1939）是英语世界最著名的托尔斯泰译家之一，她与其丈夫艾尔默·莫德（Aylmer Maude，1858–1938）曾长期生活在俄国（露易丝更是生于莫斯科，在俄国长大），是托尔斯泰的密友，艾尔默·莫德还写出最著名的托尔斯泰传记之一《托尔斯泰传》（*The Life of Tolstoy*），

① Leo Tolstoy，*Resurrection*，translated by Louise Maude，Oxford University Press，1932.

这部传记由徐迟等译出、戈宝权作序，在我国引起很大反响[①]。露易丝的俄语和英语几乎都是母语，再加上他们夫妇与托尔斯泰的密切往来，她翻译的《复活》自然很可信，据说托尔斯泰曾认定，英文中不可能再有超过露易丝·莫德的托尔斯泰作品译文。

《复活》第三部第六节有一段克雷里佐夫的讲述："Я познакомился, между прочим, с знаменитым Петровым (он потом зарезался стеклом в крепости) и еще с другими." 这里括号里的"在狱中用玻璃自杀"(зарезался стеклом в крепости)究竟是"割腕"还是"割喉"呢？拿不定主意的我去参看英译本，见英译为："who afrerwards killed himself with a piece of glass in the fortress"[②]，英译并不点明所割破的人体部位，只说明"用一块玻璃自杀"，于是我就译成"割破血管"："我在那里还认识了著名的彼得罗夫（他后来在狱中用碎玻璃割破血管自杀了）和其他一些人。"

在第三部第八节，聂赫留多夫请求押解官允许他去探访玛丝洛娃，押解官问道："Маленькая, черненькая?" 这里的"черненькая"（有点黑）有可能引起歧义：是指玛丝洛娃有点黑的头发或眼睛（前文多次提及玛丝洛娃的黑头发和黑眼睛），还是指她有点黑的肤色（流放途中的长时间跋涉会使玛丝洛娃肤色变黑）？查看英译，发现露易丝·莫德处理为"A little dark one"[③]，也就是说，把具体的所指泛化、模糊化，于是我便译成："个子不高、

① [英]艾尔默·莫德：《托尔斯泰传》，宋蜀碧、徐迟译，北京十月文艺出版社2001年版。

② Leo Tolstoy, *Resurrection*, translated by Louise Maude, Oxford University Press, 1932, p.388.

③ 同上书，p.395.

有点黑的那个姑娘？”

值得注意的是，在托尔斯泰出现明显“笔误”的地方，英译者大多直接“订正”过来。第二部第三节写聂赫留多夫回到姑妈的庄园，睹物思人：“那道丁香树篱笆墙也鲜花盛开，一如14年前，当年，聂赫留多夫就在这丁香丛中与18岁的卡秋莎玩捉人游戏，结果摔倒，手被荨麻划伤。”在这里，托尔斯泰一连犯了两个年代错误：前文写到卡秋莎当年是16岁；卡秋莎·玛丝洛娃受审时为27岁，聂赫留多夫此时忆起的应为11年前之往事。英译本将这两个“时间错误”直接改了过来，分别为“16岁的卡秋莎”（sixteen-years old Katusha）和“12年前”（twelve years ago）[1]。但细细一算，还是应该在11年前，于是我便以译者按的形式加入这样一段话，并置入正文，括上括号：“（前文写到卡秋莎当年16岁，卡秋莎·玛丝洛娃受审时为27岁，聂赫留多夫此时忆起的应为11年前之往事。）”

第三部第十二节写道，纳巴托夫购买食品回来，看到了聂赫留多夫：“‘瞧，我们的公爵现身了，’他说着，把茶壶放在茶碗中间，把面包递给玛丝洛娃。”可是根据上下文，玛丝洛娃此时尚未进屋，英译本中也就直接改了过来：“and handed the bread to Rantseva”[2]，这也就给了我加“译者按”的勇气：“此处可能是托尔斯泰笔误，根据上下文看玛丝洛娃此时尚未进屋，面包应该递给了兰采娃。”

顺便补充一句，前文提及俄式度量衡的转换，我们发现，

① Leo Tolstoy, *Resurrection*, translated by Louise Maude, Oxford University Press, 1932, p.211.

② 同上书，p.405.

《复活》的英译者在译到那些地方时，也多将俄式度量衡单位换成英式，比如，在写到关押玛丝洛娃的囚室的大小时，英译者便将其面积的“长九俄尺，宽七俄尺”“换算”成了“长 21 英尺，宽 16 英尺”（twenty-one feet long and sixteen feet broad）①。

在翻译文学作品时参考其他语种的译本，不失为一个好办法，因为一部文学作品中较难翻译的地方，往往会令所有语种的翻译家都同样感到棘手。欧洲曾有举办某位作家的翻译工作坊的传统，即把某一位作家、某一部作品的不同语种译者召集到一起，大家相互交流切磋，在此类工作坊上译者们往往会发现，一些费解的或难于通过翻译表达的东西似乎是共同的。在翻译时参考其他语种译本，触类旁通，借助旁观者来迂回理解，或可成为一道路径。比如此番在参考《复活》英译本的翻译处理方式时，用“打擦边球”的方法朦胧地处理一些似是而非的地方，就是我获得的一个重要心得。

（原载《复活》，浙江文艺出版社 2018 年版）

① Leo Tolstoy，*Resurrection*，translated by Louise Maude，Oxford University Press，1932，p.108.

力冈文学翻译的历史意义

在力冈先生91周年诞辰的今天，在力冈先生去世20年后的当下，在洋洋24卷的《力冈译文全集》面世的此刻，我们终于可以试着归纳一下他的文学翻译所具有的历史意义了。

一

力冈先生的文学翻译苦行僧形象是具有典型意义和感召力量的，这是中国老一辈俄苏文学翻译家留下的一个苍凉背影，也是他们为自己建起的一座“非人工的纪念碑”。翻译是一项苦差事，是需要坐冷板凳的，是一项付出和回报往往不成正比的工作，是一种注定要与孤独和寂寞为伴的工作。文学翻译至少需要出色地掌握两种语言，而好的外语或许能让人找到另外一种更为轻松、更有利可图的工作，好的翻译家若用其母语来进行创作，大约自己也能写出像样的文学作品来。可是，文学翻译似乎像电子游戏、像吸食鸦片一样是一种能让人上瘾的事情，一旦上手，一旦品味到其中的甘苦，往往便欲罢不能。始自玄奘的翻译姿态和翻译精神，似乎成了中国一代又一代译者的宿命，即专注和吃苦，苦修和执着。

力冈先生1926年生于山东乡间，自幼失去母亲，生活贫苦，到他上中学时，家乡被日寇占领，他流亡河南、甘肃、陕西等地。1950年，他考入哈尔滨外国语专门学校俄语专业，毕业后志愿来到安徽师范大学的前身安徽大学任教，不久就开始了文学翻译工作，陆续在报刊发表一些短篇译作，至1956年，他的单行本译作《里雅希科小说集》已由上海新文艺出版社推出。然而次年，他便在反右运动中蒙冤，被开除公职，押往新生耐火材料厂劳教。1960年7月，他因“劳动表现突出”被摘掉右派帽子，重返学校，他在教学之余立即重拾译笔，在短短数月间便译出苏联作家艾特马托夫的中篇小说《查密莉雅》，这篇译作在《世界文学》杂志1961年第10期刊出，引起轰动，“力冈”这一译家大名从此进入人们的视野。就在力冈先生准备大展宏图、施展拳脚的时候，“文化大革命”却突如其来，1968年，他再度被逐出校园，下放至宣城地区新田公社劳动改造，直到“文革”结束后的1978年方得以重返讲台，此时他已过知天命之年，用他自己的话说就是：“噩梦醒来，已是人生的黄昏。”文学翻译需要天赋，但也是一种力气活，在对于一位翻译家而言的黄金时期，即30—50岁，力冈先生却两度蒙冤，两度再拾译笔，重新开始，这需要何等的勇气和坚韧！他两落三起的翻译经历，几乎就是20世纪五六十年代中国的俄苏文学翻译家们跌宕起伏的人生经历的缩影，就是那一时代中国知识分子命运的象征。令人惊讶的是，重返译坛的力冈先生以超乎常人的工作激情和翻译速度，在1978年后的20年间陆续出版20余部译著，平均每年一部，总字数达

700余万。在20世纪80年代，最初几部译著的出版使力冈先生挣到了以当时标准看相当不菲的稿酬，甚至成为所谓“万元户”，但他似乎无暇、也无意去享受自己的劳动成果，依然粗茶淡饭，素衣裹身，与此同时却以更大的热情继续译事，终日伏案，不懈地爬格子。1997年2月，力冈先生因肝癌在芜湖弋矶山医院逝世，据家人说，他在生命的最后时刻仍在念叨着未译完的最后一部译作《罪与罚》。我们或许可以说，他是被文学翻译累死的；我们肯定可以说，文学翻译是他最为看重的毕生事业。

力冈先生少年时四处漂泊，中年时命运多舛，老年时病魔缠身，他的一生似乎都不是给最需要安宁和平静的翻译家所准备的；力冈先生的职业是教师，他偏居小城，又不善交际，这些似乎都不构成他迅速成长为一位全国著名翻译家的前提条件。但是，正如吴笛教授在他纪念力冈先生的文章中所言：“他的一生就是用出人意料的成就表现了悲怆的境界。面对种种意想不到的遭遇和不公，他并没有沉沦，也没有片面地记恨，而是在艰难的岁月中怀着对人性的憧憬，将厄运升华为创作的动力，在逆境中不忘呼唤人性和仁爱，将种种遭遇视为生命中的财富，在悲怆的境界中抒写诗意人生，毫不气馁地追求生命的意义，在自己所献身的俄罗斯文学翻译事业中，做出了杰出的贡献。”

普希金说过：“译者是文明的驿马。”笔者曾对此说法加以引申：“如果说广义的译者是文明的驿马，那么专事文学翻译的人士便是‘文学的驿马’了。凑巧的是，在汉语中，译者的‘译’和驿马的‘驿’不仅同音，而且在词源、词形和词义上也很相近，区别似乎仅在于后者为‘马儿’而前者是‘文人’（言者）。……用在驿站间往复奔波的马儿来形容译者，每个有过译事经验的人大约都能在这个比喻中品味出某种艰苦和辛酸，甚至是束缚和无奈。……既要有出众的能力还要有忍辱负重的秉性，日复一日的奔波只能换得微薄的粮草，还得时刻提防路途中遍布的坑洼和沼泽，能善此业者非驿马莫属也。”力冈先生就是这样一匹忍辱负重、砥砺前行的“文学的驿马”。力冈先生以他的作为告诉我们，文学翻译是一项可以托付终生的事业，是一种富有意义的存在方式；力冈先生及其文学翻译活动是一种燃烧生命的举动，一个与命运抗争的典范，同时是他的翻译意志奏出的一曲凯歌。

二

力冈先生是在中国改革开放的热潮中展开他最积极的翻译活动的，他的大部分译作出版于20世纪80年代。浏览一下力冈先生的译作书目，可以发现出版于80年代的译著有十余部之多，计有格鲁兹杰夫的《高尔基传》（与济凯合译，江西人民出版社1980年版）、冈察尔的《爱的归宿》（安徽人民出版社1983年版）、巴巴耶夫斯基的《野茫茫》（浙江文艺出版社1983年版）、艾特马托夫的《白轮船》（外国文学出版社1984年版）、阿列克谢耶夫的《儿时伙伴》（山东文艺出版社1984年版）、波利亚科夫的《别林斯基传》（黑龙江人民出版社1985年版）、普希金的《暴风雪》（春风文艺出版社1985年版）、肖洛霍夫的《静静的顿河》（漓江出版社1986年版）、帕斯捷尔纳克的《日瓦戈医生》（与冀刚合译，漓江出版社 1986 年版）、帕斯捷尔纳克的《含泪的圆舞曲——帕斯捷尔纳克诗选》（与吴笛合译，浙江文艺出版社 1988 年版）、卡里姆的《悠悠儿时情》（安徽文艺出版社 1989 年版）和格罗斯曼的《风雨人生》（浙江文艺出版社 1989 年版）等。从这个目录还可以看出，力冈这一时期的译作总体上以苏联当代文学作品为主要翻译对象。

20 世纪 80 年代是中国当代史上的一个特殊时期，那是一个文化转型期，甚至可以说是中国现当代的一场文艺复兴，是一个文化觉醒的黄金时期。在那场汹涌壮阔的思想解放运动中，在整个改革开放后中国当代文化的建构过程中，对外国文学和外国文化的翻译和介绍起到了无可替代的重要作用，中国当今的现代化，从某种意义上说就是一种“被翻译过来的现代化”。那是一个文学的时代，也是一个翻译文学的时代；那是一个开放的时代，更是一个对外国优秀文学和文化开放的时代，在精神上饥寒交迫的国人首度面对外国文学的盛宴，饕餮之余，最应该感谢的就是那一时代的翻译家。在中国改革开放后出现的外国文学翻译热潮中，俄苏文学也是重要的译介对象之一，力冈先生的译著也和其他众多翻译作品一样，是对改革事业的添砖加瓦，是为思想解放运动注入的燃料，对当时中国社会的文化重建、国民文化性格的重塑起到了重要作用。

中国的俄国文学翻译始自 19 世纪末，在五四时期出现第一个高潮，如今人们在探讨五四运动的起因时，常将俄国的文学与德国的马克思主义和法国的启蒙思想并列为三大思想资源，由此不难看出俄国文学在当时中国社会所发挥的强大思想作用。后来，在抗日战争时期，在新中国成立之后的50—60年代，俄苏文学再度发挥“军火”和“样板”功能，而在改革开放时期，包括俄苏文学在内的外国文学，又一次成为国人解放思想、放眼世界的意识形态工具和思想武器。如果说，鲁迅那一代翻译家是“给起义的奴隶偷运军火”的人，那么，改革开放时期的这一代中国翻译家同样是为国人“盗火”的普罗米修斯，功莫大焉，没有包括力冈先生在内的这一代翻译家的辛勤工作，国人的思想解放就是难以想象的。如果我们把出生在19、20世纪之交的翻译家如鲁迅、瞿秋白、蒋光慈、茅盾、巴金、耿济之等视为中国第一代俄国文学翻译家，那么20世纪第一个十年前后出生的姜椿芳、曹靖华、戈宝权、查良铮、汝龙、满涛、叶水夫等就是第二代，而力冈以及去年去世的草婴和刚刚去世的高莽等人则构成中国的俄国文学翻译家的第三代方阵，这一代翻译家同样以自己的辛勤努力为中国的思想启蒙和文化构建做出了历史性的贡献。

中国第三代俄国文学翻译家的工作也对当代中国文学的发展进程产生了深远影响。在20世纪80年代初起，俄苏文学在中国的译介出现一个“井喷”现象，十余年间，全国近百家出版社先后出版的俄苏文学作品多达近万种，在译作的种类和印数上，可能要高出此前所有同类出版物的总和。在这样一种铺天盖地的外国文学译介热潮中，受益的不仅仅是中国的读者，自然也包括中国的作家。王蒙在他的《青春祭》（作家出版社2006年版）一书中写道：“我们这一代中国作家中的许多人，特别是我自己，从不讳言苏联文学的影响。是爱伦堡的《谈谈作家的工作》在50年代初期诱引我走上写作之途。是安东诺夫的《第一个职务》与纳吉宾的《冬大的橡树》照耀着我的短篇小说创作。是法捷耶夫的《青年近卫军》帮助我去挖掘新生活带来的新的精神世界之美。在张洁、蒋子龙、李国文、从维熙、茹志鹃、张贤亮、杜鹏程、王汶石直到铁凝和张承志的作品中，都不难看到苏联文学的影响。张贤亮的《肖尔布拉克》、张承志的《黑骏马》以及蒋子龙的某些小说都曾被人具体地指认出苏联的某部对应的文学作品；这里，与其说是作者一定受到了某部作品的直接启发，不如说是整个苏联文学的思路与情调、氛围的强大影响力在我们的身上屡屡开花结果。”这里提到的张承志，就对力冈先生的译作赞不绝口，曾感慨：“我恨不得倒背如流！”由此不难窥见力冈先生的译作对改革开放时期中国作家产生的影响。

三

1984 年，漓江出版社推出力冈先生重译的《静静的顿河》，这是新时期名著重译的第一部，而自 90 年代起，力冈先生更将名著重译当成首要任务，相继重译了多部俄国文学经典，如托尔斯泰的《复活》（译林出版社 1992 年版）和《安娜·卡列尼娜》（浙江文艺出版社 1992 年版）、屠格涅夫的《猎人笔记》（河北教育出版社 1994 年版）、莱蒙托夫的《当代英雄》（河北教育出版社 1994 年版）等，他作为翻译家的最后一项工作，就是重译陀思妥耶夫斯基的《罪与罚》。力冈先生是俄国文学经典著作重译的倡导者和先行者之一，他几乎将他翻译艺术炉火纯青的最后十年都用在了名著重译上。

文学名著重译始终是译界的一个有趣话题。中外文学史上的名作原著，无论出现在什么时代，一代又一代读者捧读的均为同一个文本，而文学名著的译本，即便是著名的译本，却常常会随着时间的推移而“衰老”，会被所谓“新译”所取代。日本著名斯拉夫学者、契诃夫的日译者沼野充义有一次曾对笔者说，被译成日语的契诃夫作品大约每20—25年便要新译一次，以适应新一代的读者。他的话让笔者大吃一惊，可转而一想，外国文学作品的汉译其实也有着大致相同的命运，尽管其存活期未必一定就是20—25年。汉语文学中的原创名著，如唐诗宋词元曲，如《三国演义》《水浒》《西游记》《红楼梦》，自然在任何时代都不需要、也不允许做任何文字加工，可汉语文学中的翻译名著，即便是近现代翻译大家们的著名译作，如严复译的《天演论》、林纾译的《黑奴吁天录》、鲁迅译的《死魂灵》等，如今也会让人觉得不无“过时”之感，至少会让当下的读者阅读不畅。也就是说，文学名著是永恒的，不朽的，它们的译作却是相对短命的。笔者曾在一篇文章中对名著重译现象做过一番思考：首先，从读者方面看，读者为什么会在面对原作和译著时持有不同的阅读态度呢？他们对于原作和译作这种不同的阅读取舍究竟源自何种阅读心理呢？这种厚此薄彼的取向究竟是先天的还是后天的，是产生在翻译活动出现之后还是之前，这种倾向与文学名著重译这两者之间究竟存在着什么样的互动关系呢？其次，从译者的角度看，在进行重译和新译时究竟该如何面对已有的译作，尤其是已有的优秀译作，是刻意回避，还是尽量汲取原有译作的经验和精髓呢？如果对原有译作，尤其是名译作的经验和精髓有所汲取，又该如何避免抄袭的嫌疑和版权的纠纷呢？如果对前辈翻译家宝贵的翻译经验视而不见，每位新译者均另起炉灶，真的能做到青出于蓝吗？如果新译在翻译质量上无法与旧译比肩，甚至不如旧译，那么重译的意义和价值又何在呢？最后，从翻译实践活动自身来看，用16、17世纪的汉语去翻译莎士比亚当然是可笑的，但是，用21世纪的汉语网络语言去翻译莎士比亚就一定具有历史的必然性和合理性吗？不断地重译、新译，会在多大程度上减少或抹去原作的时代感和历史感，把每一部新译作都作为当下的作品来读，是不是一种最大程度的误读呢？

力冈先生在进行文学名著的重译时，不知是否也曾遭遇此类问题，但他在晚年义无反顾地执着于重译，一定是一种有意识的抉择。我们猜度，他在他翻译事业的黄金时段做出这一重大转向，可能有如下几种原因：首先，他觉得在他之前的译本还有继续加工的余地，还有再度提升的空间。力冈先生重译的这几部俄国文学名著在他之前早已有过出自名家的名译，它们是不止一代中国读者捧读的对象，但力冈先生却不畏权威，另辟蹊径，公开与多位前辈翻译大家打擂台，这或许是力冈先生个人性格的一种显现，但他敢于“叫板”，无疑因为他自信他可以比之前的译著译得更好，或至少能译出他自己与众不同的特色。其次，在译出十多本书后，作为一名富有经验的翻译家，力冈先生大约也会产生出如何超越自己的问题，重译名著，既可以与前辈译家一较高低，同时也能时刻与俄国文学史上的名著及其作者进行跨越时空的深度交流，这无疑是一种更富有挑战、也更富有趣味的工作。最后，名著之所以成为名著，就因为它们往往具有更为完满的艺术价值和更为恒久的艺术生命，翻译这样的作品，无疑更能呼应社会的阅读需求，赢得更大的社会意义。

力冈先生晚年重译的多部名著如今仍在一次又一次地再版，这说明力冈重译的俄国文学经典具有长久的生命力，也说明他当年重译名著的抉择是正确的。一位翻译家，只要他的译作还能出版，还能被人阅读，这位翻译家就还活着，好的译作就是译者的生命之延续。从更为广泛的意义上说，力冈先生是我国改革开放之后名著重译之风的倡导者之一，而名著重译，对于深化我们对外国文学经典的理解和认识、对于发展我们的翻译实践和理论而言，都是极具历史意义的。

四

力冈先生是一位翻译家，也是一位大学老师，教书育人是他的本业。作为恢复高考后步入安徽师大外语系俄语专业的 20 名学生之一，笔者有幸受教于王老师（力冈本名王桂荣，我们当时都称他“王老师”）。记得先生 1978 年从插队的宣城乡村回到安徽师大后，不久就开始给我们授课，他教的是“文学选读课”。先生是一个颇为“另类”的老师：他上课不用现成的教材，没有固定的教案，就以他当时正在进行的翻译工作为授课内容；他在教室里不来回走动，几乎不做板书，仅端坐讲台，摊开那本他正在翻译的原著，一旁摆着一摞他最新出炉的译稿，按部就班、一句一句对照着讲下去。对文学没有兴趣、对文学翻译没有兴趣的学生，听这样的课或许会感到无味，当时王老师课的课堂气氛也的确有些沉闷单调，但王老师并不在意，只管自顾自地讲下去，他会讲他为什么要这样译，讲到兴奋处，他会突然提高嗓门，用带有山东腔的口音高声朗读他最得意的译文段落，读完后，他会抬起眼睛，久久地盯着天花板，似在掩饰眼里涌出的泪水。记得是在讲解《当代英雄》时，他时时指出其他译者甚至是非常著名的翻译家的错误，并向我们分析这些错误之所以出现的可能的原因，他也时常让我们在他的译文中“挑错”或为他的译文“润色”，如果我们偶有所得，他往往显得比我们还要高兴。与王老师的文学选读课构成呼应的，是我们在大三时学的翻译课，翻译课教师张本桂先生常常给我们一些原文片段，让我们动手翻译，并在下一次翻译课上让译文出色的同学朗诵其译文，并对他认为好的译文再逐字推敲。正是在力冈先生以及张本桂先生和其他老师的精心培养下，安徽师大俄语专业后涌现出一大批俄罗斯语言文学专业的人才，其中多位如今已成为国内知名的翻译家，有译著面世的人更多达十余位，如吴笛、张杰、周启超、夏人青、吴嘉佑、冯华英、朱少华、陈建硕，笔者也忝列其中。名不见经传的安徽师大俄语专业，在短短二三十年间居然成为中国的俄语文学翻译家的摇篮，王老师在天之灵也会因此而深感欣慰！

我们这个俄国文学译者群体的崛起，在很大程度上要归功于力冈先生及其同事们的言传身教。首先，他在课堂上逐字逐句的中俄文对照讲解，他关于译者甘苦的诉说，对于有志于文学翻译的学生而言弥足珍贵，这其实就是一个文学翻译的工作坊和实验室，让我们当年在初步掌握俄语后不久便接触到了俄语翻译的真谛，亲眼目睹了一位翻译家的工作过程和工作方式。其次，他既与我们分享他的翻译过程，也与我们分享他的翻译收获，记得我们在校时，他和济凯先生合译的《高尔基传》已经出版（江西人民出版社 1980 年版），他送给全班同学每人一本译著，并用规整的笔迹在扉页上题字签名，不难想象，我们接到这样的馈赠时会多么激动，同时也会觉得译书和出书不再是一件遥不可及的事情。最后，他以他的翻译行为和翻译意志告诉我们大家，庙小并不妨碍念经，更不妨碍修身。他在翻译课上不畏权威，真诚地点出翻译名家们的长处和短处，让我们较早地感受到某种翻译民主精神，并从而确立自己的翻译人格。在他之前的大翻译家往往都生活和工作在大城市，而他在成名后却安居小城，潜心译事，他的存在方式构成一种垂范和激励，使我们很早就意识到，一位翻译家原本可以在任何环境里成长和工作。力冈先生作为一位翻译家的修为和风骨，为他的学生们树立起一个光辉的榜样。

五

力冈的文学翻译有着其鲜明独特的文字风格。译者作为一部作品中的“被动创作者”，究竟应不应该体现其风格，这也是翻译学中一个争论已久的问题，一个见仁见智的问题，有人认为，译者的责任就在于原封不动地传导原作的风格，而不能擅自发挥，喧宾夺主。但是，译作毕竟是由译者用另一种语言进行的文学再创作，译者个人的修辞习惯和语言风格不可避免地会在其译作中得到体现，也就是说，所谓“译者风格”实际上是难以避免的。在这种情况下，如何让译者的风格与作者的风格相互接近、相互吻合，往往就成了决定译作成败的关键因素之一。译者无法在作品的风格范畴里肆意妄为，但译者毕竟有权力选择与自己相近的原著，或者说，选择自己较容易处理的翻译对象，或者说，在一部作品的翻译过程中更注重在自己的风格较易发挥的地方施展拳脚。原作风格和译者风格的吻合虽是一个可遇不可求的事情，但一旦相遇，便是译者的幸事，也是原作者的幸事，更是读者的幸事。

在力冈先生的译著中，较之于人物对话和心理描写，大段落的抒情和大场面的写景似乎得到了译者更为精心的处置，他往往能借助这些段落营造出一种悲凉壮阔、哀婉抒情的氛围，更确切地说，他往往能细腻精准地传导出原作中的此种氛围。力冈先生钟情于这样的段落，钟情于这种文学氛围的营造和传导，无疑与他饱经沧桑的生活经历相关，也是他既刚正不阿又侠骨柔情的性格使然，更是他的审美趣味和文字风格的要求。他的几部译著在书名翻译上的处理，就在一定程度上体现了他的这一追求。巴巴耶夫斯基的小说原名“Приволье”，这是一个很“地道”的俄语单词，意为“广阔的地方”“无拘无束”等，力冈成功地将其译成《野茫茫》，这个译名既契合小说描写俄国斯塔夫罗波尔草原地区生活的主题，也暗含着我国著名的北朝民歌《敕勒歌》所具有的苍茫壮阔的抒情力量。卡里姆的小说原题“Далёкое, далёкое детство”，力冈先生最初发表在《世界文学》上的译文题为《漫长漫长的童年》，后来出版单行本时，他将书名改为《悠悠儿时情》，“漫长漫长的”和“悠悠”这两种均使用了叠词的译法都是对原文题目中的修辞手法和诗意情绪的准确再现，但“悠悠”较之“漫长漫长的”似乎更符合中文习惯，再加上之后的“儿时情”，无疑更有抒情味。冈察尔的小说“Берег любви”通常被译为《爱的彼岸》或《爱之岸》，力冈先生却译为《爱的归宿》，译者似乎也是在有意地“拓展”作为小说描写对象的爱情的辐射范围。力冈最重要的译作之一《生活与命运》最初的译名是《风雨人生》，力冈是在20世纪80年代末结束此书的翻译的，想必他在译完这部作品时，回顾自己和社会遭遇的种种磨难，不禁百感交集，故将格罗斯曼的原书名“Жизни и судьба”译成《风雨人生》。需要说明的是，在广西师大出版社不久前再版力冈先生的这部译著时，笔者建议将译著的书名改为《生活与命运》，因为这部小说如今已被与托尔斯泰的《战争与和平》并列，而作者格罗斯曼在为这部小说取名时也的确是对托尔斯泰那部史诗的有意模仿，“生活与命运”和“战争与和平”，都是对人类生活最高程度的归纳和概括。

我们或许可以将力冈先生的文学翻译风格概括为“大气的诗意”或“壮阔的悲凉”，即一种熔悲剧与抒情于一炉、广阔的画面感与内在的节奏感相互呼应、一气呵成的连贯性和力透纸背的史诗感相映成趣的译文风格。在他精心翻译的《静静的顿河》和《日瓦戈医生》等巨著中，他的译笔很好地传达出了原著中原本就饱含的由抒情性、悲剧性和史诗性抱合而成的小说整体氛围，而在《生活与命运》的翻译中，他的这一风格又得到了更为充分的彰显。请读一读这部史诗长篇的结尾：“在这种宁静中，会想起去年的树叶，想起过去的一场又一场风雨，筑起又抛弃的窠巢，想起童年，想起蚂蚁辛辛苦苦的劳动，想起狐狸的狡诈和鹰的强横，想起世间万物的互相残杀，想起产生于同一心中又跟着这颗心死去的善与恶，想起曾经使兔子的心和树干都发抖的暴风雨和雷电。在幽暗的凉荫里，在雪下，沉睡着逝去的生命——因为爱情而聚会时的欢乐，四月里鸟儿的悄声低语，初见觉得奇怪、后来逐渐习惯了的邻居，都已成为过去。强者和弱者、勇敢的和怯弱的、幸福的和不幸的都已沉睡。就好比在一座不再有人住的空了的房子里，在和死去的、永远离开这座房子的人诀别。但是在寒冷的树林中比阳光明丽的平原上春意更浓。在这宁静的树林里的悲伤，也比宁静的秋日里的悲伤更沉重。在这无言的静默中，可以听到哀悼死者的号哭和迎接新生的狂欢……”这一史诗性的小说结尾写得好，译得也好，善于再现悲剧抒情风格的翻译家力冈先生的功力和风格在这里体现得淋漓尽致，炉火纯青！

俄国诗人叶夫图申科在1986年访问中国之后，深为中国俄苏文学翻译家们忍辱负重、坚持不懈的精神所感动，写下一首题为《中国翻译家》的诗作，在由笔者译成中文的这首诗的最后，诗人写道：“知识分子的良心，/就是一家出版社，/它仍能工作，/即便没有印刷机，/无论监狱、瘢迹还是侮辱，/它仍能用诗句的春燕/把各个民族连系。/翻译家们在做什么？/他们让各国人民相互走近，/越过国境，/越过谎言的沼泽地。/总有一天，要用他们的姓氏/为巨轮命名，/稻穗和麦穗，/会向他们鞠躬致敬。/伟大的译文，/就像神的预言。/翻译过来的细语，/会成为震耳的呼喊。/但愿能有一座纪念碑，/献给无名的翻译家，/那最为可敬的基座，/就由无数的译著垒成！”我们相信，力冈先生的译著，应该也被垒入这座纪念碑的基座；力冈先生的名字，应该也被刻上这座纪念碑的碑身！

（原载《力冈译文全集》，安徽师范大学出版社2017年版）

后 记

这本文集取名《俄国文学新论》，意在强调三个方面之“新”：

其一，我自2013年11月起任首都师范大学特聘教授，2015年6月正式调入该校任教，此集所收文章皆为我到首都师大工作之后所作，此番作为“首都师范大学俄语语言文学专业博导文库”之一出版，也算作对自己在“新单位”近四五年间“新工作”的一个总结；

其二，在近年关于俄国文学的研究中，我也逐渐开辟了一些“新领域”，比如对俄国文学的思想史意义的挖掘，提出了一些“新概念”，比如“中俄文学外交”，上马了一些“新课题”，比如国家社科基金重大招标项目“多卷本俄国文学通史”的立项和开题等，所有这些均在此集的文字中留下了痕迹；

其三，在写作这些文字时，我也在追求某种“新手法”和“新风格”，简而言之就是学术文字的散文化，效果如何，还有待同行和读者的指教。

然而，一切“新论”均会迅速地成为“旧识”，这个书名对于作者而言因此便又构成一种警示和鞭策，即一如既往地前行。

感谢为这些文章提供了发表机会的刊物和出版社，以及它们的每一位责编！感谢葛灿红女士为这套书的编辑和出版付出的辛劳！

刘文飞

2019 年 5 月 18 日于京西近山居

图书在版编目（CIP）数据

俄国文学新论 / 刘文飞 著 . —北京：东方出版社，2021.9
（阅读俄国）
ISBN 978-7-5207-2219-3

Ⅰ. ①俄…　Ⅱ. ①刘…　Ⅲ. ①俄罗斯文学—文学研究—文集　Ⅳ. ① I512.06-53

中国版本图书馆 CIP 数据核字（2021）第 097425 号

俄国文学新论
（EGUO WENXUE XINLUN）

作　　者：刘文飞
责任编辑：王夕月　杨　灿
出　　版：东方出版社
发　　行：人民东方出版传媒有限公司
地　　址：北京市西城区北三环中路 6 号
邮　　编：100120
印　　刷：北京市大兴县新魏印刷厂
版　　次：2021 年 9 月第 1 版
印　　次：2021 年 9 月第 1 次印刷
开　　本：640 毫米 ×960 毫米　1/16
印　　张：19
字　　数：212 千字
书　　号：ISBN 978-7-5207-2219-3
定　　价：68.00 元
发行电话：（010）85924663　85924644　85924641